O MONTE DO MAU CONSELHO

AMÓS OZ

O monte do Mau Conselho

Tradução do hebraico e glossário
Paulo Geiger

1ª *reimpressão*

Copyright © 1976 by Amós Oz

Grafia atualizada segundo o Acordo Ortográfico da Língua Portuguesa de 1990, que entrou em vigor no Brasil em 2009.

Título original
Har haetsá haraá
The Hill of Evil Counsel

Capa
warrakloureiro

Imagem de capa
Robert Capa © International Center of Photography/ Magnum Photos/ LatinStock. Israel, junho de 1948.

Preparação
Ana Cecília Água de Melo

Revisão
Valquíria Della Pozza
Carmen S. da Costa

Dados Internacionais de Catalogação na Publicação (CIP)
(Câmara Brasileira do Livro, SP, Brasil)

> Oz, Amós
> O monte do Mau Conselho / Amós Oz ; tradução do hebraico e glossário Paulo Geiger. — São Paulo : Companhia das Letras, 2011.
>
> Título original: Har haetsá haraá
> ISBN 978-85-359-1973-8
>
> 1. Romance israelense (Hebraico) I. Título.

11-10065   CDD-892.43

Índice para catálogo sistemático:
1. Romances : Literatura israelense em hebraico   892.43

[2019]
Todos os direitos desta edição reservados à
EDITORA SCHWARCZ S.A.
Rua Bandeira Paulista, 702, cj. 32
04532-002 — São Paulo — SP
Telefone: (11) 3707-3500
www.companhiadasletras.com.br
www.blogdacompanhia.com.br
facebook.com/companhiadasletras
instagram.com/companhiadasletras
twitter.com/cialetras

Sumário

O monte do Mau Conselho, 7
O senhor Levy, 87
Saudades, 179

O MONTE DO MAU CONSELHO

1.

Estava escuro. No escuro uma mulher falou: Não estou com medo. Um homem lhe respondeu: Você está com muito medo. E outro homem disse: Silêncio.

Então, pálidas luzes foram acesas em cada lado do palco, abriu-se a cortina e fez-se silêncio.

Em maio de 1946, quando se completou um ano da vitória dos aliados, o Comitê Nacional promoveu uma grande festa no salão do cinema Edison. As paredes estavam enfeitadas com bandeiras da Inglaterra e do Movimento Sionista. Na parte frontal do palco foram dispostos vasos com gladíolos. E pendurou-se uma faixa com um dístico da Bíblia: E HAJA PAZ EM SUAS MURALHAS, TRANQUILIDADE EM SEUS PALÁCIOS.

O governador de Jerusalém subiu ao palco em enérgicas passadas militares e proferiu um breve discurso, no qual inseriu um gracejo sutil, e também leu algumas linhas de Byron. Depois dele veio Moshe Shertok, para expressar em inglês e em hebraico os sentimentos da comunidade judaica. Nas extremidades do salão e junto às entradas para o palco estavam soldados ingleses com suas boinas vermelhas e com submetralhadoras nas mãos, uma defesa contra a resistência subterrânea. Num camarote se divisava a figura sentada e ereta do alto-comissário, sir Alan Cunningham, e com ele uma pequena comitiva de senhoras e oficiais do Exército. As mulheres tinham nas mãos binóculos de teatro. Um coro de pioneiros em camisas azuis entoou canções de trabalho. Eram melodias russas, e despertavam mais melancolia do que alegria em seus cantores e no público.

Após o coro foi apresentado um filme sobre a ofensiva dos blindados de Montgomery no Deserto Ocidental. Esses blindados levantavam nuvens de poeira, esmagavam debaixo de suas esteiras trincheiras e cercas de arame farpado, espetando com suas antenas o céu cinzento do deserto. O salão foi tomado pelo troar dos canhões e pela exaltação de uma marcha militar.

No meio do filme um murmúrio percorreu os camarotes de honra.

A projeção foi subitamente interrompida. Todas as luzes se acenderam no salão. Alguém levantou a voz, numa admoestação ou num enérgico comando: precisava-se com urgência de um médico.

Na fila número 29 o Pai se levantou imediatamente. Ele fechou o botão superior de sua camisa branca, disse a Hilel num sussurro que cuidasse da Mãe e a tranquilizasse até que a situação se esclarecesse, e como a pular corajosamente para dentro de um prédio em chamas já abria caminho em direção aos degraus da saída.

Constatou-se que lady Bromley, cunhada do alto-comissário, sentira uma fraqueza súbita.

Ela usava um longo vestido branco, e seu rosto estava igualmente branco. O Pai apresentou-se muito rapidamente aos chefes do governo, enquanto pousava em seu ombro o braço inerte dela. Como um gentil cavaleiro a carregar sua bela adormecida, o Pai levou lady Bromley ao vestiário feminino. Lá fez com que ela se sentasse num banquinho estofado e deu-lhe um copo de água fria. Três altos funcionários ingleses vestidos a rigor correram até ele, cercaram a enferma à direita, à esquerda e atrás e sustentaram sua cabeça quando ela tomou, com dificuldade, um único gole de água. E um coronel idoso em uniforme da Força Aérea tirou um leque da bolsa branca dela, abriu-o com cuidado e abanou-lhe o rosto.

A lady abriu seus olhos cansados. Com uma quase ironia observou por um momento todos os homens que se atarefavam a sua volta. Era muito velha, angulosa, seca como uma ave sedenta, o nariz fino e afilado, a boca contraída numa expressão sardônica.

"E então, doutor", o coronel dirigiu-se ao Pai num tom desafiador, "e então, o que vai ser agora?"

Ele hesitou um pouco, desculpou-se duas vezes, e subitamente chegou a uma decisão. Curvou-se e desfez com seus dedos finos e bonitos os laços que apertavam o corpete, o que trouxe imediato alívio a lady Bromley. A mão encarquilhada que parecia um pé de galinha ajeitou a borda do vestido. Entre os lábios apertados abriu-se uma fenda, uma espécie de sorriso corrompido, ela cruzou suas velhas pernas e, ao falar, sua voz era cortante e hostil, uma voz de lata:

"É apenas o clima."

Um dos altos funcionários disse educadamente:

"Minha senhora — "

Mas lady Bromley decidiu ignorá-lo. Dirigiu-se ao Pai com impaciência:

"Tenha a gentileza, jovem, de abrir todas as janelas. Essa aí também. Quero um pouco de ar. Isso, eis aí um bom rapaz."

Ela falou assim com o Pai porque, em sua camisa branca por fora das calças cáqui, com o colarinho aberto e calçando sandálias bíblicas, ele lhe parecia um criado e não um médico. Ela passara a juventude entre macacos, jardins e repuxos em Bombaim, na Índia.

Em silêncio, o Pai obedeceu-lhe e abriu uma janela após outra.

O ar do anoitecer jerosolimita penetrou no recinto, e com ele os cheiros de repolho, pinheiros e lixo.

Ele tirou de um bolso um pequeno pacote de primeiros socorros, abriu-o com extremo cuidado na parte marcada com uma linha tracejada e estendeu à lady um comprimido de aspirina. O Pai não sabia como se pronuncia a palavra "enxaqueca" em inglês, por isso disse-a em alemão. Naquele momento provavelmente seus olhos azuis brilhavam numa luz calorosa e otimista por trás dos óculos redondos.

Passados dez minutos, a lady ordenou que a levassem de volta a seu lugar no camarote de honra. Um dos altos funcionários anotou numa caderneta o nome do Pai e seu endereço, e agradeceu-lhe discretamente. Sorriram. Houve uma ligeira hesitação. De repente o funcionário estendeu-lhe a mão, e eles trocaram um aperto de mãos.

O Pai voltou a seu lugar na fileira 29, entre sua mulher e seu filho. Ele disse:

"Não aconteceu nada. Foi só o clima."

As luzes do salão se apagaram. O general Montgomery tornou a aparecer, cruzando todo o deserto em sua impiedosa perseguição ao general Rommel. A tela se encheu de fogo e de colunas de poeira, e uma tomada mostrava Rommel de perto mordendo com força os lábios sobre um fundo musical de gaita de foles, num entusiasmo que beirava o êxtase.

No fim tocaram-se os hinos, o britânico e o sionista. A festa acabara. Os espectadores saíram do salão do Edison e foram para suas casas. A penumbra da noite desceu de repente sobre Jerusalém. Ao longe se viam colinas escalvadas, e sobre elas, aqui e ali, uma torre solitária. Nas encostas distantes, cabanas de pedra espalhadas. Os becos exalavam sombras e murmúrios. Toda a cidade estava envolta em profunda melancolia. As primeiras luzes se acenderam nas janelas. Havia uma tensa expectativa, como se a qualquer momento pudesse eclodir um novo som. Mas só se ouviam os antigos sons por todo lado, o resmungo de uma mulher, o rangido de uma persiana, o miado de um gato excitado entre as latas de lixo de um quintal qualquer. E um sino de muito longe.

Sozinho à janela de sua loja vazia, um belo barbeiro bucariano, em seu avental branco, barbeava o próprio queixo e cantava. Naquele momento, passava pelo cruzamento um jipe inglês de patrulha, sua metralhadora carregada com uma fita de balas de cobre reluzente.

Uma mulher idosa estava sentada num banquinho junto a sua minúscula papelaria, que mais parecia um cubículo. Suas duas mãos, enrugadas como as de um caiador, descansavam pesadamente em seus joelhos. A última luz vespertina emoldurava sua cabeça, e seus lábios se moviam silenciosamente. De dentro do cubículo outra mulher falou em ídiche:

"É muito simples, isso é uma coisa ruim, e não vai acabar bem."

A velha não respondeu. Nem se mexeu.

Em frente à oficina de passar roupas Ernpreis, um mendigo judeu ortodoxo abordou o Pai, pediu e ganhou uma moeda de dois miles, agradeceu raivosamente a Deus, amaldiçoou duas vezes a Agência Judaica e afugentou um gato vadio com a ponta de sua bengala.

Do leste se ouviu o contínuo soar dos sinos, sinos de toque sonoro e sinos de toque abafado, sinos pravoslavos, sinos anglicanos, sinos gregos, sinos abissínios, romanos, armênios, como se a cidade estivesse assolada por peste ou incêndio. Mas esses sinos não estavam lá senão para chamar a noite de noite. Uma brisa suave soprou de noroeste, vinda talvez do mar, roçou um pouco as pálidas ramagens das árvores ornamentais que a prefeitura de Jerusalém fizera plantar no aclive da rua Malachi, e tocou com brandura os cachos do menino. Já era noite. Uma ave invisível soltou sua voz, estranha e insistente. Nas fendas dos muros de pedra floresciam manjeronas. A ferrugem se espalhava nas antigas persianas de ferro e nos corrimãos dos balcões. Jerusalém silenciava na última luz do dia.

O menino tornou a acordar no meio da noite, num ataque de asma. O Pai veio descalço para acalmá-lo com uma canção:

O carneirinho já dormiu
Feche os olhinhos também
O vento falou e sumiu
Já dorme Jerusalém.

De madrugada os chacais uivavam no uádi abaixo do bairro de Tel Arza. Por trás das paredes o inquilino Mitia gritou enquanto dormia: "Deixem-no! Ele ainda está vivo! *I-a n-iê zna-a-iu!*". E calou-se. Depois, galos cantaram à distância, na direção de Sanhedria e da aldeia árabe de Shuafat. À primeira luz do dia, o Pai vestiu calças cáqui compridas, sandálias e uma camisa azul com bolsos grandes, cuidadosamente passada, e saiu para trabalhar. A Mãe continuou a dormir até que as vizinhas começaram a bater com toda a força seus travesseiros e colchões. Levantou-se então da cama num robe de seda, serviu ao menino um ovo quente, aveia Quaker e chocolate sem nata, e penteou-lhe o cabelo cacheado.

Hilel disse:

"Eu sozinho. E chega."

Um vidraceiro idoso passou na rua e gritou: "Vidraceiro

profissional! América! Conserta qualquer coisa!". E as crianças gritavam atrás: "Maluco!".

Três dias depois o Pai ficou surpreso ao receber um convite dourado endereçado ao casal, para o Baile de Maio no palácio do alto-comissário, no monte do Mau Conselho. No verso do convite o secretário escrevera em inglês que lady Bromley queria com isso expressar ao doutor Kipnis seu profundo sentimento de gratidão e também suas sinceras desculpas, e que o próprio sir Alan manifestara sua admiração.

O Pai não era realmente um médico, e sim um veterinário.

2.

Ele nascera e crescera na Silésia. Hans Walter Landauer, o eminente geógrafo, era tio de sua mãe. Em sua juventude, o Pai tinha estudado no Instituto de Veterinária em Leipzig, tendo se especializado em doenças tropicais e subtropicais do gado. Em 1932 emigrou para Erets Israel para estabelecer uma fazenda de pecuária nas montanhas. Era um jovem delicado, calado, cheio de esperanças e de princípios. Em seus sonhos via--se a perambular de mochila e cajado pelos montes da Galileia, descobrindo e desbastando sozinho um pedaço de floresta para construir com suas próprias mãos, à margem de um dos córregos da região, uma cabana de toros de madeira, com um teto inclinado, um sótão e um porão. Ele tencionava reunir pastores e um rebanho de gado, de dia sair com ele para um novo e longínquo pasto, e à noite ficar cercado de livros num quarto cheio de cabeças de veado empalhadas, desenvolvendo uma pesquisa ou escrevendo um grande poema.

Morou por três meses numa pensão na pequena cidade de

Issod Hamaale, e costumava vagar dias inteiros, sozinho, da manhã à noite, na Galileia ocidental, procurando búfalos nos pântanos do Hule. Ficou magro e bronzeado, e por trás dos óculos redondos seus olhos azuis pareciam dois lagos numa terra nevosa do norte. Aprendeu a amar a aridez das montanhas distantes e o aroma do verão: os espinheiros calcinados, o excremento das cabras, a cinza das fogueiras, o empoeirado vento do leste.

Na aldeia árabe de Halsa um dia apareceu diante dele um ornitólogo bávaro errante, um homem que buscava o isolamento, convicto em seu evangelismo, que acreditava ser o retorno dos judeus a sua terra um anúncio da redenção do mundo, e que reunia material para sua grande obra de pesquisa sobre as aves da Terra Santa. Os dois costumavam estender seus passeios até o vale de Marj'Aiun, até as montanhas de Naftali e entre os pântanos do Hule. Algumas vezes chegaram mesmo às longínquas fontes do Jordão. Lá ficavam o dia inteiro sentados à sombra da espessa vegetação, juntos declamavam de memória poemas de amor de Schiller e designavam cada bicho, cada ave pelo seu nome correto.

Quando o Pai começou a se preocupar com o que aconteceria quando acabasse o dinheiro que lhe dera o tio de sua mãe, o eminente geógrafo, decidiu viajar a Jerusalém para estudar outras alternativas e possibilidades. Despediu-se, pois, do ornitólogo bávaro errante, juntou seus poucos pertences e numa clara manhã de outono apareceu no escritório do dr. Arthur Rupin, no Comitê Nacional em Jerusalém.

O dr. Rupin simpatizou à primeira vista com o jovem bronzeado e calado que viera da Galileia até ele. Lembrou também de que em sua juventude havia estudado as terras tropicais num grande atlas do geógrafo Landauer. Quando o Pai começou a falar e a descrever seu projeto de uma fazenda de pecuária nas montanhas da Galileia, o dr. Rupin fez apressadamente algumas anotações em pequenos pedaços de papel. O Pai terminou sua fala com as palavras:

"É uma ideia de realização muito difícil, mas não me parece impossível."

O dr. Rupin sorriu com tristeza e inverteu a ordem:

"Não é impossível, mas é difícil de realizar. Muito difícil."

E, acrescentando, mencionou duas ou três dificuldades que pareciam intransponíveis.

Ele convenceu o Pai a adiar um pouco a realização de seu projeto, e no meio-tempo investir seu dinheiro na aquisição de um jovem pomar de cítricos junto à colônia de Nes Tsiona, e também comprar sem demora uma pequena casa no novo bairro de Tel Arza, que se estava construindo no norte de Jerusalém.

O Pai não discutiu.

Ao cabo de alguns dias o dr. Rupin arranjou-lhe um emprego de veterinário itinerante do governo, e até o convidou para um café em sua casa, no bairro de Rechavia.

Durante alguns anos o Pai acordava e se levantava antes do nascer do sol e viajava em ônibus enfumaçados para Belém e Ramallah, para as vizinhanças de Jericó e Lida, e fiscalizava para o governo a criação de gado nessas regiões.

O pomar de cítricos junto à colônia de Nes Tsiona começou a lhe dar uma renda modesta, que ele depositava juntamente com o salário pago pelo governo no Banco Anglo-Palestina. Mobiliou sua casinha no bairro de Tel Arza com uma cama, uma escrivaninha, um armário e prateleiras. Na parede, acima da escrivaninha, pendurou um grande retrato do tio de sua mãe, o eminente geógrafo. Hans Walter Landauer olhava para o Pai de suas alturas, com um olhar de dúvida e uma espécie de ligeiro espanto. Especialmente durante a noite.

Em suas andanças pelas aldeias ele juntou espinheiros raros. Coletou alguns fósseis e umas poucas cerâmicas antigas. Arrumou tudo com muito critério. E esperou.

Enquanto isso, o silêncio envolvera sua mãe e suas irmãs na Silésia.

Com o passar dos anos o Pai aprendeu a falar um pouco de árabe. Aprendeu também a solidão. O poema, ele adiou para outros tempos. A cada dia aprendia algo novo sobre a terra e seus habitantes, e às vezes também sobre si mesmo. Ainda sonhava com uma fazenda de pecuária na Galileia, embora o porão e o sótão lhe parecessem agora supérfluos, quase infantis. Certa vez, durante a noite, disse em voz alta para o retrato do tio:

"Quem viver verá. Não sou menos teimoso do que você. Você ri, mas não me importo. Ria o quanto quiser. À vontade."

De noite, à luz da lâmpada de mesa, o Pai escrevia em seu diário, expressando sua preocupação com a mãe e as irmãs, o suplício do *chamsin*,* o vento quente que vinha do deserto, uma ou outra pequena estranheza de alguns de seus conhecidos, seu gosto pelas andanças entre aldeias esquecidas por Deus. Esboçava com palavras cuidadosas algumas experiências profissionais que adquirira em seu trabalho. Registrava por escrito pensamentos otimistas sobre o progresso, em diversos aspectos, do estabelecimento judaico no país. Formulou também, depois de apagar muitas vezes, duas ou três observações a favor e contra o isolamento, assim como uma envergonhada esperança de que o amor um dia aconteceria a ele. Depois arrancou cuidadosamente a página e rasgou-a em pequenos pedaços. Escreveu e publicou no jornal *Hapoel Hatsair* um artigo incitando o consumo de leite de cabra.

---

* Vento quente que vem do deserto. (N. T.)

Ocasionalmente, ia ao entardecer à casa do dr. Rupin, no bairro de Rechavia, onde era recebido com café e biscoitos cremosos. Ou visitava o velho professor Julius Wertheimer, que tinha vindo da mesma cidade e que também morava em Rechavia, não muito longe da residência do dr. Rupin. De longe ouvia-se às vezes o som triste de um piano, insistente, como que a aplacar um desesperado orgulho. No verão ardiam as rochas nos declives, e no inverno Jerusalém era envolvida pela neblina. Refugiados e pioneiros continuavam a chegar de diferentes lugares e enchiam a cidade de melancolia e espanto. O Pai comprou livros de alguns desses refugiados, alguns cheirando bem e com gravações em ouro, e de vez em quando trocava livros com o dr. Rupin ou com o velho professor Julius Wertheimer, que costumava recebê-lo com um abraço rápido e envergonhado.

Às vezes os árabes de uma aldeia davam-lhe de beber suco frio de romã. Às vezes beijavam-lhe a mão. Ele aprendeu a beber água de um vaso de barro inclinado acima do rosto, sem tocá-lo com os lábios. Uma vez uma mulher lançou-lhe de longe um furtivo e ardente olhar que o fez estremecer todo e desviar os olhos.

No diário escreveu assim:

"Moro em Jerusalém há três anos e continuo a sonhar com ela como se ainda fosse um estudante em Leipzig. E aqui há um certo paradoxo. E em geral", e o Pai continuou a escrever em seu diário algumas frases e pensamentos um tanto obtusos, "existem muitas contradições. Ontem de manhã na aldeia de Lifta fui obrigado a matar sem demora um cavalo saudável e bonito porque durante a noite uns vândalos haviam perfurado seus olhos com pregos. Crueldade por pura crueldade para mim é uma coisa de grande baixeza e totalmente supérflua. Na mesma noite, no kibutz Kiriat Anavim, os pioneiros tocaram no gramofone uma suíte de Bach, e fiquei com muita pena daqueles pioneiros, do cavalo, de Bach, de mim mesmo. Quase me vieram lágrimas. Amanhã é o aniversário do rei e todos os que trabalham no departamento receberão um mesmo bônus do governo. Há muitas contradições. E o clima tampouco é bom."

3.

A Mãe disse:
"Vou pôr o vestido azul com decote triangular e serei a mulher mais bonita do baile. Também vamos chamar um táxi especial."
O Pai disse:
"E não se esqueça de perder um sapatinho por lá."
Hilel disse:
"Eu também."
Mas não se levam crianças ao Baile de Maio no palácio do alto-comissário. Nem mesmo as bem-comportadas. Nem mesmo as muito sensatas para suas idades. E o baile certamente não vai terminar antes da meia-noite. Por isso ele vai ficar esta noite com a vizinha, a pianista madame Iabrova, e sua sobrinha Liubov, que adotou o nome de Biniamina Pedra Preciosa. Vão tocar para ele o gramofone, vão lhe dar o jantar, deixarão que brinque com a coleção de bonecas folclóricas de muitos povos, e irão pô-lo para dormir.
Hilel tentou argumentar:
"Mas eu ainda preciso dar uma resposta ao alto-comissário, para que ele saiba quem tem razão."

O Pai respondeu pacientemente:

"Nós temos razão, e o alto-comissário em seu íntimo certamente sabe disso, mas ele é obrigado a fazer a vontade do rei."

"Eu não tenho nenhuma inveja desse rei, porque ele ainda vai receber um grande castigo de Deus, e também o tio Mitia chama ele de rei Chedorlaomer de Albion, e diz que o movimento subterrâneo vai pegar ele e condenar ele à morte por tudo que fez aos sobreviventes do Holocausto", disse o menino com entusiasmo e num fôlego só.

O Pai, judiciosamente e escolhendo com cuidado as palavras, respondeu:

"O tio Mitia às vezes exagera um pouco. O rei da Inglaterra não é Chedorlaomer, mas sim George VI. Depois dele com certeza subirá ao trono uma de suas filhas, já que ele não tem um filho homem. Matar alguém sem ser em autodefesa é assassinato. E agora, Sua Majestade o rei Hilel I vai acabar de tomar seu chocolate. E depois vai escovar os dentes."

A Mãe, com um grampo preso entre os dentes e dois brincos de âmbar nas mãos, observou:

"O rei George é um homem magro e muito pálido. E seu rosto está sempre tristonho."

Quando terminava a terceira série, Hilel datilografou na máquina de escrever do Pai uma carta com três cópias e enviou duas delas ao rei em Londres e ao alto-comissário: "Nossa terra nos pertence ainda antes do Pentateuco, e antes também da Justiça. Por favor, saiam imediatamente de Erets Israel e voltem para a Inglaterra antes que seja tarde demais".

A terceira cópia passou de mão em mão por toda a emocionada vizinhança. A pianista madame Iabrova disse: "Um menino poeta!". Sua sobrinha Liubov Biniamina acrescentou: "E que lindos cachos ele tem! Temos de enviar uma cópia ao doutor

Weizmann, para lhe dar este prazer". O engenheiro Brzezinsky ponderou que não era bom exagerar, que com lindas palavras não se constrói uma muralha. E de Gerald Lindley, secretário, chegou uma curta resposta em papel timbrado oficial: "Sua carta recebeu a devida atenção. Estamos sempre atentos à opinião do cidadão. Seu, atenciosamente".

E como flamejava o gerânio no jardim, à luz azul do verão. Como essa luz era capturada pelos dedos frondosos da figueira no quintal, fragmentando-se em nervosos estilhaços. Como irrompia o sol toda manhã detrás de monte Scopus para arrebatar toda a cidade, e as cúpulas douradas e prateadas eram de repente fogo e ofuscamento. E como, com o sol, multidões de pássaros gritavam de alegria ou de desespero.

A calha de zinco absorvia o calor e já de manhã era doce ao toque dos dedos. Branco e agradável ao pisar de um pé descalço era o cascalho limpo que o Pai espalhara ao longo do caminho que se estendia sinuoso dos degraus da varanda até a cerca, até a figueira, até a extremidade do jardim.

O jardim era pequeno, lógico, irrepreensivelmente cuidado: os sonhos do Pai realizados em canteiros quadrados ou retangulares entre as brancuras das pedras, uma ilha solitária de lúcida e iluminada sensatez no coração de amplitudes selvagens e pedregosas, vales retorcidos e o quente e seco *chamsin*.

E em volta, o bairro de Tel Arza, um punhado de casas novas de pedra, espalhadas ao acaso numa colina. E eis que as grandes montanhas viriam à noite recolher tudo isso para elas, silenciosamente, as casas, as hesitantes mudas plantadas, as esperanças, o caminho poeirento. Um rebanho árabe de cabras subiria para mastigar e pisotear crisântemos, narcisos, dentes-de-leão, incipientes tentativas de grama aqui e ali. E o pastor, imóvel e calado, ficaria a contemplar essas cabras predadoras, parecendo-se, talvez, com um cipreste queimado.

Todos os dias Hilel olhava as desertas cadeias de montanhas em toda a volta. Às vezes sentia como na alegre sequência de azuis já se fazia presente, cada vez mais, alhures em vales invisíveis, o outono.

O outono virá. A luz se tornará baça e cinzenta. Nuvens baixas vão se agarrar às montanhas. Ele trepará pelos galhos da figueira até a fronde e de lá talvez possa ver à luz do outono o mar e o deserto. As ilhas nos farrapos de nuvens, os continentes misteriosos que o Pai lhe citara pela ordem, e dos quais a Mãe lhe falara com lágrimas de saudade.

O Pai costumava dizer que os países bonitos nos haviam vomitado de dentro deles com um ódio cego, e por isso iríamos construir para nós um país mil vezes mais bonito. Mas a Mãe chamava o país de quintal dos fundos e dizia que nunca teríamos aqui um rio de verdade, uma catedral e densas florestas. Tio Mitia, o inquilino, ficava rindo entre seus dentes estragados e cuspindo palavras entrecortadas sobre as dores do parto, as dores da agonia, Jerusalém a matar seus profetas, a maldição de Deus sobre a Babilônia arrasada. Ele era também vegetariano.

Hilel não conseguia concluir dessas palavras se Mitia concordava com o Pai ou com a Mãe, parecia-lhe que a Mãe ia longe demais no que dizia, e ele descia até a extremidade do jardim para se esconder entre os ramos da figueira e decifrar os aromas do outono. O outono virá. A melancolia do outono o acompanhará até a escola; até as aulas de piano com madame Iabrova; até a biblioteca Resgatados de Sion, que empresta livros; até sua cama, de noite; até dentro de seus sonhos. Chuvas e tempestades se agitarão lá fora e ele escreverá um artigo para o jornal de sua classe. As palavras "densas florestas", que a Mãe empregou quando quis ofender o país, suscitavam nele um estranho e gélido encanto, como o de uma chuva no inverno.

4.

Hilel era um menino rechonchudo e fraco. Na extremidade do jardim, atrás da figueira ou trepado nela, entre os galhos, ele tinha um esconderijo que chamava de "refúlgio". Lá costumava ficar e comer furtivamente as balas grudentas que uma das mulheres lhe dava. E lá sua imaginação o levava em devaneios a pairar sobre a África, as nascentes do Nilo, leões em florestas perenes.

Acordava à noite com ataques de asma. Principalmente no início do verão. Ele gorgolejava, sufocava, via pelas aberturas da persiana como aquela coisa branca e terrível ria para ele assustadoramente, e começava a chorar. Até que o Pai aparecia com uma lanterna na mão, sentava-se à beira da cama e lhe cantava uma canção tranquilizadora. As titias da vizinhança e as professoras do jardim de infância amavam Hilel e o mimavam com beijinhos russos e derretimento polaco, e lhe davam o nome de "Cereja". Às vezes elas deixavam em seu rosto ou em sua boca manchas de batons gordurosos. Essas mulheres eram corpulentas e sentimentais. Seu semblante expressava um decidido protesto: a vida não agiu comigo com a delicadeza que mereço.

A pianista madame Iabrova e sua sobrinha Liubov, que chamava a si mesma Biniamina Even-chen, com seu jeito enérgico de tocar, pareciam recusar-se, por nobreza, a dar à vida o devido troco. A senhora Vishniak, da farmácia, lamentava-se com Hilel e lhe dizia que as crianças pequenas eram a única esperança do povo judeu, e dela mesma em particular. Hilel às vezes envolvia-se em meditação ou tristeza, e tocava o coração delas com uma frase deliciosa:

"A vida é uma roda. Todos ficam dando voltas."

Isso despertava uma grande emoção.

Mas as crianças da vizinhança de Tel Arza costumavam chamá-lo pelo feio apelido de "Gelatina". Meninas magras e más, meninas orientais cheias de ressentimento, gostavam de jogar Hilel ao chão, no monte de cascalho, e de puxar seus cabelos claros. Elas levavam pendurados no pescoço chaves e amuletos. Tinham um odor penetrante de amendoim, suor, sabão e *halvah*.

Hilel sempre espera calado até que elas acabem de maltratá-lo e a seus cabelos. Ele então se levanta, sacode a poeira e o cascalho de seus shorts de ginástica e da camiseta de malha, a respiração ofegante, os olhos cheios de lágrimas, morde os lábios e começa a perdoar. Como é sublime, para ele, o perdão: essas meninas não percebem o que estão fazendo, com certeza têm pais amargurados e deprimidos e irmãos mais velhos envolvidos com o crime ou o futebol, suas mães e irmãs talvez saiam com soldados ingleses. É uma coisa terrível, nascer menina e oriental. Numa delas até começaram a despontar os seios sob a camiseta suada. Hilel considera, perdoa, enche-se de amor por si mesmo e por sua força de compreender e perdoar.

Depois ele foge para a farmácia da senhora Vishniak e chora um pouco, não por causa dos arranhões, mas pela amarga sina daquelas meninas e pela grandeza de sua própria alma. A senhora Vishniak o beija. Consola-o com balas grudentas. Conta sobre o moinho de trigo que havia à margem do rio azul, e que não existe mais. E ele conta para ela, escolhendo as palavras, de um sonho que sonhara à noite, interpreta ele mesmo o sonho, deixando uma impressão prazerosa e poética, e sai para ir tocar piano na penumbra da casa pouco arejada de madame Iabrova e Biniamina. Os afagos que ganhou da senhora Vishniak, Hilel retribui ao altivo Beethoven de bronze em cima do aparador. Até mesmo a Herzl, em sua juventude, chamaram de maluco na rua. E em Bialik todos batiam.

À noite, antes de dormir, costuma-se convidar Hilel, já de pijama, a ir ao escritório de seu pai. Esse escritório é chamado de "gabinete". Nele há prateleiras com livros, uma escrivaninha, uma cristaleira com fósseis e cerâmicas antigas, e sobre tudo isso paira, de dentro de um retrato sépia, o olhar desconfiado do eminente geógrafo Hans Walter Landauer.

Hilel tem o encargo de dizer às visitas uma ou duas frases espertas. Então é beijado e mandado a seu quarto, para dormir. Da ponta do corredor ouvem-se as derretidas expressões de admiração dos adultos, e ele mesmo se derrete com elas em sua cama e com os dedos começa a mimar seu pequeno membro pela abertura das calças do pijama.

Depois, no escuro, chegam a seus ouvidos os sons do solitário violoncelo de Liubov Biniamina, e ele de repente se enoja consigo mesmo, chama a si mesmo de "Gelatina". Enche-se de tristeza por todos os homens e todas as mulheres. E adormece piedosamente.

"Já é gente de verdade", diz a senhora Vishniak. "Esperto. Um moleque. Um demônio. *Azoi vi di gantze mishpuche*, assim como toda família."

Do outro lado da cerca baixa que o Pai construíra com estacas de ferro e antigas redes de arame e pintara em cores claras, começava uma terra de ninguém. Eram terrenos cheios de ferro-velho, poeira, cheiro de espinheiros, cheiro de esterco de ovelhas, e depois disso o uádi e as tocas de chacais e raposas, e ainda depois, para baixo, o bosque deserto onde as crianças acharam uma vez os ossos de um soldado turco decomposto num monte de resíduos fedorentos de uniformes de janízaros. E áridos declives onde enxameavam lagartos ligeiros e a serpente, e talvez também, de noite, a hiena, e atrás desse uádi montes pedregosos vazios e mais uádis onde árabes envoltos em albornozes e seus rebanhos passam o dia inteiro. Ao longe, mais e mais montanhas desconhecidas e aldeias desconhecidas até os limites do país, torres de mesquitas, Shuafat, Nebi Samuel, os subúrbios de Ramallah, o lamento de um muezim lançado ao vento na penumbra do entardecer, mulheres escuras, rapazes guturais e insuportavelmente astutos. E um leve sopro de má intenção, distante, cheia de interminável paciência, sempre vendo você e sem ser vista.

A Mãe disse:
"Enquanto você, Hans, estiver dançando como um ursinho com a velha lady que você tratou, vou ficar sozinha em meu vestido azul, sentada numa cadeira de vime num canto da varanda, tomando um martíni em pequenos goles e rindo comigo mesma. Mas depois também vou me levantar e de repente vou começar a dançar com o governador de Jerusalém ou com o próprio sir Alan. Aí será sua vez de ficar sentado lá no canto sozinho e você não terá nenhuma vontade de rir."
O Pai disse:
"Olhe, o menino está ouvindo e entendendo tudo."
E Hilel disse:
"E o que é que tem?"

Do vizinho engenheiro Brzezinsky o Pai tomara emprestado para aquela noite um terno a rigor inglês fabricado pela indústria têxtil Szupac, da cidade de Lodz. A Mãe ficara a manhã inteira na sombra da varanda e ajustara o terno às medidas dele.

Ao meio-dia o Pai provou o terno diante do espelho, deu de ombros e observou:

"Absurdo."

A Mãe disse rindo:

"Olhe, o menino está ouvindo e entendendo tudo."

Hilel disse:

"O que é que tem, absurdo não é uma palavra suja."

O Pai disse:

"Nenhuma palavra é suja por si mesma. A sujeira geralmente vem do espírito por trás das palavras, ou entre elas."

E a Mãe:

"Aqui tem sujeira em cada coisa. Até mesmo em suas profundas ideias, que você fica enfiando na cabeça do Hilel. Até mesmo em suas observações. E isso também é um absurdo."

O Pai ficou calado.

No jornal *Davar* daquela manhã estava escrito que a política do Livro Branco estava num beco sem saída. Hilel captou a expressão "beco sem saída" e em sua imaginação deu-lhe sentido literal.

Mitia, o inquilino vegetariano, saiu descalço de seu quarto e foi até a cozinha preparar para si um copo de chá. Era um rapaz alto, esquálido, de cabelo ralo. Seus ombros estavam sempre caídos, e seus passos eram curtos e nervosos. Tinha o estranho costume de morder de repente a ponta do colarinho de sua camisa e de raivosamente alisar com a mão todo objeto que lhe aparecia pela frente: mesa, corrimão, prateleira, o avental da Mãe pendurado num gancho na cozinha. E ficava sussurrando consigo mesmo. O engenheiro Brzezinsky declarava com veemência que um dia ainda se iria descobrir que esse Mitia era um perigoso comunista camuflado. Mas a Mãe, por sua própria vontade, ofereceu-se para lavar e passar sua pouca roupa junto com as roupas da família.

Quando Mitia entrou na cozinha arrastando os pés, começou a acenar com a mão em todas as direções, como a saudar uma multidão a sua frente. De repente seu olhar deu com a expressão "beco sem saída" na manchete de uma página interna do *Davar*, aberto sobre o oleado na mesa da cozinha. Ele riu com seus dentes estragados e sibilou com raiva:

"Que porcaria."

Depois envolveu o copo pelando em suas duas mãos grandes e pálidas, voltou a seu quarto em passos raivosos, fechou e trancou a porta atrás de si.

A Mãe disse suavemente:

"Como um cão abandonado."

Depois de breve silêncio achou de acrescentar:

"Ele se banha cinco vezes por dia, depois de cada banho se perfuma, e assim mesmo está sempre com um cheiro ruim. Devíamos arranjar uma namorada para ele. Quem sabe uma nova imigrante das Mulheres Obreiras. Pobre mas simpática. Você, Hans, vai fazer a barba agora. E Hilel, fazer o dever de casa. O que é que estou fazendo aqui, nesta casa de doidos."

5.

Ela viera ainda jovem de Varsóvia para estudar história antiga no monte Scopus, na universidade. Em menos de um ano se desanimara com o país e a língua. Niuta, sua irmã mais velha, que vivia em Nova York, mandou-lhe uma passagem marítima de Haifa para a América, no navio *Aurora*. Alguns dias antes de sua viagem o dr. Rupin apresentou-a ao Pai, mostrou a ele as lindas aquarelas que pintara e expressou em alemão o quanto sentia por essa senhora também nos deixar, por ela achar o país insuportavelmente difícil a ponto de partir para a América, tão desiludida estava.

Hans Kipnis contemplou as aquarelas por alguns instantes, lembrou-se de repente do ornitólogo alemão que buscava o isolamento e com quem excursionara às longínquas nascentes do Jordão, tocou delicadamente com os dedos as margens de uma das aquarelas, recolheu a mão rapidamente e fez uma observação qualquer sobre a solidão e os sonhos em geral e em Jerusalém em particular.

A Mãe sorriu para ele como se ele tivesse quebrado desastradamente um vaso muito caro.

O Pai pediu desculpas, envergonhado, e calou-se.

O dr. Rupin tinha um bilhete duplo para o concerto naquela noite de uma nova orquestra de câmara formada por refugiados. Alegremente abriu mão do bilhete em benefício do jovem casal: de qualquer maneira não poderia ir ao concerto, pois Menachem Ussishkin retornara de repente ao país um ou dois dias antes e, como sempre, convocara uma reunião de urgência, que seria naquela mesma noite.

Depois do concerto os dois passearam um pouco na rua Princesa Mary. As vitrinas estavam enfeitadas e iluminadas, e numa delas uma pequena boneca mecânica fazia reverências. Por um momento Jerusalém parecia uma cidade de verdade. Senhoras e cavalheiros passeavam de braços dados, e alguns dos senhores fumavam cigarros em piteiras curtas.

Um ônibus parou junto aos dois e o motorista de calças curtas sorriu e disse "Por favor", mas eles não quiseram ir de ônibus. Um jipe militar com uma metralhadora montada disparou ladeira abaixo. Ao longe um sino tocou. Os dois concordaram unanimemente que sobre Jerusalém pesava um inflexível encantamento. Depois combinaram que tornariam a se encontrar no dia seguinte para tomar um sorvete com morangos no Café Zichel.

Numa mesa próxima estavam o filósofo Buber e o escritor Agnon, e como suas ideias divergissem, Agnon sugeriu, de brincadeira, que perguntassem o que achavam os jovens. O Pai fez então alguma observação, que provavelmente foi certeira e sutil, porque os dois, Buber e Agnon, riram, e também se dirigiram simpaticamente a sua acompanhante. Naquele momento talvez os olhos azuis do Pai tenham se iluminado atrás dos óculos redondos, enquanto em torno de seus lábios brilhava a tristeza.

Dezenove dias depois os alemães anunciaram abertamente a expansão de seu exército. Na Europa houve tensão. O navio

Aurora jamais chegou a Haifa, mudou sua rota e navegou para as Antilhas.

O Pai marcou uma reunião com seu conterrâneo, o professor Julius Wertheimer, que o havia tutelado desde que o Pai chegara a Erets Israel. Pediu para se aconselhar com o velho professor sobre uma questão pessoal. Sentia-se constrangido, culpado, teimoso, e atrapalhou-se muito com as palavras. O professor Wertheimer ouviu atentamente o que ele dizia, com silenciosa preocupação. Depois expulsou do quarto seus gatos e fechou a porta atrás deles. Quando os dois ficaram a sós, o professor alertou o Pai, insinuando que ele não devia deixar-se envolver em complicações em sua vida pessoal. E foram exatamente essas palavras que deram ao Pai a certeza interior de que finalmente lhe acontecera o amor.

Rute e Hans casaram-se em Jerusalém no mesmo dia em que Hitler declarava em Nuremberg que suas intenções eram de paz e compreensão, e que tinha grande aversão pelas guerras. Ao casamento compareceram funcionários do Departamento de Veterinária, entre os quais dois árabes cristãos de Belém, a família Rupin, refugiados e pioneiros, alguns vizinhos de Tel Arza e um magro estudante revolucionário do monte Scopus que não desgrudou seus olhares ardentes da beleza da noiva, e foi ele quem saudou os noivos em nome de seus amigos e garantiu que no fim prevaleceria a justiça e que todos veriam isso com os próprios olhos. Mas esse estudante acabou comprometendo o impacto de suas palavras porque depois do discurso ficou quase que completamente embriagado ao tomar uma garrafa de cerveja Nesher, e chamou o noivo e a noiva de *burzui* e *artista*, burguês e artista. Os convidados se dispersaram e o Pai alugou um táxi para levar os poucos pertences da Mãe de seu modesto quarto no bairro de Neve Shaanan para a casa que havia preparado e melhorado já havia alguns anos no bairro de Tel Arza.

Lá, em Tel Arza, na pequena casa de pedra voltada para uádis e rochedos, nasceu-lhes depois de um ano um menino de cabelos claros.

Quando a Mãe e o bebê voltaram do hospital, o Pai fez um amplo gesto com a mão, abrangeu com entusiasmado olhar sua pequena propriedade e falou assim:
"Por enquanto este é um bairro isolado e distante. Em nosso jardim só crescem pequenas mudas. O sol bate nas persianas o dia inteiro. Mas com o passar dos anos as árvores vão crescer e teremos muita sombra. As ramagens cobrirão a casa. Trepadeiras vão subir no telhado e também na cerca em toda a volta, e muitas flores brotarão e se abrirão. Este será um jardim encantador para Hilel crescer e para envelhecermos juntos. Vamos erguer um caramanchão de parreiras, e nesse caramanchão você poderá ficar o dia inteiro, o verão inteiro, pintando lindas aquarelas. Talvez tenhamos também um piano. Será construído um centro cultural, será aberta uma estrada, o bairro se juntará à cidade e Jerusalém terá um governo hebreu, com um exército hebreu. O dr. Rupin será ministro e o professor Buber será o presidente, talvez o rei. Pode ser que um dia eu seja o diretor do Departamento de Veterinária. E de todos os países virão novos imigrantes."
De repente ficou muito envergonhado desse discurso, especialmente arrependido de algumas palavras que escolhera usar. Uma súbita tristeza tremulou em seus lábios e ele acrescentou muito rápido, com um tom realista:
"Poesia. Filosofia. De repente inventei um jardim encantador com um caramanchão de parreiras. Agora vou buscar uma pedra de gelo, e deite e descanse um pouco, para à noite não ter de novo uma enxaqueca. Como está quente."
A Mãe voltou-se para entrar em casa. Aos pés dos degraus da varanda se deteve e olhou com grande tristeza para a latinha enferrujada em que tinham vindo as mudas de gerânios. Ela disse:

"Não haverá flores. Vai haver uma inundação. Ou uma guerra. Todos morrerão."

O Pai não respondeu, pois sentiu que essas palavras não eram dirigidas a ele, e não deveriam ter sido ditas em hipótese alguma.

Suas calças curtas cáqui desciam-lhe quase até os joelhos. Entre os joelhos e as sandálias viam-se pernas bronzeadas, magras e lisas. Por trás de seus óculos redondos a eterna expressão de seu rosto era de gratidão, ou de uma leve e agradável surpresa. E em momentos de embaraço costumava dizer:

"Não sei. Não vale a pena saber tudo. Tem muita coisa no mundo que simplesmente é melhor deixar ficar como está."

6.

No álbum de fotos de sua juventude a Mãe aparece assim: uma ginasiana loura, de uma espécie de beleza outonal e introspectiva. Segura em seus dedos um chapéu branco de abas largas. Numa cerca atrás dela veem-se três pombos, e um estudante polonês bigodudo está sentado na mesma cerca e exibe um sorriso amplo.

Em sua juventude ela era considerada a melhor leitora entre todos os alunos do ginásio. Quando já tinha doze anos de idade, chamou a entusiástica atenção do veterano professor de literatura popular. Esse humanista que já ia envelhecendo, contava a Mãe, emocionava-se muito com suas deliciosas declamações de poesia nacional polonesa. "A voz de Rute", costumava declarar o pedagogo em seu rouco entusiasmo, "é um eco do espírito poético que jorra perenemente entre os córregos na campina." E como se considerava também um poeta desperdiçado, recrudesciam nele seus muitos sentimentos e acrescentava: "Se as corças soubessem cantar, certamente cantariam como a pequena Rute".

Quando a Mãe repetia essa frase costumava rir, pois a comparação lhe parecia descabida. E não por causa da "canção das corças", mas por causa de suas preferências naquele tempo: pois ela sequer sabia cantar. Suas preferências naquela época eram por animais domésticos pequenos e limpos, por homens célebres, entre os quais pensadores e pintores famosos, por danças, por vestidos de renda e lenços de fina cambraia, e também por suas amigas pobres que não tinham nem vestidos de renda nem lenços de cambraia. Ela também simpatizava com os infelizes e despossuídos que haviam cruzado seu caminho na infância: o leiteiro, o mendigo, a vovó Guitel, as empregadas e a babá, até mesmo o maluco do bairro. Contanto que os sofrimentos não lhes tivessem desfigurado o aspecto exterior e contanto que eles fossem infelizes e despossuídos melancólicos, e se comportassem aflitiva e contritamente, como que reconhecendo sua própria culpa e se esforçando por expiá-la.

Ela traduziu do polonês uma redação que escrevera no dia de seu décimo quinto aniversário. Passou a limpo numa caligrafia bem legível e disse a Hilel que lesse para ela em voz alta:

"O mar azul permite que os raios do sol lhe aspirem as águas, para fazer com elas nuvens parecidas com algodão sujo, para despejar uma chuva torrencial sobre montanhas, planícies e campinas — mas não sobre o feio deserto — até que por fim todas as águas se juntam e são obrigadas a voltar para o mar. Voltar para ele com uma carícia."

De repente ficou furiosa, arrebatou a folha da mão do menino e a rasgou em pedacinhos:

"Acabou!", exclamou num patos desesperado, "Acabou! Morreu e acabou-se! Tudo perdido!"

Lá fora, um sábado de inverno jerosolimita, batido pelo vento e fustigado por folhas mortas. Na pequena casa no bairro de Tel Arza o aquecedor de querosene ardia em seu fogo azul.

Sobre a mesa havia chá e laranjas, bem como um vaso cheio de crisântemos. Em toda a largura de duas paredes, prateleiras com os livros do Pai. A sombra desceu sobre tudo. O vento uivava na direção do uádi. Neblinas tocavam o exterior das janelas e a vidraça tremeu. Com uma espécie de amarga e silenciosa zombaria a Mãe contava sobre sua juventude em Varsóvia, sobre uma excursão aquática descendo o Vístula, sobre os jogos de tênis vestida de branco, sobre o Sétimo Regimento de Cavalaria que todo domingo desfilava em parada ao longo da avenida da República. Às vezes se dirigia ao Pai chamando-o de doutor Zichel, em vez de doutor Kipnis, ou Hans, ou Chanan.

O Pai pousava então os dedos finos e bonitos sobre sua alta testa, sem se mostrar surpreso ou ofendido, sorria em silêncio ao se lembrar da aguda observação que uma vez fizera no Café Zichel ao escritor Agnon e ao filósofo Buber. Os dois a apreciaram muito, pediram sua opinião sobre a qualidade do sorvete de morango e até cumprimentaram simpaticamente sua acompanhante.

Quando a Mãe tinha dezesseis anos permitiu que o belo Tadeusz a beijasse junto à amurada da ponte: primeiro na testa, depois de algum tempo nos lábios, mas não lhe permitiu mais do que isso. Ele era um ano e meio mais moço que ela, um rapaz agradável e elegante, o rosto livre das espinhas da puberdade, que se destacava no tênis e em corridas de velocidade. Uma vez ele prometeu a ela que a amaria eternamente. Mas para ela, naquela época, a eternidade parecia ser um pequeno círculo banhado de agradável luz, e o amor era como um jogo de tênis na manhã de um dia azul de feriado.

O pai do belo Tadeusz havia tombado na luta pela liberdade da Polônia. Tadeusz tinha também uma deliciosa covinha na bochecha, e ele vestia blusas esportivas em todos os dias de verão.

A Mãe gostava muito de subitamente beijar Hilel na covinha dele e de dizer:

"Como esta. Igualzinha."

Todo ano, no dia da festa nacional, Rute e Tadeusz subiam juntos num palco enfeitado no pátio do ginásio. Acima deles, velhos galhos de castanheiro formavam como que um sussurrante pálio nupcial. A tarefa de Tadeusz era acender a tocha da libertação, pela qual seu pai dera a própria vida. Os professores e alunos ficavam imóveis como pedra, perfilados em tensa posição de sentido, o vento agitava as bandeiras da República — não ponha os dedos na fotografia — e Rute então declamava os eternos versos do poeta nacional. Nos campanários de todas as igrejas repicavam festivamente os sinos e seu toque se espalhava por toda a extensão de Varsóvia. E à noite, numa festa na casa do diretor da Ópera, seus pais permitiam que ela dançasse uma valsa com o próprio general Godzinsky.

Então eclodiu o sionismo. O belo Tadeusz ingressara num grupo da juventude nacionalista, e porque ela se recusara a acompanhá-lo em um fim de semana na casa da tia dele no campo, ele lhe mandou um bilhete repulsivo: *"Jiduwka. Haika"*, judia suja. De repente morreu também o velho professor que gostava de usar a expressão "canção das corças". E os pais dela, no mesmo mês. Só lhe ficaram as fotografias sépia como lembrança, fotos coladas em cartão grosso com uma moldura ornamental.

Sua irmã mais velha Niuta correu e encontrou para si própria um ginecologista viúvo chamado Adrian Staub, casou com ele e mudou-se para Nova York. E a Mãe veio para Erets Israel estudar história antiga no monte Scopus. Alugou um quartinho no fim do mundo, no bairro de Neve Shaanan. Niuta Staub lhe enviava todo mês uma mesada modesta. Naquele mesmo quarto foi amada por homens admiráveis, entre eles, durante a festa de Chanuká, o tempestuoso escritor Alexander Penn.

Ao cabo de um ano desiludiu-se do país e da língua, e decidiu viajar para Nova York, ir ao encontro da irmã e do cunhado. Então o dr. Rupin a apresentou ao Pai, e ele contou para ela, envergonhado, seu sonho de erguer com as próprias mãos uma fazenda de pecuária nas montanhas da Galileia. Ele exalava um delicado odor de Galileia. Ela estava muito cansada. E o navio *Aurora* teve a rota alterada, foi para as Antilhas e jamais chegou a Haifa.

No nordeste, à luz branca do verão, avistava-se o monte Scopus da janela da casa em Tel Arza, e sobre ele uma cúpula de mármore, um bosque e duas torres. De longe, essas torres pareciam estar envoltas num diáfano véu, como que solitárias, abandonadas. Nas noites de sábado, a luz esmaecia lentamente, hesitantemente, em pungente desespero.

Como que de uma vez por todas. E como se não fosse mais voltar.

O Pai e a Mãe costumavam sentar-se um diante do outro no cômodo que o Pai chamava de "gabinete". O eminente geógrafo Hans Walter Landauer cravava neles um olhar cético, do alto do grande retrato. E o rechonchudo filho deles construía na esteira um complicado castelo de cubos, para de repente destruí-lo num único gesto, porque sempre queria construir outro. Às vezes fazia ao Pai uma pergunta inteligente e recebia uma resposta ponderada. Às vezes escondia o rosto no vestido de sua mãe, pedia um carinho, ficava constrangido ao ver que os olhos dela se umedeciam, e voltava em silêncio para sua brincadeira.

Às vezes a Mãe perguntava:

"Hans, o que vai ser?"

E o Pai respondia:

"Eu espero e acredito que a situação vai melhorar."

Quando o Pai pronunciava essas palavras, Hilel lembrava-se

como, na manhã da festa de Shavuot, ele fora com seus amigos caçar leões, ou descobrir as nascentes do Nilo no bosque de Tel Arza. E como de repente seus olhos tinham visto o brilho de um botão dourado, um tecido azul, e como ele se ajoelhara e começara a cavar com as duas mãos, a afastar as agulhas de pinheiro, a desvendar o tesouro, e descobrira uma carcomida túnica militar, e um cheiro doce e terrível irrompera dos dourados enferrujados, e ele continuara a cavar mais e mais, e encontrara um marfim branco entre fivelas esfareladas, presas brancas grandes e pequenas, e de repente esses marfins estavam ligados a um crânio oco que começou a sorrir para ele com uma espécie de enregelante afeição e depois os dentes mortos e as órbitas vazias. Nunca mais, nunca mais voltaria a buscar as nascentes do Nilo em lugar algum. Nunca mais.

Nos dias úteis o Pai saía para suas rondas nas aldeias, vestido com calças cáqui, sandálias, uma camisa azul-clara cuidadosamente passada, com bolsos largos cheios de cadernetas e anotações. No inverno vestia calças marrons de veludo cotelê, uma jaqueta, um boné, e sobre os sapatos umas galochas que mais pareciam negros destróieres.

Mas nas vésperas de sábado, depois de um banho de banheira, aparecia vestindo uma camisa branca e calças cinzentas, o cabelo molhado e penteado com uma risca perfeita, exalando seu cheiro preferido de loção de barba e sabonete de amêndoas. Então a Mãe o beijava de repente na ponta do nariz e o chamava de menino grande. E Hilel ria.

Toda manhã se amarrava no pescoço de Hilel um babador com o desenho de um coelho sorridente, e com uma colherzinha ele comia mingau de aveia, um ovo quente e iogurte. Na lata de aveia Quaker havia um desenho admirável de um almirante de rosto enérgico e decidido, com um napoleônico chapéu de três bicos na cabeça e uma luneta em sua única mão.

 Naquele tempo estava havendo na Europa uma guerra mundial. Mas nas ruas de Jerusalém só havia grupos cantantes de simpáticos soldados australianos, neozelandeses, senegaleses que pareciam soldados de chocolate e marzipã, escoceses magros mergulhados em saudades e cerveja. Os jornais publicavam mapas com muitas setas mostrando movimentos de tropas. Às vezes, durante a noite, cruzavam Jerusalém de norte a sul longos comboios militares com as luzes obscurecidas e ouvia-se como que um ronco abafado na escuridão. A cidade estava muito tranquila. As montanhas ficavam em silêncio. As torres e cúpulas na solidão. Os habitantes encaravam a guerra distante com preocupação, mas não apaixonadamente. Trocavam considerações e interpretações. Todos esperavam uma mudança para melhor que certamente não tardaria a vir e talvez também se fizesse sentir em Jerusalém.

7.

No bairro de Tel Arza não se ergueu um centro cultural nem se abriu uma estrada. Em uma das encostas distantes instalou-se uma pedreira. O senhor Cohen montou uma pequena marcenaria artística que fabricava móveis de estilo para os figurões de Jericó e de Belém, para o governador de Jerusalém e até mesmo para o palácio do emir Abdallah da Transjordânia. O engenheiro Brzezinsky subiu no telhado de sua casa e lá instalou uma gigantesca antena de rádio para captar toda noite as transmissões das mais distantes estações. Montou com as próprias mãos um telescópio, e o fixou também no telhado, porque jurara a si mesmo que seria o primeiro a vê-los, quando chegassem.

À noite, os vales em volta sussurravam. A rusticidade dos terrenos pedregosos e das cordilheiras ansiava por chegar às paredes das casas. Os chacais uivavam bem perto e o sangue gelava nas veias à ideia de seu pisar macio e tenso entre as mudas, embaixo das persianas abaixadas, talvez mesmo na varanda. À noite, um único lampião de rua do Mandato, encapsulado em pequenos quadrados de vidro e coberto com uma cúpula verde, despejava uma luz solitária sobre o caminho de terra. Os dedos da figueira no declive do jardim estavam vazios. Lá fora, no escuro, não havia vivalma. O lampião quadriculado iluminava em vão. Todos os moradores costumavam se fechar, cada um em sua casa, depois que escurecia. Madame Iabrova tocava piano toda noite e sua sobrinha Liubov Biniamina tocava violoncelo, até a tristeza pungir o coração. O velho professor Julius Wertheimer, da mesma cidade do Pai, destacava e colava recortes de jornais estrangeiros que diziam respeito a fenômenos inexplicáveis pelas leis da natureza. Ele as considerava uma armadilha para incautos e ansiava por encontrar nelas uma brecha, talvez uma fórmula reveladora que lhe facultasse, e a todo o perseguido povo judeu, se livrar da força de gravidade terrestre e pairar em esferas ainda não alcançadas pela podridão.

Toda noite, até altas horas, o engenheiro Brzezinsky costumava levar para um e outro lado o ponteiro do dial de seu rádio, buscando e encontrando e de novo abandonando as transmissões de Berlim, Londres, Milão, Vichy, Cairo e Cirenaica. Alguns vizinhos diziam que ele muitas vezes trazia consigo *arak* quando voltava de seu trabalho no norte do mar Morto, e que de noite se embriagava com essa terrível bebida oriental.

Ele contava aos vizinhos como, em sua juventude, dirigira na Rússia um grandioso projeto de engenharia, e como erguera "como se estivesse escrevendo um poema" a usina hidrelétrica na cidade de Taganrog. Depois disso caíra em desgraça com Stalin, fora perseguido, preso, torturado, conseguira escapar por um triz e chegara a Jerusalém passando pelo Afeganistão, por Teerã e Bagdá. Mas aqui, nas indústrias do mar Morto, ele era usado como moeda miúda: reparava bombas, controlava o gerador, montava uns pobres sistemas de interruptores, cuidava de um transformador provinciano.

Uma noite o engenheiro Brzezinsky começou a urrar a plenos pulmões "Incêndio! Incêndio!" porque captara no rádio a *Heroica* de Beethoven irradiada de alguma estação nazista nos Bálcãs.

O Pai levantou-se logo, vestiu-se, atravessou corajosamente o caminho de terra, bateu a sua porta e chamou educadamente: "Senhor Brzezinsky, por favor, senhor Brzezinsky".

Mas a porta não se abriu. E não havia incêndio algum. Só o cheiro de fogueiras apagadas, que o vento trazia das trevas do uádi. E o longínquo lamento de um muezim, ou não de um muezim, mas de um chacal faminto no bosque de Tel Arza. Atacado pelo pânico e pela asma, Hilel acordava em noites como essa, entre as fendas da persiana lhe aparecia o crânio do janízaro turco flutuando no negro ar e rindo para ele com seus dentes mortos, e ele puxava o lençol sobre a cabeça e rompia a chorar. O veterinário se levantava e vinha descalço ao quarto do menino para ajeitar o lençol e para tranquilizá-lo com uma canção:

O carneirinho já dormiu
Feche os olhinhos também
O vento falou e sumiu
Já dorme Jerusalém.

Depois, de madrugada, às vezes o inquilino Mitia uivava de repente de seus sonhos no outro lado da parede: "Que coisa impiedosa! Não toquem nele. Ele ainda está vi-vo! *Ia n-ie zna-a-iu! Ia n-ie pnim-a-a-iu!* Não há nada! Não há!".

E se calava.

Só chacais e neblina lá fora, até o amanhecer.

8.

Mitia se dirigiu ao Pai:

"Com este terno, doutor Kipnis, você parece incrivelmente com Chaim Arlozorov, nosso mártir. Não haverá paz para os malvados. Por isso vou lhe pedir um pequeno favor diplomático. Você faria a gentileza de passar em meu nome uma pequena mensagem ao alto-comissário estrangeiro? Duas ou três frases urgentes e indispensáveis. É uma mensagem que o alto-comissário já está esperando em segredo há algum tempo, e não deve estar entendendo por que ela ainda não chegou a ele."

O Pai disse:

"Se eu chegar a ter uma conversa pessoal com o alto-comissário durante a noite, coisa de que duvido muito."

Mitia subitamente deu um risinho forçado, expondo seus dentes estragados, com eles mordeu a ponta do colarinho, enquanto uma expressão de dor e de aversão se espalhava em seu rosto, e seus olhos ardiam:

"Diga-lhe, por favor, exatamente assim, palavra por palavra: nosso Messias redentor virá, e não vai demorar muito. Brandindo uma espada de fogo. Ele virá do Oriente e esmagará todas as montanhas transformando-as em planície. Nenhum mijador em parede sobreviverá a ele. O senhor teria a gentileza, doutor Kipnis, de repetir isso palavra por palavra para que não haja, Deus nos livre, nenhum erro?"

O Pai disse:

"Não creio que possa me encarregar de transmitir uma mensagem dessas. Certamente não em língua inglesa."

E Mitia, alisando com raiva o oleado que cobria a mesa da cozinha, disse numa voz rouca:

"Jerusalém, que mata seus profetas, queimará os novos helenizadores no fogo do inferno."

E logo acrescentou gentilmente:

"Shalom para a senhora, *Podzalosta*, eu só fiz uma pequena brincadeira com seu marido e ela me olha impiedosamente desse jeito. Jamais me perdoarei se por engano, Deus me livre, eu assustei a senhora. *Nikogda*. Sou obrigado a lhe pedir perdão neste mesmo instante, e perdão estou pedindo. Como está maravilhosa a senhora neste vestido azul. E como é maravilhosa a primavera em nossa Jerusalém no limiar da grande destruição. E a torneira de água quente da banheira pinga e pinga, não tem sossego. Precisamos fazer algo, e sem mais demora. Quanto tempo ainda teríamos de sobra? Já pedi perdão, e já não estou mais aqui. *Da*. Shalom. Que apodreça o nome dos malvados, e que os inocentes o vejam e se regozijem. E de novo um derradeiro Shalom de minha parte a todos vocês juntos. Feliz de quem espera, e ele chegará."

Ele foi para seu quarto, quase correndo, empurrando o menino ao passar, ofegante, os ombros quebrados para baixo, os punhos cerrados. Mas não fechou a porta numa batida, e sim com incrível suavidade, como a tomar muito cuidado para não machucar o umbral, nem a porta, nem o silêncio que de repente deixara atrás de si.

A Mãe disse:

"O alto-comissário não seria de maneira alguma capaz de entender os sofrimentos que atormentaram um rapaz como Mítia. Nem o próprio rei é capaz de prestar alguma ajuda. Mesmo o Messias, se eu acreditasse nele."

Ela cerrou os olhos e continuou em outro tom de voz:

"E *eu* sim. Eu, com facilidade, seria capaz de salvá-lo da loucura e da morte que se acumulam nele. Eu mesma. Pois isso é a solidão, Hans, isso é a verdadeira Diáspora, a humilhação, a opressão, a perseguição. Eu seria capaz de ir a ele de camisola no meio da noite, perfumada, tocar nele ou pelo menos levar para ele de noite uma outra mulher e ficar ao lado olhando, e feliz. Apagar as brasas que o queimam e dar-lhe paz e quietude. E daí que ele exala um mau cheiro. Para as densas florestas e para o mar todos os homens e todas as mulheres do mundo fedem. Até mesmo você, Hans. E depois ouvi-lo gemer entre minhas mãos, gritar num russo esfarelado, cantar, gorgolejar como um boi degolado. E descansar em paz. Com as pontas dos dedos cerrar-lhe os dois olhos e cantar para ele: Durma filho. Por uma ação dessas até as estrelas e as montanhas me recompensariam com amor. Você pare já de me olhar assim. E saiba de uma vez por todas o quanto eu odeio, odeio, esses seus Wertheimer e Buber e Shertok. Oxalá a Irgun e a Lechi os lançassem pelos ares. Odeio-os como a uma fera cruel, e pare de olhar para mim desse jeito."

O Pai disse:

"Já basta, Rute. O menino está ouvindo e entende quase tudo."

Ela puxou o menino para si num movimento selvagem, violento, apertou a cabeça contra seu ventre e seus joelhos, sulcou seu rosto em pesados beijos. Depois disse baixinho:

"Sim. Está certo. Basta. Você já me perdoou, Hans. Daqui a pouco chegará o táxi vermelho e nós iremos para o baile. Fique aí parado sem se mexer, Hans, para eu dar o nó nessa sua gravata boba. Na verdade não tenho nada contra Buber e todos os outros. Veja, agora você se lembrou de sorrir. Finalmente. Por que você está sorrindo?"

O Pai ficou calado.

9.

No fim da semana em que Hitler conquistou Varsóvia, Mitia abandonou seu kibutz, no vale de Jezreel, por divergência ideológica. Ele tinha recebido, numa herança repentina, as joias de ouro de sua única parente, uma tia esquecida que morrera em Johannesburgo.

Apressada e impensadamente Mitia vendeu as joias a um astuto joalheiro armênio na Cidade Velha, e resolveu estabelecer-se em Jerusalém para pesquisar e provar de uma vez por todas que os povos do país tinham como origem os antigos hebreus. Tencionava apresentar definitivas evidências de que todos os árabes, os das aldeias e os nômades, não passavam de israelitas convertidos ao islã pela força da espada, e que era nosso dever resgatá-los de suas garras. Veja-se: seu vestuário, a estrutura de seus crânios, os nomes de suas aldeias, os hábitos alimentares e as formas de ritual, tudo apontava, como mil testemunhos, para a verdade que os dirigentes da Agência Judaica tentavam dolosamente esconder. E que os olhos se recusavam a ver.

Ele era um pioneiro franzino, de ombros caídos e de modos

ásperos. Vegetariano convicto e sem concessões, dizia que o ato de comer carne era o "ancestral da impureza". Seus cabelos eram claros, finos, quase brancos. Quando estava sozinho na cozinha preparando um chá e se servindo num copo enfeitado com um gasto friso dourado, o menino às vezes percebia em seus olhos um brilho fanático e solitário. Seu perfil de pássaro parecia o de alguém que estava sempre reprimindo a necessidade urgente de espirrar. E com seus dentes estragados ele mordia a ponta do colarinho.

Quando chegou, pagou ao Pai o aluguel adiantado de dois anos, pediu e obteve licença para dar uma olhada nas manchetes do jornal *Davar* e também para usar de vez em quando a máquina de escrever. Uma vez datilografou com dois dedos uma "Carta aos acomodados de Sion", na qual apresentava várias queixas e fazia sombrias previsões. Mas todos os jornais recusaram a carta ou a ignoraram. E uma vez Mitia insinuou para o Pai que, desde que aquelas bestas babilônias haviam assassinado Avraham Stern, que tinha o codinome de Iair, era ele mesmo, Mitia, o comandante secreto da Lechi. O Pai não acreditou nisso, assim como não acreditava no que dizia o engenheiro Brzezinsky, que via em Mitia um perigoso agente comunista disfarçado.

Quanto à limpeza, Mitia era irrepreensivelmente cuidadoso. No banheiro, depois de acabar, tirava do bolso uma latinha onde estava escrito em inglês *"Baby's delight"* e espalhava um pouco de talco cheiroso sobre o assento. Depois de ler o jornal *Davar*, dobrava-o em quatro meticulosas dobras e o deixava no canto da prateleira, formando um ângulo reto. Se acontecia de topar com alguém ao sair do lavatório ou do toalete, o qual chamava de "sala do trono", ficava pálido e balbuciava desculpas entrecortadas. E duas vezes por dia ele limpava e esfregava seu próprio quarto.

Mas um cheiro tênue e repelente, como o cheiro de óleo de fritura antigo, acompanhava Mitia no corredor, esgueirava-se para fora pela fenda embaixo da porta de seu quarto, e emanava até mesmo de seu copo enfeitado com um corroído friso dourado.

Em seu quarto ninguém tinha permissão para entrar.
Ele instalou uma fechadura Yale dupla e trancava a porta até quando ia se banhar. Às vezes, de madrugada, gemia alto durante o sono. Em russo.

Nos meses de verão Mitia saía a pé em direção ao monte Scopus, atravessava montes e vales em seu andar desarticulado, ignorando estradas e atalhos para seguir um vetor reto e direto como o de uma flecha em seu voo. Em seu caminho, atravessava como um furacão o bairro de Sanhedria, circundava a escola de polícia, a cabeça de pássaro projetada com força para a frente, os olhos em outro lugar, até irromper finalmente, teimoso e ofegante, no bairro de Sheikh-Jerach, onde sempre se detinha para tomar seu café da manhã entre árabes bigodudos usando *kefiot*, com os quais tentava seguidamente entabular conversa, mas em vão, porque só sabia falar um árabe literário, e mesmo assim com carregado sotaque russo. Mitia era conhecido entre os árabes frequentadores do café como "*Al-hud'ud*", "A poupa", talvez por causa da crista formada por seu espetado e ralo topete.

Passava dias inteiros no porão da Biblioteca Nacional no monte Scopus e enchia uma infinidade de pedacinhos de papel com suas anotações febricitantes. À noite, ao voltar para casa, às vezes soltava um risinho por entre seus dentes estragados e enunciava uma misteriosa profecia:

"Eu lhes garanto que esta noite vai-se ouvir uma tremenda explosão. As montanhas destilarão seu sumo e todos os vales derreterão."

E como aquela era uma época cheia de ocorrências, às vezes sua profecia se concretizava de algum modo. Mitia então sorria despretensiosamente, como um artista modesto de quem uma obra tivesse sido premiada.

No último ano da Segunda Guerra, Hilel descobriu, espiando pelo buraco da fechadura, que Mitia tinha pendurado enormes mapas em todas as paredes do quarto, do teto até quase o chão. Outros mapas estavam estendidos sobre a mesa, sobre a cama e sobre a esteira. Nesses mapas Hilel viu grossas setas vermelhas e pretas, bandeirolas, botões, fósforos.

"Pai, o tio Mitia é um espião?"

"Que bobagem é essa, Hilel, isso está abaixo de sua dignidade."

"Então por que ele é assim? E por que ele tem mapas no quarto, e setas?"

"Você é que é um espião. Você espionou o tio Mitia. É uma coisa feia, filho, e você vai me prometer agora mesmo que não vai fazer de novo."

"Eu prometo, mas..."

"Você prometeu. E com isso terminamos. Não está certo falar de outras pessoas pelas costas."

Um dia, em 1944, Mitia sugeriu ao Pai que a esquadra britânica irrompesse como "um furioso aríete" pelos estreitos de Bósforo e Dardanelos, dominasse o mar Negro, varresse com labaredas de fogo a península da Crimeia, desembarcasse "hordas de legiões" em todas as costas eslavas, batesse as cabeças dos dois tiranos uma contra a outra e "reduzisse a pó o dragão e o crocodilo egípcio". O Pai considerou essa sugestão em silêncio, retribuiu a Mitia um sorriso suave e simpático, e observou que os russos agora estavam com os aliados.

Ao que Mitia respondeu furioso:

"Vocês são a geração do deserto.* Vocês pertencem à estirpe dos escravos. Foram atacados pela cegueira. Chamberlains. Arlozo-

---

* Referência à geração dos escravos judeus libertados do Egito, que iria perecer no deserto para que a geração dos que já tinham nascido livres chegasse à Terra Prometida. (N. T.)

rofs. Gandhis. Plebeus. Eunucos. Não você pessoalmente, doutor Kipnis, Deus me livre, eu nunca pretenderia dizer 'você', e sim 'vocês'. Da maneira mais genérica. E vejo nos olhos da senhora que ela entende muito bem o que quero dizer, mas, com seu bom senso e sua delicadeza, prefere calar-se, e ela evidentemente está com a razão. Não restará nenhum resquício, nenhum sobrevivente entre todos os eunucos. Quando eles discursam em sua voz tonitruante e proclamam com suas gargantas proeminentes: 'povo eterno, o eterno das eternidades, a eterna Jerusalém', cada pedra de cada muro em Jerusalém cai numa grande gargalhada. Agora vou pedir que me perdoem e vou me despedir. Desculpem, e shalom."

Uma vez, quando o Pai estava em seu trabalho nas aldeias e a Mãe saíra para fazer o cabelo num salão feminino, Mitia cercou Hilel num canto escuro do corredor e despejou também em sua orelha um febricitante discurso:

"Nós, que retornamos a Sion, e especialmente os de sua geração, que não tiveram a alma distorcida pela Diáspora, temos a obrigação de atacar as mulheres dos *falachim* e fazer-lhes filhos à força. Fazer-lhes filhos que se pareçam com você. Muitas e muitas crianças de cabelo claro. Muito fortes, e claros e perfeitos. É uma questão de sobrevivência. A semente de uma nova raça, uma nova estirpe, lobos da estepe em vez de estudantes de *ieshivot*. Os velhos eunucos morrerão um após outro, e felizes serão vocês, que herdarão esta terra. Então uma labareda de fogo irromperá de Judá e engolirá a pérfida Albion. Nada mais fácil de fazer, sabemos muito bem como elas saem sozinhas à noite para juntar galhos para a fogueira. Usam vestidos escuros e compridos, até os tornozelos, mas por baixo desses vestidos não usam nada. É preciso subjugá-las e montar nelas, à força. Com fúria sagrada. Eles têm mulheres escuras e peludas como cabras e nós temos varas de fogo. Temos que verter um sangue novo, um sangue quente e escuro. Seus pais o chamarão de Hilel e eu vou chamá-lo de Itamar.

Ouça, recruta Itamar, eu lhe ordeno que aprenda a montar cavalos, a brandir um punhal. Que se fortaleça. Tome, pegue um wafer, e não recuse, por favor, porque eu sou o comandante. Tudo ficará entre nós, em segredo total, no movimento subterrâneo não há piedade para os traidores e os delatores. Quem é que vem de Seir, com as roupas tingidas de vermelho?* Você e os da sua geração é que vêm. Nimrods e Gedeões e Jeftés, todos experientes na guerra. Você ainda verá com seus próprios olhos, recruta Itamar, como todo o Império Britânico cairá por terra, no pó, como uma boneca de trapos. E seu herdeiro virá marchando do leste. Vai subir à montanha e desbaratar o vale com mão de ferro até que essas negras cabras dos *falachim*, peludas e lúbricas, gritem de tanto medo e prazer. Lúbricas! Agora tome este *shilling* e corra para comprar uma montanha de chicletes. De presente. Sim. Presente meu. Não ouse jamais refutar uma ordem. Corra!"

Subitamente seus olhos ardentes pousaram no avental da Mãe, que pendia de um cabide junto ao espelho do corredor. Ele arreganhou os dentes e sibilou:

"Os cosméticos de Jezebel e sua devassidão!"

E raivosamente foi para seu quarto, arrastando os pés.

Hilel fugiu para o jardim. Trepou na figueira, foi para seu esconderijo entre os galhos, o suado *shilling* em seu punho cerrado, feias e insistentes visões a atormentá-lo brutalmente: Jezebel. As mulheres dos *falachim*. Lúbricas. Cabras. Com longos vestidos sem nada por baixo. A semente de uma raça. E a suada expressão "montar nelas". Sua mão livre tateou buscando a braguilha, mas havia lágrimas em seus olhos. Ele sabia que o ataque de asma começaria impiedosamente no momento em que ousasse tocar em seu membro tenso. Mão de ferro. Itamar. Boneca de trapos. Virá marchando do leste.

* Alusão a texto do profeta Isaías, 63, I. (N. T.)

Se de repente voltarem os dias de outrora que a Bíblia relata eu posso ser um juiz de Israel. Ou rei. Mitia será um profeta num manto de pelo e os ursos o comerão como comeram o malvado soldado turco. O Pai será o pastor do rebanho real nos campos de Belém. E a Mãe não será Jezebel.

O doutor Kipnis surgiu entre os canteiros, o cabelo ainda molhado do chuveiro, as calças cáqui descendo até quase os joelhos, e entre as calças e as sandálias apareciam suas canelas magras, bronzeadas e sem pelos. Vestia uma camiseta. Por trás dos óculos redondos, seus olhos pareciam dois lagos azuis e tranquilos numa terra nevosa.

Num movimento preciso o Pai conectou a mangueira de borracha à torneira do jardim. Apertou bem. Regulou a força da água. Sozinho e calado irrigou as mudas de seu jardim à luz do início da tarde, e cantarolou sem palavras a melodia da canção "Entre o rio Eufrates e o rio Tigre".

A água ia abrindo muitos sulcos, pequenos e sinuosos. De vez em quando o Pai se curvava para desfazer um declive e com isso orientar a água para onde ela era necessária.

Subitamente, Hilel amou seu Pai com um amor imenso, jubiloso, a alma a se expandir de tanto amor. Ele desceu aos pulos de seu esconderijo entre os galhos da figueira, correu caminho acima em meio ao canto de verão dos pássaros e dentro do vento carregado do cheiro do mar distante, dentro da luz refulgente de depois do meio-dia, veio e cingiu com as mãos a cintura do Pai e se agarrou a ele com toda a sua força.

Hans Kipnis passou a mangueira de borracha da mão direita para a esquerda, acariciou com brandura a cabeça do filho e disse:
"Hilel."
O menino não respondeu.
"Tome, Hilel. Por favor. Se você quer irrigar um pouco, pe-

gue a mangueira, e eu vou podar os arbustos. Você pode. Só tenha muito cuidado para não jogar água direto em cima das mudas."

"Pai, o que é a pérfida Albion?"

"É uma forma ofensiva que os fanáticos usam para se referir à Inglaterra."

"O que são fanáticos?"

"São pessoas que sempre têm certeza absoluta, sem a menor dúvida, de que sabem exatamente o que é bom e o que é ruim e o que é preciso fazer, e exigem com muito rigor que todos pensem e ajam como elas."

"O tio Mitia também é fanático?"

"O tio Mitia é um homem sensível que leu muitos e muitos livros e se aprofundou especialmente na Bíblia. Com certeza porque se preocupa com nossa situação, e talvez também por causa de algum sofrimento pessoal, ele às vezes usa palavras que eu, por exemplo, não usaria no lugar dele."

"E a Mãe?"

"Está dormindo a sesta."

"Não, diga, ela também é fanática?"

"Nossa Mãe cresceu na riqueza e no luxo. Às vezes ela tem dificuldade em se acostumar às condições do país, e você, que nasceu aqui, talvez se espante às vezes com o mau humor dela. Mas, como você é sensato, com certeza não se zanga com a Mãe quando ela está triste ou quando tem saudades de lugares muito diferentes."

"Pai, tenho de lhe contar uma coisa agora."

"Sim, filho."

"Tenho um *shilling*, mas eu não quero ele de maneira nenhuma. E também não quero que você comece a perguntar quem me deu ele, porque eu não vou contar. Só tira ele da minha mão."

"Está bem. Vou tomar conta de seu *shilling* para você, e não vou fazer perguntas. Só tome cuidado para não molhar as sandálias novas quando estiver irrigando as mudas de parreira. E agora eu vou procurar a podadeira. Até logo. Com um sol desses você devia pôr um chapéu."

10.

Ao entardecer, quando as montanhas se amortalhavam, o vento penteava com silenciosa astúcia o bosque e os vales e o sino da torre Schneller soava solitário, todos os preparativos se completaram.

Restava apenas esperar pelo táxi, despedir-se e sair a caminho. Nada fora esquecido. Em seu traje a rigor preto, que tomara emprestado ao engenheiro Brzezinsky, com sapatos pretos irrepreensivelmente engraxados, com seu cabelo penteado depois de molhado, com seus óculos redondos, Hans Kipnis parecia um sacerdote evangélico de boa índole, sendo levado, o coração a palpitar, à cerimônia de seu casamento.

"Meu doutor Zichel", disse rindo a Mãe, curvando-se e endireitando a ponta triangular do lenço branco que apontava do bolso do paletó.

Ela era um pouco mais alta que ele, e exalava um perfume outonal. Estava usando seu vestido azul, de corte ousado. Os pingentes em forma de gota de seu brinco refletiam a luz. Ereta, sensual, com movimentos lentos e arredondados como os de uma grande gata, Rute foi esperar num canto da varanda. Ela voltou suas costas nuas para a casa e seu rosto para a aridez que escurecia lá fora. Sua trança loura fluía até pousar na curva de seu ombro esquerdo. E um de seus quadris roçava lentamente, num ritmo sonhador, a pedra fria da amurada.

E como repicavam os sinos em todos os recantos de Varsóvia no dia da festa nacional. Como se erguiam sobre cavalos empinados os cavaleiros de mármore em todas as praças da cidade. Como se espraiava sua voz calorosa por todo o pátio do ginásio quando ela lia os ardentes versos do poeta nacional polonês:

Os cavaleiros que tombam não estão eternamente mortos,
só ficam altos e transparentes como o vento
e as ferraduras de seus cavalos não mais tocam o pó.
Na noite na tempestade na neve se ouvirá o murmúrio de seu voo,
garbosos cavalos alados e valorosos cavaleiros espumando
galopando sem fim para a batalha cavaleiros transparentes e furiosos
sobre densas florestas sobre estepes e campos
na noite na tempestade na neve altivas asas sobre a Polônia
pois não há cavaleiros mortos, só transparentes e fortes como lágrimas...

A voz de Rute ressoava nesses versos como eco de sofridos violinos, a fúria tempestuosa de tambores rebeldes, a elevação de um órgão em sua tristeza. Todos a amavam. O belo Tadeusz lá estava no palco, rígido, meio passo atrás dela, e a tocha da liberdade ardia em sua mão. Professores veteranos, que tinham tido o privilégio de participar como oficiais da cavalaria na grande guerra de libertação da Polônia, guerra que eles ainda reviviam em noites de graça, ficavam com os olhos cheios de lágrimas ao ouvirem Rute declamar. Fechavam os olhos e se concentravam nela com toda a força de suas saudades. Ela recolhia e aceitava o amor deles e o desejo deles, e intimamente estava pronta a retribuir amor a todas as pessoas boas.

Com pessoas más não havia cruzado durante seus anos de ginásio, até que seu pai e sua mãe morreram no mesmo mês e sua irmã Niuta de repente se casou com um ginecologista viúvo e viajou com ele para Nova York. Rute pensava que, se realmente existissem pessoas más na vida real, elas certamente estariam sempre em lugares escuros. E nunca chegariam até ela, em sua alva roupa de tênis e sua raquete com cabo de marfim. Por isso tendia a sentir por elas — se é que existiam — quase que uma simpatia moderada: com certeza era triste a sina delas. Que coisa terrível, ser uma pessoa má.

Às sete as montanhas escureceram. Jerusalém vestiu-se de luzes. Em todas as casas cerraram-se as persianas de ferro e baixaram-se as cortinas. Os habitantes mergulharam em suas preocupações e evocações. Por um momento parecia que Jerusalém se curvava na escuridão, como se montanhas fossem mar.

Deixaram Hilel na casa da pianista madame Iabrova e sua sobrinha Biniamina. Lá tocariam para ele o gramofone, lhe serviriam o jantar, deixariam que brincasse um pouco com a coleção de bonecas folclóricas e o poriam para dormir. Enquanto isso o táxi chegou com seus faróis amarelos e fez soar longamente a buzina, que mais parecia um uivo.

Todos os moradores da rua saíram para seguir com os olhos a senhora e o doutor Kipnis em sua partida para o Baile de Maio no palácio do alto-comissário, no monte do Mau Conselho.

Obscuro e irônico, sua silhueta encolhida de sofrimentos, lá estava o inquilino Mitia no umbral da casa, um copo de chá pela metade envolto em suas duas mãos. Ele mordia com os dentes a ponta do colarinho de sua camisa e seus lábios murmuravam algo na escuridão, uma maldição ou uma profecia ruim. O velho professor Julius Wertheimer, o dedo mergulhado entre as páginas de uma edição alemã do Novo Testamento, levantou um pouco o chapéu e disse tristemente, como se se referisse a uma longa jornada a outro continente:

"Não se esqueçam de nós."

A senhora Vishniak, da farmácia, sentada numa cadeira de vime sob o solitário lampião do Mandato, acenou de lá com a mão: shalom, shalom e boa sorte. Duas lágrimas oscilavam em seus cílios pintados, porque pouco antes o locutor da Voz de Jerusalém dissera que o que já houvera não haveria mais e que novos tempos iriam começar.

Do outro lado da rua surgiu no último momento o engenheiro Brzezinsky, um pouco embriagado, segurando uma gigantesca lanterna. Era um homem cabeludo, ruivo, corpulento, muito sardento, e arfava como um lenhador, fervendo de excitação. Com sua voz potente gritou para os que partiam:

"Você, diga para eles, doutor, diga na cara deles! Que nos deixem em paz! Que vão embora daqui! Que o Livro Branco é podre! Que todo este país está apodrecendo a cada dia! Diga a eles de uma vez por todas! E que a vida é em geral um truque barato e imundo! Miserável! Província! Para que eles saibam! E também que nós, *tchort znaief*, diga isso a eles, estamos firmes em nossa decisão de continuar a sofrer e a esperar com coragem até nosso último suspiro! Diga isso a eles!"

Gritou, e de repente calou-se. E num ímpeto raivoso dirigiu o foco de sua grande lanterna direto para o céu escuro como se quisesse ofuscar com ela as próprias estrelas.

Então o táxi engasgou, roncou, e arrancou levantando poeira.

A rua restou só. Todos os moradores voltaram para suas casas. Só o lampião quadriculado continuou a iluminar em vão com sua pobre luz. O vento soprava. A ramagem da figueira estremeceu e silenciou. Seus dedos ainda estavam vazios. Cães latiram ao longe. Fez-se noite.

11.

Liubov Biniamina era uma moça baixa, carnuda, com um rosto escuro e queixo afilado. Parecia um pássaro lento, largo e melancólico. Uma perdiz, talvez. Só os lábios ela pintava, com força, com um batom de viva púrpura. Tinha seios pesados, que empurravam o vestido para a frente de um jeito quase atrevido. No entanto, notava-se sempre em seu vestir e em seus modos essa espécie de desleixo que se segue a uma desilusão: um botão frouxo, uma tosse ruim, uma mancha amarela de gordura na orla de seu vestido de corte vienense. Mesmo em casa calçava sapatos ortopédicos marrons e disformes. Seus braços eram cobertos de uma densa penugem, como os braços de um homem, e trazia no pulso um relógio também masculino. Hilel lembrou-se de repente das coisas terríveis que ouvira de Mitia sobre as mulheres dos *falachim* que pareciam cabras peludas escuras quando saíam à noite para juntar lenha para a fogueira. Ele mordeu os lábios e com todas as forças tentou pensar em outra coisa, mas Biniamina beijou-lhe o lóbulo da orelha, chamou-o de "menino poeta", e ele escondeu o rosto no tapete enquanto corava até a raiz dos cabelos.

Ao contrário de Biniamina, notava-se em madame Iabrova um certo resquício de uma grandeza já um tanto desgastada: falava com marcada ênfase, em frases longas e emotivas, numa voz incisiva, enrouquecida de tanto fumar cigarros Simon Artset, um após outro. Ela se movia energicamente pelo quarto, assoava violentamente o nariz, pegava coisas e punha-as em algum lugar, girava sobre os calcanhares com desajeitada agilidade, como uma idosa prima-dona em alguma ópera. Tinha um tênue bigode acinzentado e sobrancelhas negras e grossas. Hilel não conseguia desviar o olhar de seu queixo duplo, que lhe lembrava o papo do pelicano, que vira no zoológico da rua Samuel o Profeta.

Para aquela noite, como para todas as noites, madame Iabrova usava um teatral vestido de veludo cuja cor oscilava entre o rosa e o violeta. Dela exalava, enchendo todo o quarto, um cheiro de naftalina misturado com o de peixe assado e o de água-de-colônia.

Depois de algumas palavras de afeto ela de repente deixou Hilel em paz, fez calar sua sobrinha com uma áspera repreensão e proclamou:

"Silêncio. Calemo-nos as duas. O menino tem uma inspiração."

As duas viviam de aulas particulares de música, uma ensinava piano, a outra violoncelo. Às vezes viajavam juntas de ônibus a longínquos pontos de colonização do país para se apresentarem em vésperas de sábado, em recitais para os pioneiros. Sua execução era admiravelmente precisa, sem ornatos supérfluos, um tanto acadêmica.

Na casa delas, suvenires espalhavam-se por todos os cantos: pequenos enfeites, castiçais entalhados com arabescos, estatuetas, artefatos feitos de arame e ráfia, sobre o piano, sobre a mesa grande, sobre a mesinha de chá; bustos de bronze, entre os quais um Beethoven carrancudo, pequenos vasos orientais de cerâmica, ornamentos de gesso, uma réplica do Big Ben feita de porcelana pintada, bonecas folclóricas em variadas e coloridas roupas, uma torre Eiffel de cobre, esferas de vidro cheias de água que, quando agitadas ou viradas, deixavam cair falsos flocos de neve sobre a miniatura de uma rústica cabana ou sobre o campanário de uma igreja de interior.

E também havia uma prateleira cheia de bichos de lã: ursos-polares, tigres, veados, centauros, zebras, macacos e elefantes, todos a vagar desesperançadamente numa floresta verde feita de feltro ou de algodão pintado. Do relógio de parede a cada quarto de hora um cuco sem cabeça surgia e emitia um som que mais parecia um latido rouco.

Sentaram Hilel numa poltrona. Era uma poltrona funda, cercada de grandes filodendros, e ele se encolheu todo nela, em seu calção de ginástica e sua camiseta de malha, as pernas dobradas sob o corpo.

Estava pensando nos fanáticos, sobre os quais o Pai dissera que sempre sabiam exatamente o que era bom e o que era ruim e o que era preciso fazer, e se perguntava assustado se o Pai e a Mãe não seriam fanáticos eles também, só que escondiam isso dele: pois os dois sempre sabiam tudo exatamente.

Madame Iabrova disse:

"Se você me prometer que nunca vai pôr o dedo no nariz, vai ganhar um chocolate de marzipã assim que acabar de comer. Liubov *krassavitska*, faça o favor de parar de ler esse seu romance sujo, entre já na cozinha e prepare um pãozinho com geleia para nossa visita. *Spassibo*, obrigada."

Liubov disse:

"Não é um romance sujo, tia. De jeito algum. Verdade que não é um livro para crianças, está cheio de tragédias e de erotismo, mas não tem nada de sujo. Fora isso, Hilel já é quase um rapaz. Olhe para ele, por favor."

Madame Iabrova casquinou:

"*Modje moi*, Liubov. Sujo, e como! Grosserias. Sujeiras. É tudo que você tem na cabeça. O corpo, Liubov, é a coisa mais pura que pode haver no mundo. Sobre o amor e coisas parecidas os escritores deviam escrever da maneira mais delicada possível. Sem sujeira de todo tipo. Hilel já é bastante crescido, estou vendo, para saber o que é o amor e o que é só porcaria."

Hilel disse:

"Eu não gosto de geleia. Marzipã sim, por favor."

Um cheiro marrom e úmido pairava no quarto. Em seis diferentes vasos, pequenos e grandes, rasos e retorcidos, feneciam os gladíolos do fim de semana anterior. Todas as janelas estavam fechadas por causa do vento ou dos sons da noite. Pai e Mãe estavam num lugar distante. Também as persianas estavam baixadas. E as cortinas. Madame Iabrova não parava de fumar um cigarro atrás do outro, que tirava de seu maço de Simon Artset. O ar ia ficando cada vez mais cinzento. Ela acercou-se do menino, que comia tristemente um meio pãozinho com manteiga, apalpou os músculos do braço dele e exclamou num teatral brado de triunfo:

"*Molodiets! Soldatchik!*"

Madame Iabrova pôs então o gramofone para funcionar. Ouviram primeiro duas suítes para flauta e logo em seguida, sem aviso prévio, uma dança contagiante. Ela de repente tirou os sapatos e caminhou pelo quarto, pesada e descalça, seguindo o ritmo da música.

Enquanto isso Hilel comeu também um ovo quente numa caneca de lata revestida de esmalte que descascava em alguns lugares. De sobremesa ganhou chocolate marzipã. Brincou um pouco com as bolas de vidro em que caíam falsos flocos de neve.

Estava cansado, vencido pela sonolência e pela saudade. E de repente foi tomado por uma obscura e opressiva apreensão.

Liubov Biniamina Even-chen retornou ao quarto vestida num robe cor-de-rosa. Seus seios pesados e nervosos pressionavam o botão de cima. Madame Iabrova acendeu uma luminária sobre o piano, no formato de uma ninfa azulada, e apagou a luz central. Os elaborados lustres de cristal escureceram, e o quarto também ficou quase às escuras. Com uma colher, deram de comer a um Hilel quase adormecido uma geleia de ameixa que sabia a cola, doce e espessa. Sobre a parede e sobre todos os móveis moviam-se sombras. As duas mulheres saíam e entravam, sussurravam, trocavam gracejos secretos em russo. Por entre as pálpebras que iam se fechando cada vez mais, através das nuvens de fumaça de cigarros, parecia a Hilel estar vendo Biniamina atarefada em desfazer e abrir devagar, laboriosamente, todos os ganchos e cadarços e laços do vestido de veludo que sua tia usava. As duas mulheres como que flutuavam na fumaça e se misturavam com os blocos de sombra. Pareciam estar dançando no tapete, ambas fumando, ao ritmo das melodias do gramofone, entre os enfeites e as miniaturas, uma num robe cor-de-rosa, a outra numa combinação preta.

Depois, na penumbra, as duas curvaram-se de ambos os lados da funda poltrona para acariciar seus cabelos e suas faces com dedos de mel, apalparam seu peito através da camiseta de malha, levantaram-no e levaram-no em seus braços até a cama. Um cheiro estranho chegou-lhe de repente às narinas. Seus olhos estavam grudados de cansaço, mas uma súbita excitação, um certo palpitar de malícia e curiosidade fez com que ele abrisse uma estreita fenda entre as pestanas. Havia pouca luz. O ar do quarto recendia a fumaça, suor e água-de-colônia. Estranho e excitante, o contorno das calcinhas de Biniamina se entremostrava através da abertura do robe. E atrás da cama ouvia-se um quase indistinto som de sucção. Um efervescente ciciar. Em russo. Abafada, cortante, uma sensação desconhecida percorreu-lhe as costas. E ele não sabia o que era, só ficou lá deitado de costas sem se mexer e via de relance um ombro, um quadril, curvas que não sabia o que eram mas que faziam seu coração bater e bater como o de uma lebre apavorada.

Sua respiração ainda se ouvia tranquila e compassada, como se tivesse adormecido. Mas agora a malícia era tal que ele mesmo ficou assustado com ela. O sono o abandonara de vez. Sentia o sangue pulsar nos tendões dos tornozelos. Uma mistura de cheiros fortes chegou até ele, e ele sabia que uma mulher de grande porte soprava um hálito quente bem próximo de seu rosto, para ver se estava mesmo dormindo. E o lençol sussurrava. Medo e excitação beliscavam-lhe o peito, e ele decidiu continuar a fingir que era um menino dormindo o sono dos justos. Lembrou-se de repente da chama ardente nos olhos do tio Mitia quando falava das cabras. Lembrou-se também do termo "pérfida Albion", mas esquecera seu significado. Mãos puxaram para baixo seu calção de ginástica. Como se fosse numa geleia ou num creme morno e melífluo tocaram em seu membro, que se pôs ereto como um lápis fino. Ele apertou os dentes, tentando com todas as forças não se encolher, não interromper a respiração compassada: tinha adormecido. Nada sentia. Não estava aqui. Estava longe. Contanto que não parem agora com o toque de veludo que continuem as cabras a seda a geleia o cor-de-rosa transparente, e continuem. E a lembrança das malvadas meninas orientais que o derrubavam no monte de cascalho e lhe puxavam e puxavam os cabelos e numa delas os seios começavam a aparecer por baixo da camiseta. A Mãe. E como que uma lambida úmida ao longo de sua espinha. E um beliscão. Então o magro lápis começou a espirrar, convulso, entre os dedos das mulheres instrumentistas. O menino sufocou um gemido entre os dentes. Madame Iabrova soltou uma risadinha baixa, carnal. E Liubov Biniamina arquejava de repente como um cão sedento.

A luz do piano apagou-se. No quarto fez-se escuridão e silêncio. Ele abriu os olhos e só viu a escuridão. Nenhum som se ouvia. Nem mesmo um sussurro. Naquele momento Hilel soube que Pai e Mãe não mais voltariam e não mais brigariam com ele as meninas no monte de cascalho e não haveria Mitia nem ninguém, todos se haviam ido para não voltar. Estava sozinho na casa, sozinho no bairro inteiro e não havia mais ninguém em toda Tel Arza, em toda Jerusalém, em todo o país, somente ele, abandonado e só, e os chacais e o bosque e o esqueleto carcomido do janízaro turco.

Hilel puxou o lençol até cobrir a cabeça. Encolheu-se todo e juntou o queixo aos joelhos. A respiração ficou rouca por causa da asma. Não havia ninguém para prestar-lhe ajuda. Ele enfiou o polegar na boca e começou a chorar no escuro.

12.

No baile, o convidado de honra era o almirante sir Kenneth Horace Sutherland, herói de Malta, cavaleiro do Império, condecorado com a Cruz da Vitória, vice-primeiro lorde do almirantado.

Lá estava ele de pé, à beira da fonte iluminada, o rosto rosado, alto, ombros largos, no esplendor de seu uniforme imaculado e de suas condecorações, suas cruzes prateadas. Em sua mão direita segurava uma taça de martíni, entre os dedos da mão esquerda dançava uma única e linda rosa. A sua volta se haviam juntado oficiais e senhores, dignitários árabes com seus tarbuches vermelhos e correntes de ouro que desciam em curva sobre seus ventres e desapareciam nos bolsos, melancólicas senhoras inglesas de olhos úmidos. Por toda parte azafamavam-se criados sudaneses altos e escuros como a noite, levando e oferecendo bandejas de prata, guardanapos brancos como a neve a pender de seus antebraços.

O almirante Sutherland contava numa voz seca e temperada com gíria de marinheiros uma história picante sobre o general americano George Patton, uma macaca adestrada e uma temperamental atriz italiana chamada Silvana Longo. Quando sua história chegou ao clímax, os homens soltaram gargalhadas e as mulheres gritinhos chocados.

Luzes coloridas brilhavam sob a água no tanque de mármore, outras luzes pairavam por cima, nos troncos das árvores havia lanternas de papel, e a leve brisa agitava as ramagens dos pinheiros. O suave declive era pontilhado de canteiros de rosas, as partes gramadas impecavelmente delimitadas por áreas de claro e fino cascalho. O palácio propriamente dito parecia flutuar nos feixes luminosos de ocultos holofotes. As curvas das pedras jerosolimitas eram entalhadas com delicadeza, quase ternura.

Ao pé dos degraus da varanda apinhavam-se os dignitários da comunidade judaica, entre eles líderes e dirigentes da Agência Judaica, os dois idosos banqueiros Shaltiel e Toledano, o prefeito de Tel Aviv, senhor Rokeach, e o senhor Agronsky, do *Palestine Post*. Eles faziam um excitado círculo em torno do capitão Archibald Chichester-Browne, o porta-voz do governo, e sustentavam com ele uma discussão bem-humorada. Mas dessa vez o capitão preferia usar de finura e um leve sarcasmo. Ele resolveu dar duas ou três impiedosas alfinetadas na Liga Árabe. Os dignitários da comunidade judaica viram nisso um bom sinal. Assim, Moshe Shertok insinuou a seus colegas que seria melhor se contentar com isso e mudar logo de assunto, para não passar do limite.

A conversa passou a ser sobre a indústria de extração de potassa, que se desenvolvia com muita rapidez nas margens do mar Morto. O capitão achou por bem, nessa oportunidade, comparar os membros dos kibutzim aos primitivos cristãos, que também viviam em comunas nas margens do mar Morto, e ao se referir a isso chegou a elogiar as pesquisas do professor Klausner sobre as raízes do cristianismo no segredo dessas comunas. Os ouvintes também perceberam nessas palavras um estímulo, e registraram em seu íntimo que o capitão fizera duas observações favoráveis seguidas, uma logo depois da outra.

Depois disso o capitão despediu-se dos senhores sionistas com um calculado e encantador sorriso, apontou ironicamente com a ponta do queixo para o grupo dos dignitários de Belém, piscou para Moshe Shertok e disse num tom confidencial que os outros cavalheiros também estavam exigindo seu quilo de carne. E foi juntar-se a eles.

Numa longa fila de convidados que se arrastava lentamente, chegara a vez de a senhora e o doutor Kipnis serem apresentados ao governador de Jerusalém, à esposa do alto-comissário e finalmente ao próprio sir Alan.

A velha lady Bromley não era vista em lugar algum. Talvez estivesse de novo atacada de fraqueza. Sir Alan e sua esposa cumprimentaram o Pai: "Muito prazer", e: "Que bom ter vocês aqui". Enquanto isso o olhar azul e tristonho de sir Alan pousava sobre a Mãe por um momento, perscrutando os olhos negros dela, e ele lhe disse:

"Minha senhora, seu encanto e o encanto de Jerusalém com certeza foram criados na mesma suprema inspiração. Espero, pois, poder ter a honra de esperar, além de toda expectativa, que nossa modesta festa não lhe seja monótona."

A Mãe retribuiu o cumprimento com seu outonal e belo sorriso. Sorriso tênue e transparente que flutuava em seus lábios como a lágrima dos cavaleiros poloneses mortos do poema.

Depois, o cerimonialista conduziu os dois ao bar, onde os transferiu ao garçom-chefe armênio. O Pai logo se serviu de suco de tomate, e a Mãe hesitou um pouco, ainda sem recolher o sorriso dos lábios, e pediu um cálice de *cherry brandy*. Foram levados a uma bela mesa de vime trançado no jardim, onde se sentaram entre o rei dos cítricos, o senhor Tsipkin, e madame Josette al-

-Bishari, diretora do Colégio Nacional Árabe para Moças. Trocaram amenidades.

Pouco tempo depois o governador de Jerusalém subiu na mureta da varanda e fez um discurso curto e cheio de humor. Referiu-se primeiro à grande derrota que a Grã-Bretanha e seus aliados haviam infligido aos inimigos do gênero humano em maio do ano anterior. Prestou homenagem ao convidado de honra da festa, o almirante sir Kenneth Horace Sutherland, herói de Malta, ressaltando que ainda não tinham nascido um alemão, um italiano ou uma dama que pudessem resistir a sir Kenneth. O governador enalteceu também a santidade de Jerusalém. Fez um apelo sincero pela fraternidade entre os seguidores das diferentes religiões. Por fim, disse brincando que, se realmente surgisse o amor entre esses diversos crentes, com certeza os novos amantes se apressariam a extirpar de seu seio com um vigoroso chute a nós, os britânicos. Como se sabe, onde floresce o amor, dois é bom e três é demais. Mas nós, os britânicos, desde sempre acreditamos em milagres e em precedentes, e esta Terra Santa tem muita experiência em milagres. A ideia de uma trindade também não seria totalmente estranha aqui em Jerusalém, e assim vamos continuar, seja como for, a flutuar sobre a Palestina no papel de Espírito Santo, papel do qual ninguém mais do que nós é capaz e merecedor. Um brinde à Coroa. Um brinde ao herói de Malta. E mais um brinde à saúde de sir Alan e sua mui encantadora esposa. E um último e obrigatório brinde, por favor, num cálice bem cheio, à saúde da primavera e ao amor entre todos os habitantes da Terra Santa: muçulmanos, cristãos, judeus e socialistas.

Então começou o baile.

De entre as árvores do bosque, que estavam enfeitadas com lanternas coloridas, surgiram, aos trios, fivelas brilhando, músicos das orquestras da polícia e do Exército. Os tambores e os instrumentos de sopro fizeram estremecer toda a montanha. Atrás do palácio lançaram-se fogos de artifício, que iluminaram os céus da cidade e do deserto. O almirante, embriagado, corado, de larga cerviz, bradou em voz tonitruante: "Para cá, para cá, velhos soldados! Ahoi, à bandeira, marujos! Todos os canhões — fogo!".

E como esvoaçavam os vestidos coloridos à luz das lanternas e dos fogos. Como jorrava a música no coração da noite. Como rodopiavam os pares com uma alegria jubilosa que era quase um furor. As senhoras entrelaçadas como talos de flor, os senhores falando-lhes de amor. Todos os criados sudaneses, rostos de carvão encimando túnicas brancas, recuaram perplexos.

O Pai pensou consigo mesmo: com certeza assim foram os últimos dias de Roma.

Talvez fosse tristeza o que se refletiu em seus olhos azuis e otimistas, por trás dos óculos redondos, quando lhe ocorreu esse pensamento.

A Mãe foi logo arrebatada pelo senhor Tsipkin, o rei dos cítricos, e depois foi vista, luminosa e radiante de felicidade, nos braços do cônsul sueco. E de novo sua graciosa mão lá estava tocando de leve o ombro de um gigante escuro com bigode latino. E quase sem deixá-la sequer respirar recolheu-a um coronel com uma cicatriz, caolho, com um queixo de pirata cruel, que arreganhou no rosto dela seus dentes amarelos e predadores.

O Pai desviou os olhos. Decidiu entabular no meio-tempo uma conversa cortês e superficial com madame Josette al-Bishari, sua vizinha na mesa. Falava-lhe provavelmente sobre o gado rural, enaltecendo talvez, com contido entusiasmo, as vantagens de beber leite de cabra.

Perdido em seus pensamentos, o alto-comissário e anfitrião circulava entre os convidados. Deteve-se por um momento junto à mesa de madame al-Bishari e do doutor Kipnis, capturou com dedos distraídos um biscoito salgado, cravou nele um olhar esperto e preferiu devolvê-lo à bandeja. Insinuou um leve sorriso para madame Josette, ou para o Pai, ou talvez para as luzes da cidade de Jerusalém lá longe, por cima dos ombros dos dois, e súbito saiu do silêncio para dizer algumas frases:

"Então é assim, vocês dois não participam das danças. Por que não dançam? Provavelmente estão tramando algo em segredo, alguma pequena intriga, mas em nome da Coroa peguei vocês em flagrante. É claro, meus senhores, que estou brincando. Tenham uma boa noite."

E se afastou, ereto e esguio, em direção a outras mesas.

O Pai falou em inglês, com acento alemão:

"Conheço um homem muito parecido exteriormente com sir Alan, mas que o odeia amargamente."

Madame Josette respondeu de pronto, com muita seriedade, num alemão impecável, com uma espécie de contido fervor religioso:

"De qualquer maneira tudo está perdido."

O Pai disse:

"Minha senhora, não posso concordar consigo quanto a isso."

Madame Josette sorriu-lhe, paciente:

"Tentarei me explicar com um pequeno exemplo. Veja vocês, por exemplo: vocês estão, há quarenta anos, vindo da Europa para a Palestina. Não chegarão jamais. Durante esse mesmo tempo nós estamos indo do deserto para a Europa, e nós tampouco chegaremos. E não há a menor sombra de possibilidade de nos encontrarmos em algum ponto no meio do caminho. O senhor com certeza se considera um social-democrata?"

O Pai manifestou espanto:

"Não seria essa a primeira vez que nos encontramos?"

A essas palavras não recebeu resposta.

A diretora do Colégio Nacional para Moças recolheu devagarinho suas coisas da mesa, um lenço de seda, cigarros Virgínia, um leque com um desenho da catedral de Nôtre Dame, formulou uma desculpa qualquer em francês, que o Pai não conseguiu entender, um fulgor feminino, astuto, se acendeu e se apagou em seus olhos, e ela se afastou vagarosamente, uma mulher mediana e elegante, os quadris querendo engordar num vestido longo e justo à la Marlene Dietrich. E sumiu de vista.

Ele a acompanhou com os olhos até ela desaparecer entre os convidados, e então divisou sua mulher que pairava bem alto sobre a relva, a boca aberta numa muda exclamação de prazer, e depois aterrissava suavemente entre as mãos largas do almirante herói de Malta. Estava agitada, exultante, os lábios entreabertos, o vestido azul a brincar e voar acima de seus joelhos.

O almirante Sutherland riu roucamente e se curvou diante dela numa reverência exagerada. Ele tomou a mão dela nas suas, aproximou-a dos lábios e beijou e soprou e mordiscou. Ela retribuiu com uma leve carícia no rosto. Então começou outra música, e novamente os dois dançaram apertados e colados um no outro, a cabeça dela no ombro dele, a mão direita dele em torno da cintura dela.

Os fogos de artifício haviam cessado. A orquestra também diminuíra de intensidade. Alguns convidados já tinham ido embora para seu caminho noturno e ela não parava de rodopiar com o herói de Malta no tablado de dança, na relva, na direção do bosque, até que as sombras e as árvores os esconderam da visão do Pai.

Enquanto isso o alto-comissário se recolheu a seus aposentos. O governador de Jerusalém partiu num comboio de carros blindados e jipes com metralhadoras, em direção ao hotel Rei

David. Os últimos convidados se despediram e saíram em seus carros. O capitão Chichester-Browne e até mesmo os criados sudaneses já haviam deixado o gramado e desaparecido no interior do palácio.

A escuridão desceu sobre o monte do Mau Conselho. As lanternas de papel se apagaram. Apenas os holofotes continuavam a varrer com seus fachos de luz o ligeiro declive e os arbustos que iam gradualmente se envolvendo em pesadas sombras. Um frio seco subia do deserto de Judá, que se limitava a leste com a cerca do palácio. O cheiro dos pinheiros esvaeceu. E os guardas do palácio saíram armados de submetralhadoras para patrulhar o jardim, devido ao perigo de algum ataque dos fanáticos.

O Pai ficou sozinho junto ao repuxo abandonado que continuava a lançar em vão jatos de luz e jatos de água. Agora ele divisou um peixe dourado no pequeno tanque de mármore. Estava com frio, e sentia um cansaço mortal. Sua mãe e suas irmãs provavelmente tinham sido assassinadas na Silésia ou em outro lugar. A fazenda de pecuária nas montanhas da Galileia não seria erguida jamais, e a pesquisa ou o poema não seriam escritos. Terei de mandar Hilel para um instituto educacional em um dos kibutzim. Ele vai me odiar por isso durante toda a sua vida. O doutor Rupin morreu. Buber e Agnon morrerão também. Se algum dia for proclamado um Estado hebreu, não serei eu quem dirigirá seu Departamento de Veterinária. Oxalá surgissem agora mesmo os combatentes subterrâneos e explodissem tudo em pedaços com dinamite. Mas é um pensamento feio. E eu —

Em seu traje a rigor emprestado, com o triângulo do lenço branco apontando no bolso do paletó, com sua estranha gravata, com seus óculos cômicos, Hans Kipnis parecia um desses cortejadores enganados e patéticos numa comédia de cinema.

Ele cerrou os olhos. Lembrou-se de repente do ornitólogo

bávaro que buscava a solidão, com quem abrira, quinze anos antes, uma nova trilha em direção às longínquas nascentes do Jordão nos pontos extremos do país. Lembrou-se da gelidez da água e das neves brancas no cume do Hermon. Quando tornou a abrir os olhos avistou lady Bromley. Como esquálido fantasma, apareceu-lhe entre os densos oleandros. Era uma mulher idosa, mimada, fervilhando de maldosa excitação, num xale escuro, a se retorcer numa espécie de vingativa alegria:

"O que perdeu aqui, meu senhor, já não vai encontrar esta noite. Se quiser, pode deixar comigo um recado para o chefe dos jardineiros. Mas ele tampouco poderá ajudá-lo, porque é um grego bêbado e um pobre homossexual. Vá para casa, meu caro doutor. A festa acabou. Como a vida nestes tempos se parece com um mísero baile!: algumas luzes, um pouco de música, um pouco de dança, e a escuridão. Veja. Já apagaram as luzes. Já lançaram aos cães os restos da comida. Vá para casa, caro doutor. Ou será que vou ter de acordar o pobre tenente Grady e ordenar que o conduza para casa?"

O Pai disse:

"Estou esperando minha mulher."

Lady Bromley deixou escapar um risinho alto e maldoso:

"Nenhum, e eu repito, nenhum de meus quatro falecidos maridos jamais pronunciou uma frase tão bizarra quanto essa. Em toda minha vida jamais ouvi um homem usar de tais palavras, a não ser, talvez, em comédias vulgares."

"Ficarei muito grato, minha senhora, se puder me prestar alguma ajuda ou me encaminhar a quem possa ajudar. Minha mulher dançou a noite toda e talvez tenha bebido um pouquinho a mais. Com certeza ainda está por aqui, talvez tenha só adormecido."

Os olhos de lady Bromley brilharam subitamente, e sua voz soou rouca de maldade:

"Você é o doutor local que enfiou os dedos em meu corpete dez dias atrás. Quão encantador e reles. Venha cá que eu vou lhe dar um doce beijo nos lábios. Venha. Não tenha medo de mim."

O Pai tentou com o que restava de suas forças:

"Por favor, ajude-me, minha senhora, não posso voltar para casa sem ela."

"Isso é ótimo", gargalhou a lady. "Atenção, atenção. Isso é ótimo. Ele não pode ir para casa sem a mulher. Ele precisa da mulher a seu lado toda noite. E esses, minhas senhoras e meus senhores, são os judeus. O Povo do Livro. O povo do espírito. Ah. Quanto?"

"Quanto o quê, com seu perdão?", perguntou o Pai perplexo.

"Mas francamente! Quanto Kenneth, esse idiota podre, vai ter de lhe pagar para você se acalmar e calar? Ah. Você com certeza não acreditará no que vai ouvir, mas durante o ano que passou desde o fim da guerra esse moleque já vendeu três florestas, duas propriedades, um manuscrito original de Dickens, e tudo isso para silenciar, com pagamento à vista, todos os pobres maridos. Que vida. Como é bonita e podre. E pensar que seu pobre pai foi nada menos que o encarregado da moral e dos costumes na corte da velha rainha Vitória!"

"Não estou entendendo", disse o Pai.

Lady Bromley soltou uma risada estridente, alta, como o ranger de uma serra enferrujada, e disse:

"Boa noite, meu caro e doce doutor. Sou-lhe sinceramente agradecida pelo seu dedicado tratamento. Dedos judaicos dentro do meu corpete. Isso é ótimo! E que noites encantadoras essas da Palestina na primavera, olhe em volta, por favor, que noites! Aliás, o nosso querido Alan também prevaricava à direita e à esquerda, quando ainda era um cadete. Mas essa tapada da Trish já lhe extraiu o suco há muito tempo, junto com o tutano. Pobre Trish. Pobre Alan. Pobre Palestina. Pobre doutor. Boa noite, querido e pobre Otelo. Boa noite para mim também. Aliás, quem foi o idiota imbecil que ousou chamar este buraco imundo de Jerusalém? Porque isto aqui é uma paródia grotesca, e não Jerusalém. *Au revoir*, meu senhor."

Às três horas da manhã o Pai saiu a pé do palácio em direção à Colônia Alemã. Em frente à estação de trem dois pálidos estudantes de *ieshivá* lhe deram carona num carro da *Chevra Kadisha*. Estavam voltando, segundo disseram, de um grande casamento no bairro de Mekor Chaim, e indo para seu trabalho matinal em Sanhedria. Pouco antes das quatro, na nevoenta penumbra da madrugada, Chanan Kipnis chegou em casa. Nessa mesma hora o almirante e sua amante, juntamente com seu motorista e guarda-costas, passavam com os faróis acesos pela adormecida Jericó, escoltados por um jipe armado à sua frente, em direção ao hotel Kalia, na margem do mar Morto. Um ou dois dias depois o Rolls-Royce preto e prata viajou para o leste, penetrando na profundeza do deserto, cruzando montanhas e vales e além, para Bagdá, Bombaim, Calcutá. Durante todo o percurso a Mãe declamou com fervor e numa voz admirável os poemas de Mickiewicz, em polonês. O almirante, bocejante e alegre como um cão pastor grande e bom, abria seu vestido azul e nele introduzia uma mão vermelha e afetuosa. E ela não sentia nada e não interrompia por um momento sequer sua canção de corças. Só seus olhos negros brilhavam, de tanta alegria e tantas lágrimas. E quando o almirante enfiou os dedos entre seus joelhos, ela se dirigiu a ele para dizer que cavaleiros que tombam não morrem nunca e só ficam transparentes e fortes como lágrimas.

13.

No dia seguinte, um vento quente castigou Jerusalém. Uma nuvem de poeira do deserto escureceu as montanhas. O céu ficou muito cinzento, como que a arremedar o outono. Jerusalém baixou as persianas para esperar que o furor passasse. E nas encostas pedregosas as brancas rochas queimavam com ódio.

Toda a vizinhança se reuniu, emocionada, no quintal da casa. Atônito e cansado lá estava o Pai, de calças curtas cáqui e camiseta, erguendo o olhar atarantado para a copa da figueira. Como parecia inocente e desamparado seu rosto sem os óculos redondos.

A senhora Vishniak juntava as mãos e murmurava em ídiche: *Gott in himmel*, Deus do céu! Madame Iabrova e sua sobrinha tentavam algo alternando palavras duras com afagos: ameaçavam chamar policiais ingleses. Prometiam chocolate com marzipã. Ameaçavam enviá-lo de uma vez por todas para um kibutz.

O engenheiro Brzezinsky, vermelho, ofegante, sufocando de impaciência num canto do quintal, tentava em vão juntar duas escadas. E o inquilino Mitia se aproveitou maldosamente da grande confusão e começou a pisotear as flores, um canteiro após outro, puxando, arrancando, atirando talos e galhos para trás, mordendo o colarinho da camisa, silvando sem parar entre os dentes estragados:

"Mentira e hipocrisia, mentira e hipocrisia, tudo é mentira e hipocrisia."

O Pai tentou um último apelo:

"Desça, Hilel. Por favor desça, meu filho. A Mãe ainda vai voltar, e tudo vai ficar como antes. Esses galhos são muito fracos. Por favor, meu filho, seja sensato. Desça. Não vamos castigar você. Só desça agora e tudo vai ser exatamente como era."

Mas o menino não queria ouvir. Seus olhos tateavam o céu cinzento e sombrio e ele continuou a subir para a parte mais alta da copa, os dedos da ramagem por toda parte fazendo-lhe na pele ásperas carícias, até onde os galhos se transformam em vergônteas e brotos, e ainda mais para cima até o ponto culminante, até o delicado tremor, até as alturas finas e finíssimas, até as elevações em que os galhos são uma suprema melodia dirigida ao coração do céu. O carneirinho já dormiu, feche os olhinhos também; o vento falou e sumiu, já dorme Jerusalém. Seus olhos nada viam, nem as pessoas preocupadas no quintal, nem o Pai, nem a casa nem as montanhas, nem as torres distantes, nem as casinhas de pedra espalhadas pelos rochedos, nem o sol e nem a lua e nem as estrelas. Nada. Dorme Jerusalém. Só há um frêmito obscuro e cinzento. O menino disse a si mesmo, cheio de prazer e espanto: "Não há nada". E como para ganhar impulso, lançou-se mais para cima, até a última folha no limiar do céu.

Então chegaram os bombeiros. Mas o engenheiro Brzezinsky os expulsou com um berro: "Deem o fora! Aqui não tem nenhum incêndio! Débeis mentais! Vão para Taganrog! Vão para Kherson, desgraçados! É onde o fogo está! Na Crimeia! Em

Sebastopol! Lá tem uma grande fogueira! Vão para lá! Em Odessa também! Fora daqui, todos vocês!".

E Mitia abraçou com cuidado os ombros trêmulos do Pai, puxou-o devagar para dentro de casa e sussurrou com grande ternura e piedade:

"Jerusalém, que mata seus profetas, queimará os novos helenizadores no fogo do inferno."

Depois de algum tempo o velho professor Julius Wertheimer também se mudou, ele e seus gatos, para a pequena casa de pedra no bairro de Tel Arza. Uma comissão internacional de inquérito chegou a Jerusalém, suscitando conjecturas e esperanças. Uma noite Mitia abriu subitamente seu quarto para receber seus amigos. O quarto estava impecavelmente limpo, exceto por um tênue odor que ainda permanecia. Os três eruditos lá ficavam durante horas sentados diante de um gigantesco mapa de guerra, tomavam chá, levantavam suposições sobre as futuras fronteiras do Estado hebreu em vias de ser proclamado, sinalizavam com setas as rotas de vitoriosas jornadas e conquistas em todo o Oriente Médio. Mitia começou a se dirigir ao Pai pelo seu primeiro nome: Chanan. Só o eminente geógrafo Hans Walter Landauer, das alturas de seu retrato, lançava sobre eles um olhar cético e surpreso.

Depois os ingleses abandonaram o país. O alto-comissário sir Alan Cunningham apareceu na foto do jornal *Davar*, magro e aprumado em seu uniforme de gala, fazendo continência à última bandeira britânica que ia sendo arriada do mastro no porto de Haifa.

Em Jerusalém foi instalado um governo hebreu. Foi aberta uma estrada em Tel Arza e o bairro se juntou à cidade. As mudas cresceram. As árvores frutíferas e as decorativas pareciam ter envelhecido muito. As trepadeiras subiram e se entrelaçaram no teto da casa e na cerca em torno dela. Um mar de flores ardia como chamas azuis. Madame Iabrova morreu ao ser atingida por um obus errático que fora disparado sobre o bairro por uma bateria de canhões da Legião Árabe na Transjordânia, junto a Nebi Samuel. Liubov Biniamina Even-chen se desiludiu com o Estado hebreu e viajou de Haifa até a América no navio *Moledet*, para juntar-se a sua irmã em Nova York. Lá morreu atropelada, ou talvez tenha se atirado sob as rodas da locomotiva. O professor Buber também morreu, em idade avançada. Depois de algum tempo, o Pai e Mitia foram empregados como assistentes de ensino na Universidade Hebraica, cada um em sua área. Toda manhã preparavam sanduíches, ovos cozidos e uma garrafa térmica de chá, e viajavam juntos, tomando dois ônibus para chegar aos prédios de Ratisbona e Terra Santa, onde funcionavam provisoriamente alguns departamentos da universidade até que fosse aberta de novo a estrada que levava ao monte Scopus. Mas o velho professor Julius Wertheimer finalmente se aposentou e passou a se dedicar de corpo e alma a uma meticulosa administração doméstica. A casa brilhava de limpeza. O professor Wertheimer descobriu até mesmo o segredo de como passar roupas com perfeição. Uma vez por mês, Chanan e Mitia viajavam para visitar o menino no instituto educacional do kibutz. Ele tinha ficado magro e bronzeado. Traziam-lhe de Jerusalém chicletes e chocolate. Nas montanhas em torno de Jerusalém o inimigo construíra casamatas de concreto, bunkers, posições de artilharia.

E esperava.

1974

O SENHOR LEVY

1.

Era uma vez, há muitos anos em Jerusalém, um velho poeta chamado Nechamkin. Ele viera de Vilna e fora morar numa casa baixa de pedra, com telhado de telhas, numa ruela junto à rua Tsefania. Lá escrevia seus poemas e lá descansava todo verão numa espreguiçadeira no quintal, contando as horas e os dias.

O bairro fora construído dentro de um grande pomar na encosta de uma colina de onde se avistavam as montanhas em torno de Jerusalém. Toda brisa que soprasse causava arrepios. As figueiras e as amoreiras, as romãzeiras e as parreiras estavam sempre sussurrando, ou cochichando, como a nos pedir que guardássemos silêncio. O poeta Nechamkin já estava um pouco surdo, mas tentava captar o sussurrar das ramagens e transmiti-lo a seus poemas, com seu jeito de interpretá-lo: o murmúrio da ramagem ao vento, os odores do florescer, o cheiro dos espinheiros secos no fim do verão pareciam-lhe sinais precursores de evento importante prestes a ocorrer. Seus poemas eram carregados de suposições e conjecturas.

Entre as árvores do pomar construíam-se, uma após outra,

singelas casas de pedra e suas varandas com corrimãos de ferro a enferrujar, cercas baixas, portões de ferro soldado com o desenho da estrela de David ou com a palavra SION.
 Os moradores não cuidavam das árvores frutíferas. Pouco a pouco os escuros pinheiros sufocaram a romãzeira e a parreira. Aqui e ali surgiam brotos selvagens de romãzeira que as crianças liquidavam antes mesmo que dessem fruto. Entre as árvores abandonadas e os matacões de pedra foram plantados alguns oleandros, violetas e gerânios. Logo ninguém se lembrava mais dos canteiros, e eles foram pisoteados, encheram-se de espinheiros e cacos de vidro, e quando não morriam de sede essas flores se transformavam também em plantas silvestres. Nos quintais se ergueram muitos depósitos, espécie de cabanas improvisadas com tábuas dos caixotes nos quais os moradores tinham trazido seus pertences quando vieram para cá da Rússia e da Polônia. Alguns tinham prendido uma lata de azeitonas num mastro à guisa de pombal, e agora esperavam que os pombos viessem. Enquanto isso, só corvos e pardais tinham feito seus ninhos nas ramagens. Aqui e ali se escondia um cuco renitente.
 Os moradores tinham vontade de abandonar Jerusalém por lugares menos inóspitos. Alguns foram para o bairro de Beit--hakerem, para Talpiot, para Rechavia. Quase todos acreditavam que os tempos ruins iriam passar, que o Estado hebreu logo seria proclamado e que tudo mudaria para melhor: porque seu quinhão de sofrimentos já chegara ao máximo. Enquanto isso nasciam e cresciam no bairro as primeiras crianças e era quase impossível explicar a elas de onde e por que tantos moradores haviam mudado para cá e que coisa era essa por cuja chegada todos esperavam.

 O poeta Nechamkin morava com seu único filho Efraim, que era eletricista e ideólogo. Como a maioria das crianças do bairro, eu também acreditava que Efraim desempenhava uma função secreta e terrível no movimento subterrâneo de resistência judaica. Em sua aparência exterior era apenas um técnico, baixo, escuro, cabelo encaracolado, quase sempre vestindo um macacão azul e tendo dificuldades em manter quietas suas grandes mãos. Consertava ferros de passar e aparelhos de rádio, e até construíra com as próprias mãos diversos transmissores. Às vezes desaparecia durante dias inteiros e voltava queimado de sol e acabrunhado, a boca crispada numa expressão de desprezo ou de asco, como se em suas andanças tivesse presenciado coisas que o tinham levado ao desalento. Eu e Efraim partilhávamos um segredo. No fim do inverno eu fora escolhido para ser seu vice. Um de seus vices.

Mesmo assim, Efraim achava por bem não me contar sobre suas andanças.

Apesar da expressão de desprezo, apesar de sua testa baixa e de suas mãos abrutalhadas, muitas moças vinham ter com ele, entre elas até mesmo uma estudante magra do monte Scopus. Às vezes uma dessas moças ficava com Efraim até o amanhecer. Essas visitas me pareciam fora de propósito: nenhuma das mulheres era bonita ou alegre. Eu as odiava, porque chamavam Efraim por um nome horroroso, Froike, e porque eu temia que de tanto amor ou desejo ele acabasse revelando de noite para elas segredos que só pertenciam a nós dois: eu já vira algumas vezes em filmes como os heróis perdiam as estribeiras por causa do amor, e depois não havia como recuperá-las.

Uma vez participei junto com os filhos dos Gril, nossos vizinhos, na preparação de uma armadilha: prendemos num galho de amoreira uma latinha enferrujada cheia de água lamacenta. Dessa latinha partia um fio fino que nós esticamos de um lado a outro da ruela. Escondemo-nos entre os galhos da copa. A moça estudante do monte Scopus passou por nós, passou também, cuidadosamente, pelo fio, ergueu para os galhos um olhar envergonhado e observou com tristeza:

"Vocês tenham vergonha."

Os meninos Gril começaram a rir. Eu ri junto com eles. E jogamos cacos de vidro dentro das caixas de correio.

Mas depois comecei de repente a ficar com vergonha, e me envergonhei durante quase toda a manhã, e ao meio-dia fui até a oficina e contei tudo para Efraim. Não mencionei os meninos Gril. Assumi sozinho toda a culpa. Efraim fechou e trancou a porta, ordenou-me que chamasse nossa armadilha de brincadeira boba de criança, e me perdoou. Ele me ensinou a preparar latas cheias de querosene e a acioná-las à distância com um pavio, para que, quando chegasse o dia, também eu pudesse participar na última batalha, e não fosse como gado ao matadouro, como acontecera com as crianças judias nas aldeias da Diáspora.

Depois Efraim se dirigiu à moça seca e empoeirada que estava sentada em silêncio em sua cama, pregando para ele um botão frouxo, e que me dava a impressão de não ter lábios:

"Uriel está por dentro de tudo", disse Efraim. "É um menino sério. E em geral", acrescentou, "temos aqui na redondeza um excelente material humano. Esta é Ruchama. E ela não é o que você está pensando."

Ruchama ajeitou com dois dedos os seus óculos. Entre os dedos estava a agulha. Ficou calada. Eu também não falei. Estava intimamente convencido de que seria essa Ruchama quem nos entregaria todos à polícia britânica. Para mim era estranho que Efraim mostrasse tamanha displicência e permitisse que ela circulasse pela oficina e se sentasse em sua cama e às vezes ficasse até o amanhecer: o amor, pensei, poderia perfeitamente esperar até depois da vitória. Nem bonita era. Nem falou comigo uma só palavra.

O velho poeta tentava com todas as forças impedir que as moças chegassem à oficina. Às vezes saía para emboscá-las na entrada. Mas havia duas entradas para o quintal, e em alguns lugares a cerca estava destruída, e o quarto de Efraim tinha mais uma entrada traseira que dava para um quintal pedregoso e três degraus de pedra muito escorregadios, tantas eram as agulhas mortas de pinheiro que os cobriam.

Às vezes o poeta extrapolava, impedia a passagem de uma das moças e lhe sorria com a maior cortesia:

"Por favor, minha senhora, deve estar enganada, com sua licença lhe direi que isto aqui não é uma cervejaria nem um antro de malfeitores. Esta é uma moradia particular. E de qualquer maneira o rapaz não está — saiu em suas andanças, não deixou comigo nenhuma instrução; quando vai lhe ocorrer retornar — quem sou eu para saber?"

Desde o início das férias de verão se estabeleceu uma trama entre mim e o senhor Nechamkin no que se referia a essas moças itinerantes: ele as bloqueava na frente da casa, eu ficava de tocaia no quintal.

Efraim, quando não saía em suas perambulações, gostava de dormir do meio-dia até o anoitecer. E dormia, coberto de suor, sobre um colchão na oficina. Agitava-se e suspirava durante o sono. Afugentava algo com os punhos. De repente se virava com um gemido alto. Eu entrava no quarto na ponta dos pés para ouvir se ao sonhar ele pronunciava algum segredo, para que eu pudesse protegê-lo de ouvidos estranhos. E voltava na ponta dos pés para meu posto de sentinela.

Se uma das garotas aparecia para perturbar Efraim em seu sono, nós dois, o senhor Nechamkin e eu, a interceptávamos energicamente na entrada do quintal. Para a dengosa pergunta

"Onde está Froike?" tínhamos respostas predeterminadas, sem concessões:

"Eu sou o vice dele. Ele não está em casa", eu respondia com expressão carregada.

E o senhor Nechamkin acrescentava, explicando prazerosamente:

"Nunca, nunca se sabe quando o rapaz vai voltar de suas andanças. Talvez amanhã, depois de amanhã e talvez daqui a muitos dias."

Às vezes a garota nos pedia que lhe passássemos um bilhete, ou lhe mandava lembranças. Nós recusávamos: Não precisa. Não tem sentido. E nos dias de hoje, quem é que recebe cartas de pessoas estranhas?

A garota protestava, ou se desculpava. Dizia que ia tentar de novo, em outra ocasião. Proferia hesitantemente palavras como "mal-entendido", "constrangimento". E ia embora.

No mesmo instante o senhor Nechamkin começava a justificar tudo isso, escolhendo as palavras:

"Nós não faltamos nem um pouco à verdade, e não ludibriamos essa senhora. Porque o sono é como que uma longa jornada a mundos longínquos. Quanto às cartas de amor e aos bilhetinhos, já foi expressamente dito que nenhum homem deve ser mensageiro do pecado."

E em tais ocasiões ainda acrescentava um prognóstico, uma espécie de pequena profecia, que lhe ocorria ao contemplar a garota andando e se afastando na ruela em declive:

"Com certeza ela vai arranjar outro rapaz num esfregar de olhos, e talvez encontre até dois, do jeito que ela gosta, enquanto nós só temos um e único Efraim. Por isso vamos continuar, como um só homem, a ser uma muralha fortificada, os dois, o infeliz poeta Nechamkin e o ótimo menino Uriel. Não vamos permitir que estranhos nos desviem e nos dispersem. Nechamkin o poeta e Uriel o menino continuarão firmes a postos e alertas. E agora pode ir em paz para suas brincadeiras, e eu — para minha difícil estrada. Cada um a seu destino. Oxalá ainda tenhamos a ventura de ver Jerusalém redimida."

2.

O senhor Nechamkin era um homem rechonchudo, descorado, adorável como um ursinho de pelúcia. Locomovia-se arrastando os pés, sempre apoiado numa bengala entalhada. Parecia que seu próprio corpo já lhe era estranho, ou um peso, e que contra a própria vontade era obrigado a arrastar consigo esse corpo para onde fosse, como se carregasse um pesado pacote cujas amarras estivessem pouco a pouco se desfazendo. Nos textos sagrados o poeta descobrira duas ou três obscuras alusões a um mar verde que se escondia no deserto de Judá, aos pés de Jerusalém, e que jamais fora visto; não era o mar Morto, nem o oceano, e sim olhos-d'água, nascentes, e lá estavam os essênios e os sonhadores que nem mesmo as legiões tinham conseguido encontrar, e até lá ele pretendia descer algum dia para livrar-se de sua carga, e a partir de então seguir leve e livre em seu caminho singular.

Costumava dizer:

"Como tenho pena deles. A ponto de chorar. Eles têm olhos e não enxergam."

E também:

"A boca deles fala, mas suas orelhas não escutam. A sentença está lavrada. O prazo já expirou. A espada já está brandida. Mas, quanto a eles, eles comem e bebem. Na aparência se mostram destemidos, mas na verdade estão é completamente cegos. Meu coração vai se partir de pena e tristeza."

Parecia às vezes que as profecias do senhor Nechamkin estavam prestes a realizar-se. Uma ocasião, na entrada da mercearia, ele se curvou e cochichou nos meus ouvidos que o rei de Israel surgiria breve de seu esconderijo nas fendas das montanhas, mataria o alto-comissário e ocuparia seu trono em Jerusalém. Certa vez lhe revelaram num sonho que Hitler não havia morrido, mas escapara e se escondera entre assassinos beduínos na escuridão das tendas de Kedar. E no meio das grandes férias, alguns dias antes de *Tishá beAv*, ele me chamou no meio dos oleandros que morriam de sede no quintal, e instou que eu regasse o jardim e as plantas nos vasos, porque os pés do Anunciador já pisavam o limiar de Jerusalém. No dia seguinte, às cinco da manhã, todo o bairro despertou ao som de gritos e gemidos. Pulei para dentro das calças de ginástica e corri descalço para fora, para ver o que era. Os três meninos Gril, Boaz, Ioav e Avner, estavam no meio da ruela batendo furiosamente num tambor de piche amassado. As mulheres saíam de suas casas com o robe aberto. Alguém fez uma pergunta aos gritos, muitos gritavam outras coisas. Todos os cães latiam como se tivessem enlouquecido. Da sinagoga *Sheerit Haplita*, Sobreviventes do Holocausto, surgiu o grande rabino Zisha Lufban, cercado de jovens devotos e religiosos praticantes, e ele exclamava repetidas vezes numa voz terrificante:

"Saia, impuro! Saia em nome de Deus!"

Mas só saíam moradores excitados, de todos os lados, muitos deles vestindo pijamas. A vizinha Helena Gril ia apressadamente de um em um a implorar que pelo menos se apiedassem da alma das crianças. E eu vi o senhor Nechamkin junto ao portão de seu quintal, isolado, discreto e pensativo. Vestia um terno azul, uma gravata polonesa, no rosto um sorriso cortês e condescendente, uma flor de papel flamejando na lapela do paletó, e na mão a bengala com o cabo esculpido em forma de cabeça de tigre.

A Mãe preferiu ficar em casa. Ela mandou o Pai acordar a farmacêutica, senhora Vishniak: a Mãe sempre ficava preocupada, com medo de que alguém desmaiasse ou que houvesse um acidente. Não houve nenhum acidente. Vimos uma colorida procissão crescendo ao nosso encontro, vinda do leste, da direção do bairro dos buckharianos. À frente da procissão ia um homem idoso e não muito limpo, montado num burrinho. Provavelmente esse velho estava doente, ou talvez só muito cansado, porque os carregadores curdos o amparavam dos dois lados, para que não caísse do burro. Os carregadores curdos eram magros, cobertos de pelos negros e levavam sacos presos com cordas na cintura.

Atrás do velho em sua montaria vinha todo o bairro dos bukharianos, homens, mulheres e crianças, parecia o êxodo do Egito, como tínhamos estudado na escola. Alguém tamborilava numa lata, outros cantavam hinos guturais, outros balbuciavam versículos ou sortilégios. Já o burro parecia resignado e atarantado, de cortar o coração. Não podia ser, de forma alguma, um burro sadio, nem era branco. Procurei Efraim, mas não se podia vê-lo em parte alguma. Seu velho pai sorriu para mim, tocou em meus cabelos e disse com muita tranquilidade:

"Felizes os que creem."

Enquanto isso a procissão dobrara da rua Tsefania para a rua Amos, de lá continuou para oeste ao longo dos muros da base militar Schneller, e parou diante do portão da base, em frente à torre do relógio.

Todas as crianças do bairro, eu entre elas, corremos ao longo dos flancos da procissão até os portões de Schneller. Lá nos detivemos, pois os sentinelas ingleses tinham engatilhado suas submetralhadoras Tommy e as apoiavam na barricada de sacos de areia, as bocas apontadas para a multidão.

A torre Schneller era coroada por um dístico indecifrável em letras góticas. E o relógio não funcionava havia muitos anos. É verdade que seu carrilhão ainda tocava de meia em meia hora, dia e noite, e podia ser ouvido a grande distância, mas os ponteiros estavam mortos. O tempo todo eles marcavam exatamente três horas e três minutos. Um boato percorreu a multidão: agora iria surgir o homem miraculoso que viera no meio da noite do outro lado das montanhas das trevas e ele exortaria o rei David a se lançar das alturas da torre com todos os seus cavaleiros. Das montanhas desceriam à cidade as legiões das dez tribos de Israel. As velhas bukharianas começaram a golpear o próprio peito com os punhos cerrados. Um homem amputado começou a declamar "Este é o dia que fez o Senhor", e de repente se arrependeu e calou-se. Junto com Boaz e Ioav e Avner e com todas as crianças do bairro eu também gritava numa fúria exultante:

"Estado he-breu! Imigração li-vre!"

"Meus olhos não querem ver isto!", disse o rabino Lufban, mas ninguém queria ouvi-lo.

Os ingleses bloquearam a rua com um carro blindado atravessado na largura. Da torre emergia um oficial com um megafone na mão. Com certeza ordenava à multidão que se dispersasse, mas por causa de algum defeito só se via o movimento dos lábios. A multidão se calou, e houve um silêncio como aquele que havíamos aprendido em aula, o silêncio de Deus, em que pudemos ouvir os passarinhos e um galo à distância. Estava quase amanhecendo. A luz era cinza-azulado. Os ciprestes e a torre d'água no alto da colina de Romema pareciam se afastar de nós para dentro de um tênue vapor. Então o velho soergueu-se no lombo do burro, puxou um lenço imundo das dobras de sua túnica, tossiu e cuspiu dentro dele. O povo ficou em silêncio. Ele dobrou e guardou o lenço, levantou a cabeça, cuidadosamente pôs um par de óculos, apontou com a mão trêmula para o relógio e talvez para toda a torre, e murmurava palavras que eu não conseguia ouvir, mas via como ele ia inflando, cada vez mais excitado, o rosto ficando vermelho, e de repente exclamou em voz clara e forte:

"Que saia o sol e que se faça o heroico ato. Agora!"

No mesmo momento raiou o sol, num laranja flamejante, gigantesco, ofuscando os cumes das montanhas a leste, incendiando Pater Noster e a torre de Augusta Victoria, golpeando o monte das Oliveiras com manchas de luz, ateando nas encostas e nos bosques um terrível resplendor, lampejando em cada cisterna nos telhados de Gueula, e Achavá, e Kerem Avraham e Mekor-Baruch. Eu quis fugir, pois parecia que Jerusalém estava pegando fogo.

Todos, os crentes e os curiosos, o senhor Nechamkin, o rabino Lufban, todos viram o raiar do sol e todos voltaram os olhares para a torre do relógio. Até mesmo o oficial inglês no carro blindado olhou para trás.

Mas o relógio não se mexeu: três horas e três minutos.

De longe, na Colônia Alemã, ouviu-se o apito de uma locomotiva. Alguém acendeu um cigarro. Cochichava-se. Uma mulher começou a rir, ou a chorar. Então o velho suspirou, apeou-se escorregando do burro cinzento, e trêmulo, amparado pelos carregadores e guarda-costas, disse com tristeza:

"Será em outra ocasião."

No mesmo instante o ilustre rabino Zisha Lufban começou a vociferar num irado ídiche, instando os devotos a expulsar imediatamente os facínoras e os palhaços para as profundezas de onde haviam saído e a pôr um fim àquela blasfêmia toda. O oficial inglês agora conseguira fazer funcionar o alto-falante, e deu à multidão quinze minutos para se dispersar pacificamente.

Eu abri caminho até o senhor Nechamkin:

"Por favor, senhor Nechamkin, o que vai ser agora?"

Ele passou sua bengala entalhada para a outra mão, tocou piedosamente em minha testa, afastou os meus cabelos dos olhos; sua mão estava fria e feia, mas sua voz soou como uma carícia:

"Nós, Uriel, temos muito fôlego. Vamos continuar esperando."

Ao cabo de alguns momentos a polícia britânica veio da direção de Romema e começou a dispersar o ajuntamento. Mas os guardas não tinham a menor condição de desfazer o que já fora feito: protegidos pela confusão e pelo acotovelamento, como se tivessem tramado de antemão, Efraim e seus companheiros tinham coberto as paredes e as persianas e os postes de iluminação e as vitrines com cartazes conclamando à revolta. Eram cartazes incendiários. Neles se dizia que os dias do regime nazibritânico estavam contados, que o subterrâneo hebreu já condenara à morte o alto-comissário e que a sentença seria levada a efeito brevemente, e que Judá, que tombara com sangue e fogo, com sangue e fogo renasceria.

Depois os devotos voltaram para a sinagoga, os bukharianos se espalharam pelas ruelas, as lojas se abriram, as montanhas arderam cada vez mais e em Jerusalém começou mais um difícil dia de verão.

3.

Quando voltava de suas peregrinações Efraim vinha a nossa casa ao entardecer, me passava em segredo um teste sobre a teoria das ondas e frequências de rádio, jogava xadrez com o Pai e olhava de longe para a Mãe.

Enquanto o Pai e Efraim estavam mergulhados em seu jogo, a Mãe costumava ficar ao piano, sentada de frente para a janela e para as montanhas, de costas para o quarto. Efraim não a olhava sonhadoramente, como faziam os heróis dos filmes, mas com uma expressão de susto. Eu também me assustava de repente com o silêncio deles. Naquela época, em Jerusalém, quase toda noite se ouviam tiros à distância. O Pai mascava folhas de hortelã: estava sempre preocupado com seu hálito. Efraim fumava muito, a ponto de lacrimejar. A Mãe tocava repetidamente o mesmo estudo, como se tivesse resolvido consigo mesma não avançar um passo antes de obter uma resposta. Lá fora, o vento tocava as copas das árvores como a pedir silêncio. E havia silêncio.

No peitoril da janela do norte, entalhada na parede como se fosse um nicho, se estendiam meus campos de batalha. Rolhas, percevejos, papéis dourados e prateados, caixas de fósforos e maços de cigarros vazios eram destróieres, soldados e tanques. Eu promovia ardilosas e devastadoras batalhas entre as tropas de assalto nazistas e as legiões de Bar Kochba e do general Budieny. Transcorrida metade das férias de verão, meus hasmoneus já haviam varrido Atenas, arrombado as muralhas de Roma, incendiado seus palácios e derrubado suas torres, e seguiam impetuosamente para cercar Berlim e Londres. Antes que chegassem as chuvas de inverno e a neve, que bloqueariam as estradas, nós os renderíamos incondicionalmente.

Foi Efraim quem concebeu a estratégia:

"Você deve atacar sempre pelos flancos", ele me instruiu, "sempre a partir do deserto, das florestas, das montanhas, sempre de direções inesperadas."

Seus olhos se esbraseavam enquanto falava, e suas mãos não ficavam quietas. Ele continuava aos sussurros:

"E não acredite neles. Nunca acredite neles. Todos eles estão sedentos de nosso sangue."

Foi dele também a ideia dos submarinos de terra firme, que chamávamos de submarinos de raios X, que podiam se locomover debaixo da crosta terrestre, dentro do mar de lava vulcânica fervente, e aniquilar cidades inteiras disparando foguetes por baixo de suas fundações.

"A terra tremerá", dizia Efraim, "as cidades queimarão até virarem cinzas e as torres desmoronarão", afirmava, "e depois teremos sossego."

Como eu gostava de vê-lo encher-se de fúria e depois se envolver em silêncio.

Eu o amava quando ele me prometia o terremoto, a queda das torres, o sossego.

Eu lhe suplicava:

"Mas quando, Efraim?"

E a isso ele me respondia com um de seus sorrisos frios e pragmáticos. E se calava.

Pior do que isso, às vezes me deixava sozinho, zombando impiedosamente:

"Você, Uri, continue a jogar com seus brinquedinhos. Eu tenho o que fazer. Cada detalhe tem de estar pronto e muito bem planejado com antecedência."

Toda noite Efraim verificava as frequências e as ondas cósmicas de rádio, tentando isolar entre elas a do raio da morte. Se eu lhe implorava que me revelasse o que era o raio da morte ele explodia, numa desalentada gozação:

"Raio que o parta, para-raios, marraio. E você, aprenda a ficar calado e a aguardar ordens, como um soldado, ou vai jogar bola de gude, brincar com pião ou soltar pipa, como todos os bebês. Vá, saia daqui. Por que você grudou em mim, não sou professora de jardim de infância. Vá embora de uma vez!"

Humilhado e ofendido eu batia em retirada, da oficina para o quintal. Um marechal de campo rebaixado, cujos galões e condecorações tinham sido desonrosamente arrancados. Eu me sentava nos degraus de pedra rachados. Coçando embaixo dos joelhos com agulhas de pinheiro. Tentando em vão hipnotizar com olhos arregalados algum gato atarantado sobre a cerca em frente. E me arrependendo.

Efraim e seu pai poeta dividiam a administração da pequena oficina de conserto de aparelhos elétricos e de rádio; o senhor Nechamkin recebia e anotava os pedidos, cobrava pagamentos, trocava com diversos clientes ideias e considerações sobre a situação em geral, citando como subsídio e exemplo versículos e passagens das Escrituras, anotava créditos e débitos com cuidadosa caligrafia em cadernos quadriculados, as páginas divididas em colunas marcadas com linhas vermelhas e azuis. Era prerrogativa sua dar descontos e conceder crédito.

Às vezes Efraim permitia que seu pai e eu enrolássemos fios de cobre galvanizados numa bobina de madeira. Uma vez ele se aproveitou maldosamente da surdez do velho para me prometer baixinho:

"Quando ele morrer você vai ficar no lugar dele. Você será o poeta e o caixa."

E logo voltou atrás:

"Mas não. Nós vamos morrer antes dele e ele vai escrever nossos necrológios em verso, dizendo que éramos 'amados e adoráveis, não separados na morte, e que nas noites renascemos para continuar a lutar por nosso povo'. Algo assim. A guerra será dura e sangrenta. Só as próximas gerações terão descanso."

Quando não estava em suas expedições, Efraim ficava a manhã inteira como que sonhando acordado entre ferros de passar, gramofones quebrados, aparelhos de rádio antigos. Podia acontecer de ele ser tomado de fúria, se atirar sobre os velhos aparelhos com chaves de parafuso e alicates, desmontá-los até as últimas peças, remontá-los acrescentando outras, e assim às vezes ele conseguia fazer surgir daquele ferro-velho um aparelho moderno e aperfeiçoado. Sua palavra predileta era: frescor. Seu trabalho, segundo ele, devolvia o frescor da juventude a aparelhos pré-históricos dos quais os donos já tinham desistido. Mas quando essa fúria acabava, tornava a se deixar envolver em sonolência. A cinzenta poeira do verão pairava sobre tudo, as moscas zumbiam em nossas orelhas e as aranhas esperavam por elas em suas teias, nos cantos da oficina. Efraim soltava um bocejo que parecia um uivo de raposa, espreguiçava-se energicamente, cuspia duas vezes no chão e consertava distraidamente o ferro de passar da senhora Vishniak, da farmácia. E mergulhava de novo em seu silêncio matinal.

Ao meio-dia ele fritava batatas para todos nós e dividia com seu pai salsichas com mostarda, despia em nossa presença o macacão e caía de cuecas no suado colchão, como se tivesse trabalhado duro. Ele dormia aquele seu sono inquieto até escurecer, e nós o protegíamos das garotas.

Mas à noite eu via um Efraim vivo e silencioso, e então eu era verdadeiramente seu vice. Como um gato escuro ele trepava pela calha até o teto, estendia diversas antenas, mesclava e partia frequências. Eu era encarregado de ficar entre os aparelhos que lampejavam na escuridão da oficina e tomar nota do que estava ouvindo. Até que me chamavam para ir para casa e ele continuava sozinho a perseguir sem descanso um erradio feixe de onda que queria isolar de entre os feixes de luz das estrelas.

Uma vez ele condescendeu em me explicar com simplicidade: a força de atração da Terra é um fenômeno de radiação. Veja, o martelo que está na mão esquerda e o cigarro que está na direita vão cair juntos e chegar ao solo com exatamente a mesma velocidade, mas sem causar a mesma dor. A natureza sempre faz acontecer uma coisa e seu inverso, como a vida e a morte, o fogo e a água, a esperança e o desespero. Por isso a natureza abriga uma radiação contrária que neutraliza a da atração, e depois que descobrirmos essa radiação tudo se tornará possível, e enquanto isso dê o fora daqui e esqueça tudo que ouviu.

Não pude compreender todas essas coisas em seu aspecto científico. Mas como ministro do Exército eu sabia muito bem qual seria o destino do Império Britânico quando essa radiação secreta estivesse em nossas mãos.

Às vezes uma das garotas dava um jeito de burlar nossa vigilância e conseguia passar e ficar com Efraim a noite toda. Mesmo em noites como essas Efraim não desligava os aparelhos que lhe transmitiam muitos sinais em ondas curtas. Com certeza o amor rolava no quarto ao som de penetrantes silvos e assovios que vinham do espaço exterior. Ou talvez não amor. Talvez outra relação, não feia, não suada, coisas em que eu queria tomar parte mesmo se tivesse que pagar com a minha alma, e uma vez até me esgueirei no escuro para ficar atrás das persianas cerradas e me escondi como uma coruja entre as folhagens do grudento pimenteiro e prestei atenção até o limite de minha capacidade de prestar atenção, tremendo com as vozes que ouvi no escuro, porque não sabia se eram sons de lamentos ou de risos contidos, ou sinais de rádio das estrelas no céu, e de repente me assustei e a ramagem do pimenteiro me sujou com uma seiva amarga e pensei que tudo ia explodir em pedaços e que Efraim e a garota morreriam e o senhor Nechamkin e minha mãe e meu pai morreriam e eu ficaria sozinho na Jerusalém incendiada, e o cheiro de pimenta me denunciaria e das montanhas desceriam à cidade bandos sedentos de sangue e eu estaria só. Escorreguei da árvore e contornei a casa no escuro. Um gato saltou e me assustou, porque meus passos o haviam assustado. Fui até a janela do quarto do velho poeta, colei o rosto na tela e chamei num sussurro:

"Senhor Nechamkin! Desculpe! Senhor Nechamkin!"

Ele não ouviu, nem poderia ouvir. Toda noite ele ficava construindo com fósforos usados um modelo de sinagoga, de acordo com a descrição do Pentateuco e de outras fontes. Essa construção já durava muitos anos, e sua conclusão ficava cada vez mais distante porque, assim explicava, as diversas fontes em que buscava informação apresentavam alternativas distintas, e ele tinha então de destruir o que já fizera e tentar de novo, uma vez de um jeito, outra vez de outro.

Com seus dedos grandes, pálidos, o senhor Nechamkin mergulhava fósforo por fósforo numa bacia de cola de farinha, um pedaço de barbante entre os dentes. Ele balbuciava para si mesmo: "Nosso Pai, nosso rei/ De nós tenha mercê e nos responda/ Apesar de não termos feito boas ações".

Por fim, na cama, arranhado e cheirando a pimenta, ouvi as vozes dos fiéis que rezavam na sinagoga Sheerit Haplitá. Os devotos lá se reuniam para o serviço da meia-noite: nem sempre será verão. Logo virão os dias terríveis.*

E alguma coisa irritou ou amedrontou os cães do bairro e os fez hesitar entre um uivo e outro na quente escuridão da noite.

---

* Também se chamam "dias terríveis" os dias das festas de Rosh Hashaná e Yom Kippur e os dez dias entre elas, que ocorrem após o fim do verão. (N. T.)

4.

Efraim era um enxadrista arguto mas impaciente. Mais de uma vez o Pai conseguiu vencê-lo numa partida evitando se arriscar e optando por um paciente jogo defensivo.

"Um dunam aqui, um dunam ali",* citava Efraim ironicamente quando o Pai tomava de vez em quando um longínquo peão na beira do tabuleiro.

O Pai não se ofendia. Apenas admoestava:

"Concentre-se, Efraim. Não desista. Aliás, mesmo na situação atual estou pronto a trocar de posição e jogar em seu lugar com as peças que ainda lhe restaram."

Efraim definia essa proposta como coisa típica de um lobista, exigindo que se parasse com as conversas e se voltasse ao jogo propriamente dito.

"Você fica fazendo discursos para me confundir, Kolodny,

---

* Referência a uma canção sionista que fala da lenta e progressiva redenção agrícola das terras da Palestina. Um dunam corresponde a 1000 m². (N. T.)

mas logo logo vai ver que caiu numa armadilha, e não terá nenhuma vontade de discursar."

"Quem viver verá", dizia o Pai gentilmente, "enquanto isso o seu bispo está cercado e não pode bispar, e este peão eu comi, bom apetite."

"Coma, Kolodny", disse Efraim com raiva, "bom proveito, coma essa isca, porque eu vou puxar o caniço."

"Quem viver verá", dizia o Pai amavelmente.

Ficavam na sala de estar, sentados um diante do outro em cada lado da pesada mesa marrom: Efraim escuro e baixo, a cabeça pendendo para a frente como se quisesse cabecear, a camisa intencionalmente aberta para mostrar o peito de pelos encaracolados. O Pai ficava de camiseta, calças curtas cáqui muito grandes para ele, a pele do rosto rósea de tanto e tão rente barbear, o canto dos olhos insinuando um sorriso que eu costumava chamar comigo mesmo de "sorriso educativo".

Aberto no meio da mesa, o tabuleiro ficava cercado de nozes, biscoitos, um prato cheio de maçãs, guardanapos de papel azulado com a estampa impressa de um barquinho com uma vela branca. Havia também um cinzeiro de porcelana na forma de uma mão feminina estendida para colher algo. Entre os petiscos, um vidro de iogurte vazio com rosas brancas começando a murchar. De vez em quando uma pétala desbotada se desprendia de uma dessas rosas para pousar docemente sobre o encerado que cobria a mesa. No encerado também havia rosas, mas não pálidas nem murchas, e sim impressas em muitas e vivas cores. O Pai recolhia de imediato a pétala que caíra, nela fixava um olhar concentrado e a dobrava habilmente em minúsculos quadrados.

Efraim então levantava um cavalo ou uma torre, com ele dava algumas batidas nervosas como a chamar a atenção do Pai, e dizia:

"O que tem aqui para pensar tanto assim, Kolodny? Você não tem alternativa."

E o Pai:

"Sim, é verdade. Só estou tentando escolher dos males o menor."

De seu lugar junto ao piano a Mãe dizia:

"Acalmem-se, vocês. Não vale a pena se irritar por causa de um jogo."

Para mim, essa observação era absolutamente desnecessária: o Pai e Efraim não estavam nem um pouco irritados.

A sala de estar era mobiliada num estilo simples e alegre: as cortinas eram vaporosas e claras, o teto caiado de azul-pálido e as paredes pintadas com florezinhas, como se o pintor aspirasse a ser um jardineiro e a cultivar violetas por toda parte. Por trás das portas de vidro do aparador as peças do aparelho estavam arrumadas em fileiras retas, verde com verde, branco com branco, como soldados enfileirados para a revista. Havia também um lustre com quatro sinuosos caules de cobre encimados por lâmpadas elétricas, como se fossem botões de luz.

No outro lado erguia-se uma estante de livros, entre os quais uma Bíblia interpretada em termos modernos, uma geografia do país, uma história dos judeus e uma história dos povos, todas as poesias de Bialik, uma coletânea poética de Tchernichovsky e o dicionário de hebraico de Gur. Um tomo das *Pérolas da literatura* jazia enviesado sobre tudo isso, pois não havia mais lugar na estante. Acima do aparador, bem alto, tinham pendurado o quadro de um camponês empurrando seu arado nos campos do vale de Jezreel, e não me passavam despercebidos os corvos negros a voar na altura do monte Gilboa, num canto do quadro. Sobre o piano da Mãe, um busto de gesso de Chopin, que eu secretamente chamava de "senhor Tchupak", pois lembrava vagamente o dono da butique Riviera, na rua King George. O busto de Chopin trazia uma inscrição em polonês, que a Mãe traduziu para mim assim: "Com todo o calor do meu coração e até meu último alento". Junto ao peitoril de minha janela, um prego sustentava uma caixinha do Keren Kaiemet, o fundo nacional para aquisição de terras. A caixinha trazia estampado um mapa de nosso país. As áreas que já tinham sido adquiridas de seus antigos proprietários não judeus estavam marcadas no mapa com a cor marrom. Essas manchas marrons eram tão pequenas e espalhadas que uma vez não consegui mais me conter, e ao meio-dia fui lá e desenhei com meu guache uma agressiva seta para o norte, a partir de Jerusalém, atravessando Guilad e o Golan, até as montanhas do Líbano, e uma segunda seta a partir de Jerusalém para o leste e para o sul, até a fronteira de Moab, nas margens do mar Morto. Depois de tal movimento de tenazes poderíamos cobrir tudo com a cor marrom e ser os donos do país. A princípio o Pai ficou zangado, e insistiu para que eu lavasse e secasse cuidadosamente a caixinha do Keren Kaiemet, até que não restasse nenhum sinal dessa minha gracinha. Depois mudou de ideia, seu rosto assumiu aquele sorriso educativo, e ele disse:

"Está bem. Pode deixar. Você deu asas à imaginação, como se diz. Que seja."

A Mãe disse:

"Toda sexta-feira pomos dois mils nessa caixinha e ela nunca se enche. Talvez até o dinheiro esteja evaporando com esse calor. Em vez de ficar falando, Kolodny, quem sabe você vai buscar um quarto de pedra de gelo para a geladeira. Ou manda o seu filho, para mim não faz diferença. Mas, por favor, se apresse, antes que as verduras estraguem."

Se Efraim vencia o jogo de xadrez, o Pai aceitava o resultado com bom humor e observava animadamente:

"É apenas um jogo!"

Mas se Efraim perdia a concentração por causa da presença da Mãe, ou porque de repente lhe ocorrera alguma luminosa associação ideológica, e ele cometia um erro grosseiro após outro e era derrotado, o rosto do Pai se enchia de vergonha e constrangimento:

"Olhe para isso, Efraim", sussurrava preocupado, "veja como você se complicou. O que é que vamos fazer agora?"

Ao que Efraim respondia com um breve e irado silêncio, apanhava uma noz e a esmigalhava em pedacinhos, lançava um olhar aos ombros da Mãe ou às encostas de montanha que se viam por cima desses ombros na janela, e deixava escapar entre lábios apertados:

"Está bem, Kolodny, está bem. Agora vem, vamos finalmente jogar uma vez para valer."

Como se a partida que ora se encerrara tivesse sido só um treino, uma preparação para as seguintes. Como se a derrota que sofrera não fosse mais que um pequeno gesto que Efraim concedera em honra do agradecido Pai, e agora eis que chegava a hora da verdadeira partida, que ele conduziria sem consideração ou piedade.

Em geral a Mãe impedia que começassem a nova e verdadeira partida. Ela parava de tocar, ia até a mesa, pousava uma mão no ombro do Pai e a outra no encosto da cadeira de Efraim, e dizia:

"Chega. Parem vocês dois. Agora vamos todos tomar uma xícara de chá."

E o Pai e o visitante, imediatamente, como um só homem e numa entusiástica aceitação:

"Realmente, realmente não precisa! Obrigado! Não vale a pena mesmo, ter tanto trabalho!"

A Mãe ignorava esses protestos e se dirigia a mim:

"Você quer me ajudar, Uri?"

Eu largava no mesmo instante as rolhas e os papéis dourados e prateados, suspendia o fogo em todas as frentes e acompanhava a Mãe até a cozinha. Eu gostava de ajudá-la a servir o chá. Gostava de arrumar tudo com cuidado no carrinho preto de vidro e de levar o carrinho para a sala: cinco xícaras com seus pires de vidro. Cinco pratos rasos para o bolo. Cinco garfos com um dente mais grosso e outros dois mais finos. Cinco colherinhas. Açúcar. Leite. Limão. Reforço de nozes e biscoitos. Logo a chaleira ia ferver e a Mãe serviria o chá. Enquanto isso era minha tarefa descer as escadas, atravessar a ruela, acordar o velho poeta de sua sesta vespertina de verão numa espreguiçadeira a um canto do maltratado jardim, entre os oleandros secos e os canteiros de espinhos, e propor-lhe educadamente:

"Senhor Nechamkin! Desculpe! Senhor Nechamkin! Lá em casa vamos tomar chá, e estão perguntando se o senhor também virá tomar conosco, por favor?"

A princípio o velho não se mexia. Só abria os olhos azuis e olhava para mim espantado. Depois, em seu rosto de cágado se desenhava um sorriso cansado, como um sorriso que vem depois do desalento, e sua mão apontava com ternura para o pimenteiro, de entre cujos galhos se ouvia o alarido de passarinhos invisíveis que pareciam tomados de êxtase:

"O que é que há, garoto, o que está havendo lá, algum incêndio, Deus nos livre?"

E logo acrescentou:

"Menino Uriel. Sim. Abra a boca e me ilumine com suas palavras."

"Estão tomando chá, senhor Nechamkin, e conversando, e pediram muito que o senhor venha também."

"*Nu*. O quê. Sim. Até parece que tem um incêndio, Deus nos livre, mas felizmente não há fogo nenhum. E eu haverei de ir. Claro que irei. Melhor ainda, vamos os dois juntos, como um só homem: o poeta e o menino. Vamos indo, com muita alegria, e não ficaremos sem recompensa."

Já a caminho, na ruela, no quintal e nos degraus o velho poeta começava com seu discurso manso, sua voz de veludo beijando as palavras incomuns que ele escolhia usar, como que acariciando os finais de suas frases, e como se para ele fosse igual que todo o povo o ouvisse ou somente eu, ou mesmo ninguém. Falava sobre a vergonha de ignorar o infortúnio do próximo, sobre a dimensão do sofrimento, sobre a ironia do destino e sobre estar à altura da situação. Ele ainda falava quando chegávamos em casa, e Efraim e o Pai iam a seu encontro para tirar de sua mão a bengala entalhada na figura de um tigre e fazê-lo sentar à mesa, entre a Mãe e a janela. Depois que ele se sentava a Mãe servia o chá, e ele não interrompia seu discurso nem o retomava do início, continuando a expor suas ideias, as quais, explicava, haviam-se acumulado ao longo de suas extensas meditações:

"... e não existe um líder para a nação, nem existe coluna de fogo. Só uma coluna nebulosa que obnubila todos os olhos. Todos os olhos se obscureceram. E mil anos são como um único dia. Oxalá se ouvisse a voz celestial, ou viesse um fogo devorador, contanto que algo finalmente acontecesse para redimir essa enlutada Jerusalém. Pois como está é impossível continuar. Pois estamos quase condenados. Não, minhas senhoras e meus senhores, não, não vou tomar um segundo copo. Não tem dinheiro no mundo que me faça beber mais, para que vocês não pensem que sou um glutão ou um beberrão. Eu me basto com um copo só. Fico satisfeito. Mas, por outro lado, minha senhora, por outro lado como posso recusar-lhe? Ao contrário, é uma satisfação beber com vocês mais uma vez. Contanto que não tenham muito trabalho. Depois vou ler para vocês alguns versos bem modestos, com sua licença, é claro, despedir-me e seguir em paz meu árduo caminho. Recebam meus agradecimentos e minhas bênçãos, vocês foram muito amáveis comigo."

Após essas palavras houve um breve silêncio.

Efraim olhava para a Mãe e o Pai olhava para Efraim.

Eu aproveitei o momento para me esgueirar da mesa e voltar a meu campo de batalha, para os percevejos e maços de cigarros, alguns dos quais marcavam as posições de divisões nazistas e outros os batalhões de hasmoneus que emboscavam os primeiros na subida para Beit Horon, poucos contra muitos.

Pela janela eu podia ver o pátio de manobras entre os muros da base Schneller. Soldados-formigas varriam o pátio, pintavam com cal os troncos dos pinheiros e dos eucaliptos, esticavam cordas como marcação, empilhavam telhas. À luz vespertina esses soldados me pareciam pequenos e perdidos de doer o coração, como se estivessem arriscando a vida em vão.

Em volta, as montanhas cercavam toda a cidade, e ao anoitecer elas apertavam o cerco sobre nós. Para essas montanhas não havia nenhuma diferença entre um homem e outro homem, entre um homem e uma mulher, entre uma mulher e uma criança. Talvez as montanhas já tivessem descoberto o raio da morte e agora seriam capazes de se erguer e se assimilar às nuvens do poente. Ou aguardavam silenciosamente que surgissem as estrelas. Uma melodia distante percorre os céus toda tarde. Quem está cantando, e quem, a não ser eu, está ouvindo?

Atrás das montanhas começa o silêncio. Atrás das montanhas está o mar de gelo do norte. Atrás das montanhas não há nada. Uma noite dessas eu vou deixá-los, e as nozes deles, e irei sozinho através de Tel Arza e através dos vales e para o outro lado das nuvens-carruagem e das nuvens-urso e das nuvens-crocodilo e das nuvens-dragão, eu irei e chegarei além das montanhas para ver o que existe além das montanhas. Sem mochila e sem cantil sairei a caminho para descobrir o que essas montanhas querem de nós o tempo todo. Irei para as grutas. Lá ficarei sozinho, o menino montanhês, o dia inteiro, o verão inteiro nas rochas no sol no vento, e eles não saberão jamais como a terra treme e por que as torres desmoronam.

Depois do breve silêncio, eis que o Pai resolveu de repente que chegara o momento de abrir uma nova página.

E ele disse:

"*Nu*. Boa noite, senhor Nechamkin, boa noite para você também, Efraim, o verão ainda reina absoluto, mas acho razoável já levar em conta que o outono chegará em breve. Na sinagoga já se rezam as *slichot* nos serviços vespertinos."

Ao que o velho respondeu com as seguintes palavras:

"A situação está piorando."

E Efraim, os cabelos desgrenhados sobre a testa cabeceante, parecendo um homem a morrer de sede, acrescentou às palavras do Pai:

"Breve tudo vai mudar por aqui. Nada será como era antes."

A partir daí se desenrolou uma conversa de cunho político que eu acompanhei muito assustado, perplexo de constatar quão pouco eles compreendiam. A conversa virou uma discussão. O Pai foi buscar exemplos do passado distante e do passado recente. Depois, cuidadosamente, manifestou reservas a esses exemplos, pois em sua opinião a história não se repete. Efraim encheu-se de impaciência, e disse que todos os exemplos e subsequentes restrições eram bobagem, interrompeu bruscamente as palavras do Pai e exigiu energicamente que se falasse sobre princípios genéricos e não detalhes sórdidos. O que valeu uma repriminda do senhor Nechamkin a Efraim, com as palavras:

"A empáfia é um grande pecado."

"Você, espere um pouco do lado de fora, com todos os seus pecados", disse Efraim.

"Você já esqueceu", sorriu o senhor Nechamkin, como que saboreando a agudeza do filho, "já esqueceu, filho querido, por que Jerusalém foi destruída? Vou então lembrar você por que Jerusalém foi destruída: por causa da luta entre irmãos, e da inveja e de um ódio sem motivos. E devíamos ter aprendido a lição."

"Totalmente confuso", disse Efraim. E ao cabo de um instante acrescentou:

"Você também, Kolodny, está um pouco confuso. Vamos parar com essa discussão. Talvez o único que entenda disso seja o filho de vocês, mas ele está sempre com a cabeça nas nuvens. E, minha senhora, me perdoe. Da senhora eu não falei uma só palavra, e não vou falar. Chega de conversa. Basta."

Nesse ponto a Mãe sugeriu que o ambiente e os humores melhorassem. Pois tínhamos prometido ao senhor Nechamkin que ouviríamos seu novo poema. Depois ela voltaria a seus exercícios de piano, onde empacara num certo trecho, e o Pai e Efraim poderiam jogar a revanche pela qual tanto ansiavam. O crepúsculo já começara, disse a Mãe. Ainda ia durar algum tempo. Seria possível acender a luz, ou não acender. Daqui a uma hora ainda haverá alguma luz. Uri poderá pegar sua bola nova e brincar lá fora até que escureça completamente. E para que tanta irritação com a política, disse a Mãe, o que pessoas como nós podem fazer? Vamos. Por favor. Acalmem-se.

5.

No lado de fora, à luz azulada da tarde, as crianças brincavam de roda. Boaz e Avner Gril derramaram um pouco de querosene na calçada em frente à casa. Quando a luz vespertina bateu na poça de querosene ela explodiu num festival de cores, esplêndidos arco-íris em roxo, laranja, azul-claro, vermelho-rubro, cinza e turquesa. Como eu gostava dessa hora... Ioav zombou de mim como sempre, com suas rimas idiotas, "Kolodny Uri, não tem quem ature", e eu não dei a mínima. Luz vespertina em tudo. Bat-Ami, irmã de Boaz, Ioav e Avner, estava sentada numa cerca mastigando caroços de abóbora e de girassol. "Por que você fica calado e não responde?", disse rindo. "Não me importa nem um pouco", disse eu. "Importa sim, e como", riu-se Bat-Ami. E de todas as casas de todos os aparelhos de rádio irrompeu para dentro dessa luz vespertina e da poça de querosene uma marcha militar inglesa: "It's a long long road to Tipperary". Eu não sabia que lugar era esse da canção. Nem queria saber. "Vejam como Shokolodny fica olhando o tempo todo para Bat-Ami", disse Avner.

Que falem, pensei comigo mesmo. Que é que tem. A geração do deserto. Como se eu não tivesse visto quem escrevera no muro as palavras "À meia-noite/ quando a estrela brilhar/ Bat-Ami e Uri/ vão se casar". Como se eu não soubesse quem apagara as palavras "se casar" e começara a escrever outra palavra, mas desistira no meio, assustado. Medroso.

Na tarde do dia seguinte, depois do chá, Efraim disse que na opinião dele o próximo outono seria um outono crítico. O Pai discordou e disse que o mundo finalmente aprendera uma lição contundente, e agora tudo iria mudar. Dessa mudança, assim pensava o Pai, vamos nos beneficiar nós: Rússia e América iam se tornar aliadas. A combalida Inglaterra não poderia opor-se a elas. Aproximava-se, pois, a hora da verdade, e era nosso dever sermos agressivos e cuidadosos ao mesmo tempo. Esse peão, comentou surpreso o Pai, Efraim não precisava ter sacrificado sem necessidade: ele poderia facilmente ter colocado a torre aqui, para protegê-lo. Se todos soubermos apenas duas coisas com muita precisão, primeiro, o que, exatamente, queremos conseguir, e, segundo, qual é exatamente o limite real de nossas forças, então, assim crê o Pai, podemos sair dessa vitoriosos. Quer dizer, na presente fase. Aliás, no tocante a esse peão, ele abre a Efraim a possibilidade de reconsiderar: vamos devolver o peão a seu lugar. Isso, assim. E a torre direita vamos pôr aqui. Agora podemos continuar de uma posição mais ou menos lógica. Mas Efraim repetiu a jogada e num gesto brusco varreu o peão do tabuleiro, e até demonstrou uma total indiferença para com o destino dele: que é que tem. Sem esse peão poderia vencer a partida facilmente. Não pedia nenhuma condescendência. O arrependimento em si lhe causava nojo.

"Não me faça favores, Kolodny", disse Efraim, "você é quem está se defendendo, e eu, atacando. Então que história é essa de ter pena de mim de repente. Melhor ter um pouco de pena de si mesmo."

A Mãe estava sentada ao piano. Nessa tarde não estava tocando, só olhava pela janela, fitando as montanhas que escureciam, e talvez os passarinhos. Sua tristeza comoveu de repente o senhor Nechamkin. Ele se dirigiu a ela num tom delicado, como se estivesse rezando sozinho num espaço aberto:

"Senhora Kolodny, por favor, que a senhora não se ria de nós em seu íntimo. Que não faça mau juízo de nós. Pois, afinal, é só por causa de tanto sofrimento que saímos das medidas. E a senhora é capaz de nos enxergar por dentro e por fora, de ver o quanto temos esperado e como não temos mais forças para continuar esperando. E quanto desgosto causamos à senhora. É para se salvar, para se salvar mesmo, que quer escapar de nós e de nossas conversas. Escapar de uma vez por todas. Ei-la sentada ao piano, a olhar para as montanhas. Não vai nos conceder um luminoso olhar de complacência?"

A Mãe ficou calada.

"Vamos continuar esperando", declarou o senhor Nechamkin, "e nossos ouvidos estarão alertas para o som de seus passos quando ele vier. Vamos, minha senhora, não vai nos conceder um olhar de complacência?"

"Não faz mal, senhor Nechamkin", disse a Mãe.

E ao cabo de um instante acrescentou:

"Daqui a pouco vai escurecer. Não se preocupe."

Não pude conter um sorriso cruel ao ouvir as palavras que o senhor Nechamkin escolhera usar, "nossos ouvidos estarão alertas": porque ele mesmo era surdo, e ensurdecia cada vez mais.

"De fato, ela está com a razão", disse subitamente o velho, num sobressalto. "Realmente está ficando escuro. Portanto, vou deixar para outro dia a leitura de minhas rimas e me apressar a seguir meu caminho. Está ficando tarde. Aqui está a bengala, e aqui está também a porta. Como é grande a tarefa que temos a nossa frente."

Bem fundo no escuro, atrás de uma pedra frouxa na parede da gráfica, no porão, havia uma caixa. Eu a tinha escondido, envolta numa meia de seda e coberta de serragem, e no meio da serragem eu espalhara pó de alho para despistar os cães farejadores. Quando Efraim conseguir isolar seu raio estelar, vamos aprisioná-lo dentro daquela caixa. De que vale tanta discussão: Agência Judaica, comissão de inquérito, Bevin e Henry Gurney, as grandes potências. O outono vai chegar, e então vamos subir, Efraim e eu, ao telhado da casa, e de lá vamos incendiar toda a Inglaterra com um só e longo raio. Outono crítico. Inglaterra combalida. Primeiro e segundo. Que tenho eu a ver com todas essas conversas deles. Eu sou pelas montanhas.

O senhor Nechamkin se despediu do Pai com um aperto de mãos, da Mãe com uma reverência e de mim com um beliscão na bochecha. Seguiu seu caminho em direção a oeste, arrastando os pés em seus sapatos rotos, perseguindo o sol que se punha além dos tetos de telha das casas alemãs no bairro de Romema. E, no castão da bengala, o tigre arreganhava suas terríveis presas: como se da noite para o dia tivessem surgido e crescido florestas perenes em Jerusalém.

O Pai e Efraim terminaram a revanche deles, um com vergonha, o outro condescendente, e desceram os dois à gráfica para desligar a máquina.

Depois o Pai voltou sozinho para casa. A Mãe acendeu a luz. Decidira passar a roupa só no dia seguinte. E nosso jantar foi simples, salada, omelete, iogurte, pão e azeitonas.

O Pai amarra à cintura o avental da Mãe e lava a louça com sabão. Enxágua os pratos, um a um, numa bacia de água fria. Eu fico a seu lado e enxugo louça e talheres com uma toalha. A Mãe devolve alguns deles a seus lugares na prateleira, e põe outros sobre a mesa da cozinha, já para o desjejum de amanhã. Um momento de calma e repouso. Talvez nos sentemos os três para arrumar a coleção de cartões-postais com paisagens do país. Vão mandar que eu me lave e vista o pijama, enquanto os dois vão se sentar na varanda e respirar o aroma da noite. Da janela do meu quarto posso ver a luz acesa na oficina e no quarto de Efraim: até de madrugada ele vai pesquisar frequências de ondas, escutará os lamentos das estrelas por trás de seus aparelhos, e o velho acrescentará ou removerá uma camada de fósforos na muralha do Templo. Não quero saber. Nem me importa. Em minha opinião, guerreiros não podem deixar-se envolver no amor e coisas assim. O amor pode esperar até depois da vitória. De tanto amor pode-se perder de repente o controle e revelar segredos, e depois não tem volta. Eu me lembro, depois de escreverem sobre mim e Bat-Ami Gril que à meia-noite, ao surgirem as estrelas, nós dois íamos casar, me lembro que perguntei a ela se ela achava que um dia algo assim poderia acontecer. Claro, eu disse, depois da expulsão dos ingleses e do estabelecimento do Estado hebreu.

Bat-Ami acha que ela só poderá se apaixonar por um rapaz que saiba exatamente o que quer e que não possa ser demovido do que quer e do que pensa. Obstinado, mas que leve os outros em consideração, ela disse.

Eu lhe prometi guardar segredo, para que não surgisse ninguém que pudesse se aproveitar disso contra ela.

Essas palavras fizeram-na rir:

"Acalme-se um pouco", disse, "por que você está tremendo. Que história é essa de ter segredos comigo. O que há com você."

Eu lhe disse que não havia nada, e que não precisava me acalmar. Mas essas palavras também a fizeram rir. Bat-Ami permitiu que eu contasse com o dedo as flores que a Mãe dela bordara em toda a volta da gola de sua blusa em estilo russo. "Mas não fique pensando", eu disse.

"O que há com você, quem é que fica pensando seja lá o que for de você? Acalme-se de uma vez."

Eu tinha pena de Bat-Ami e por isso não discuti. Ela podia dizer o que bem quisesse. Eu tinha pena dela porque durante o verão ela começou a ter seios e seus irmãos mais velhos disseram que pelos também. Eu tinha pena porque não havia como voltar atrás, e Bat-Ami não poderia fazer parar esses crescimentos e voltar a ser como era antes. Mesmo que quisesse com todas as forças, não poderia voltar. Ninguém perguntara a ela. Era obrigada a se tornar mulher, e eu tenho pena dela por isso. Nunca mais, nunca mais ela será uma menina, e não poderá mais andar em bicicleta de meninos.

Não é da minha conta. Não quero pensar no que está crescendo em Bat-Ami e em todas essas coisas. Sou o vice de Efraim. Irei viver atrás das montanhas sozinho no sol e no vento sem pensamentos nojentos. Eu vou ficar firme e forte.

Antes de ir dormir fiquei à janela vendo como os irmãos mais velhos de Bat-Ami assavam batatas numa fogueira no quintal, e queimavam no fogo uma boneca de trapos. Provavelmente tinham antes dado à boneca o nome de Ernest Bevin, para se vingar do ministro inglês que odeia os judeus. Depois de alguns minutos a lua apareceu e deslizou subitamente, passando com rapidez entre duas caixas-d'água no telhado em frente. Os irmãos Gril urinaram na fogueira deles e nas batatas, sem saber que eu estava vendo tudo da janela. Então os três se dispersaram furtivamente, radiantes em sua malvada alegria, ao encontro das garotas que voltavam de suas aulas vespertinas na escola Lemel, com a intenção de levá-las a comer das batatas mijadas. Eles se cutucariam com os cotovelos sem poder conter seu odioso riso.

Mesmo de noite e à luz da lua os soldados ingleses não paravam de cuidar de seu pátio de manobras entre os muros de

Schneller. Vistos da minha janela, pareciam estar no limite de suas forças. Como é longa a estrada daqui a Tipperary. Dizem que talvez na semana que vem o alto-comissário venha a Schneller para passar em revista as tropas. Dizem que o comandante da resistência se esconde em algum lugar em Jerusalém estudando os últimos detalhes no plano da rebelião.

Meio adormecido eu podia ouvir pedaços de frases da conversa entre a Mãe e o Pai no escuro da varanda traseira. O Pai dizia:
"Amanhã ou depois de amanhã começaremos a imprimir cartões de ano-novo. Depois de amanhã já é agosto."
A Mãe disse:
"O fim disso tudo vai ser que esse seu Efraim vai morrer eletrocutado, ou numa explosão. Ele sempre trabalha a noite toda ou de repente desaparece por alguns dias. Eu acho que ele está preparando bombas ou vários tipos de minas para os rapazes. Ele já virou a cabeça do Uri completamente. Acho que isso não vai acabar bem."
O Pai disse:
"Efraim está apaixonado por você, ou algo assim."
E irrompeu num riso rápido e agudo, como se sem querer tivesse deixado escapar palavrões.
A Mãe respondeu muito séria:
"Isto é um erro."
Não deixou claro se queria dizer que o erro estava no que o Pai dissera ou no amor de Efraim.

Depois os dois se calaram. O Pai com certeza mastigava em silêncio suas folhas de hortelã. A Mãe mergulhara em seus pensamentos. A lua saiu da minha janela e atravessou a ruela. Talvez tivesse se detido agora sobre o telhado de nossa casa e apalpasse os lençóis e as camisas pendurados no varal. Apaguei a luz. Enfiei a cabeça embaixo do travesseiro, como a me esconder num porão. Será um outono crítico. O que é um outono crítico? Aonde vai Efraim em suas andanças? Insípida, miserável, vergonhosa, seria a meu ver a tarefa de imprimir cartões de ano-novo na gráfica do Pai. E eis que aqueles cães começaram a latir. E eis também os gritos da noite: o *chaver* Gril, que era motorista da companhia de ônibus Hamekasher e sempre voltava para casa depois das dez da noite, com certeza acordara seus quatro filhos, como sempre fazia, os pusera em fila no corredor e lhes aplicava uma surra violenta por conta das travessuras do dia. No meio da pancadaria Boaz extrapolou de repente e imprecou contra o Pai gritando "oxalá você morra". Ao cabo de um instante ouviu-se o som de algo rolando num áspero atrito, como se tivessem começado a rolar tonéis de piche. Helena Gril soltou um grito pungente que atravessou todo o bairro:

"Assassino! Cossaco! Socorro! Ele está matando o menino!"
No mesmo instante fez-se silêncio.

É meu dever pular da cama agora mesmo e correr para salvar Bat-Ami.

Tarde demais. Um tenebroso silêncio envolveu a casa dos Gril. Os cossacos vieram e massacraram eles e seus filhos. Nesse momento uma torrente de sangue se derrama em densa cascata de degrau em degrau e logo chegará à rua. Decidi ficar acordado até o amanhecer, de uma vez por todas ouvirei tudo com meus próprios ouvidos, se grassam os espiões, se a Mãe sai de casa de madrugada ou se Efraim se esgueira em nossa casa, se o comandante da resistência cavalga à noite seu cavalo, ficarei acordado e vou saber o que se passa. Mas junto com essa decisão adormeci também, quase que imediatamente, porque havia passado mais um dia azul e ardente de verão. Eu estava cansado.

6.

Com o calor do verão, o solo dos quintais adquiriu a cor cáqui. Os sedentos oleandros ficaram cinzentos. Os talos de gerânio tinham a tonalidade do cobre. Espinheiros secos aguardavam o fogo iminente.

Em toda parte acumulavam-se trastes, louças e aparelhos quebrados, latas corroídas pela ferrugem, caixas de papelão amassadas, pedaços de colchões, fragmentos dos caixotes estrangeiros nos quais os moradores tinham trazido seus pertences quando vieram para cá da Polônia e da Rússia.

Certa manhã tive a ideia de dar um trato em tudo isso. De fazer um jardim.

Para começar ataquei furiosamente os palavrões que as crianças Gril tinham gravado na ferrugem do portão. Esfreguei com um pano úmido. Em vão. Passei em cima uma camada de lama. Em vão. Achei uma garrafa quebrada e comecei a raspar as letras. Só percebi o arranhão quando o sangue manchou o short de ginástica, a camiseta e também meus cabelos. Desisti, pois, da tarefa: depois da vitória, depois de expulsos os ingleses, uma nova era teria início. Então iríamos plantar novos e lindos jardins em todo o país. Enquanto isso entrei em casa banhado em sangue como os heróis do cinema, e a Mãe ficou muito assustada.

    Durante quase toda a manhã a Mãe ficava deitada no sofá. Cobria os olhos com uma toalha de cozinha molhada, e tinha um jarro cheio de limonada e uma cartela de aspirinas a seu alcance. De hora em hora, ou a cada duas horas, resolvia se queixar do clima, levantar-se, vestir um robe azul e começar a passar e a dobrar as pilhas de roupa lavada. Às vezes a vassoura congelava em suas mãos, e ela ficava parada e apoiada nela, em desalento. De repente fechava as janelas e todas as persianas, para obscurecer a casa ante a luz ofuscante, e de repente se arrependia e abria tudo de novo, pois se sentia sufocar. Às vezes passava pela cozinha e pelo banheiro e abria todas as torneiras para ouvir o barulho da água corrente. Se eu ia atrás dela e tentava fechar furtivamente as torneiras, ela gritava comigo que parasse, que a deixasse ouvir a água, que parássemos todos de torturá-la. Tinha vezes em que perdia o controle e nos chamava a todos de selvagens.

    Mas rapidamente voltava atrás, interrompia o fluxo de água, zombava do vento quente, se maquiava, vestia uma blusa muito decotada e calças brancas, e então, para mim, ela parecia uma dessas moças bonitas por quem os heróis dos filmes sempre se apaixonam, Esther Williams, Yvonne de Carlo.

    Certa manhã Efraim veio e fez para a cabeceira da cama dela um abajur noturno especial, que filtrava a luz e difundia um mortiço brilho azulado, como a luz das estrelas: a Mãe tinha medo do escuro e detestava a luz.

    Ao meio-dia, quando o Pai subiu da gráfica no porão, suas narinas fremiram e ele disse num tom inexpressivo: "Quem esteve aqui de manhã? De quem é este cheiro?".

    A Mãe riu. Efraim Nechamkin, disse, viera vê-la de manhã

para jogar com ela uma partida de xadrez. Que mal há nisso. E também prendeu um magnífico abajur na parede, ao lado da cama.

"Outra vez Efraim", disse o Pai gentilmente, e em seus lábios se espraiou seu sorriso educativo.

Alguns dias antes a Mãe pedira a Efraim que a convidasse para ir à oficina, para ver como se preenchiam bombas com dinamite. Efraim gaguejara, se justificara, negara com palavras brandas, expressou sua amizade-apesar-de-tudo, se enganou ao escolher as palavras, e por fim garantiu que tudo iria terminar bem. Ao que a Mãe respondeu num rompante, chamando-o de "charlatão".

Eu não sabia que palavra era essa. Do Pai só pude arrancar que a palavra "charlatão" era muito ofensiva, e que não cabia a um rapaz direito como Efraim.

Reconsiderando, a Mãe retirou a expressão, a palavra charlatão não cabia a Efraim, mas implorou ao Pai que parasse de uma vez com essas conversas dele: ele sabe muito bem como ela tem dores de cabeça no verão, e por que ele tem de sempre dizer o contrário e de torturá-la o dia inteiro com discussões?

Na oficina eu achei jornais antigos, silêncio e poeira: nem assovios nem apitos. Não havia frequências. Efraim desaparecera de novo, saíra para suas andanças. Só o velho poeta ficara por lá, mergulhando seus fósforos na cola de farinha, e de repente pegou um alicate de unhas prateado e começou a desmontar camada após camada e a remover um torreão das muralhas do Templo, porque não encontrara nas Escrituras suficiente confirmação da existência daquele torreão.

As três crianças Gril foram até o bosque de Tel Arza para caçar um leopardo cujas pegadas tinham encontrado lá alguns dias antes: esse leopardo provavelmente viera uma noite dos desfiladeiros do deserto de Judá, e talvez durante o dia ele se escondesse numa gruta do bosque. Ou não era um leopardo, mas sim uma hiena, que nós chamávamos por seu nome árabe de *dhaba*. Se a *dhaba* vê você sozinho à noite, ela vem e se põe à sua frente no meio da estrada, com sua corcunda e toda ouriçada, como um gigantesco porco-espinho, e começa a rir para você com um som terrível, para que o medo faça você perder a razão e de tanto medo você comece a correr por engano na direção das montanhas e do deserto, e você vai correr até cair morto, e quando cair morto a hiena virá para rasgá-lo em pedacinhos.

"Bat-Ami", eu disse, "tenho um segredo que não posso revelar."

"Você pare de fazer onda para impressionar. Você não tem segredo algum, fora o de todos os meninos que vêm e querem que eu ponha a mão para sentir o que eles têm."

"Não é isso. Eu estava pensando em outra coisa."

"Se você estava pensando em outra coisa, por que começou a tremer como um coelho? Calma, coelhinho. Você não tem por que tremer."

"Posso matar o alto-comissário, se tiver vontade. Posso destruir toda a Inglaterra de uma só vez."

"E eu posso fazer um feitiço e virar um morcego. Ou Shirley Temple."

"Você quer ser minha sócia no segredo, com a condição de que hoje também me deixe lhe dar um beijo, só na cabeça e apenas uma vez, e que eu possa falar com você durante muito tempo?", perguntei num fôlego só.

"Eu posso fazer xixi em pé. Como um menino. Mas não vou lhe mostrar."

"Bat-Ami, ouça, juro que não é por causa disso, você deve estar pensando que eu sou um desses, mas eu não sou, nem um pouco, aqui comigo é uma outra coisa, juro, só me deixe explicar e falar um pouco com você."

"Você não é outra coisa", disse Bat-Ami tristemente, "você é igualzinho a todos: olhe só para você, como você treme. Você é um menino, Kolodny, um menino igualzinho a todos os meninos, e o que eles querem você também quer, só que você ainda tem medo de dizer. Olhe, você até já começou a ter espinhas no rosto. O que é que há? Por que você está fugindo de mim? Do que é que não gostou? Se apavora e corre. Por que você está correndo de mim, o que foi que eu falei? Maluco!"

Além das montanhas. Estar lá sozinho. Ser um menino montanhês.

Dois ou três dias depois Efraim voltou de suas perambulações, queimado de sol e tristonho. Também dessa vez uma expressão de desprezo e de nojo se espraiava em torno de seus lábios, como se nessa peregrinação tivesse visto coisas que o haviam levado ao desespero. O senhor Nechamkin e eu reforçamos a guarda no quintal, para que Efraim pudesse descansar pelo menos alguns dias. A cada hora ou duas o poeta e eu saíamos em patrulha ao longo da cerca arrombada até o portão, e de vez em quando arriscávamos uma surtida no beco. E de fato conseguimos impedir a passagem de Ester, uma mulher divorciada, professora de artesanato na escola Lemel para meninas.

Nós lhe dissemos que Efraim estava muito longe daqui, e ela acreditou, desculpou-se e prometeu que viria de novo amanhã.

"De maneira nenhuma, a senhora não deveria empregar a palavra 'amanhã' gratuitamente", admoestou-a o senhor Nechamkin com sua voz de veludo, "pois nunca se sabe o que vai trazer o dia. Principalmente esses dias de hoje."

E eu acrescentei maldosamente:

"Ele não precisa de visitas. Ele tem mais o que fazer."

Mas Ruchama, a estudante desprovida de lábios do monte Scopus, não conseguimos deter. Na hora mais quente do meio-

-dia, quando todas as persianas foram fechadas e as ruas se esvaziaram e toda a cidade era varrida pelo fogo cinzento do deserto, eu vim e encontrei Ruchama metida num *sarafan* azul, sentada nos degraus de pedra cobertos de agulhas de pinheiro mortas. Seu cabelo estava empoeirado, segurava um arame galvanizado que ela curvava e endireitava entre os dedos. Talvez tentasse enquanto isso dar-lhe uma forma qualquer. O calor parecia não incomodá-la nem um pouco, como se ela mesma fosse um vento quente do deserto.

"Shalom", eu disse, "eu sou o vice dele. Ele não precisa de nenhuma visita."

"Você só é o filho dos vizinhos, não tem vergonha?", disse Ruchama tristemente.

"Não tem por que vocês esperarem por ele. Ele nunca vai se casar com vocês. É melhor que o esqueçam. Ele não precisa de nada disso."

"Você ainda é pequeno", seus óculos riam para mim, "é pequeno e não entende nada. Ele precisa disso sim. E como. Todo mundo precisa. Você pode se sentar aqui um instante, não faz mal. Você também vai logo crescer, e aí vai precisar disso até o coração sair pela boca. E então você não vai ser um herói tão grande assim. Por que você está olhando para os meus joelhos? Quer levar dois tapas na cara, quer?"

Quando Ruchama elevou a voz e me ameaçou com dois tapas na cara, seu rosto tinha a expressão de quem está contendo o choro, e eu também comecei de repente a tremer e a sentir o choro se aproximar, então me virei e corri com toda a força de meus pés até o quintal da frente, para a luz que ardia. Entre os espinheiros os irmãos Gril lutavam, cobertos de suor, com um gatinho que eles tentavam pendurar com uma corda num galho baixo da amoreira. De longe, comecei a atirar pedras neles. Depois eles me agarraram, me bateram nas costas, na barriga e na cara, mas o gato conseguiu fugir entre as latas de lixo. Eu também fui me esconder entre as latas, para que não me vissem chorar. E de lá eu observei como o senhor Nechamkin afastava Ruchama, arrastando os pés atrás dela e a consolando, através do quintal, até o portão e no declive da ruela. Não pude ouvir as palavras que ele dizia, só adivinhei que eram suaves e cheias de comiseração, até que ela aquiesceu e foi embora.

Quando ela se foi, eu saí do esconderijo e me apresentei a ele:

"O que é que vai ser, senhor Nechamkin, me diga, por favor."

"Nós, Uriel, continuaremos a sofrer e a esperar. Tenho muita pena de todos nós. Temos olhos, e não enxergamos. Vistos de fora parecemos impecáveis, mas na verdade estamos corroídos de tanto sofrer. A partir de agora, meu bom rapaz, vamos duplicar nossos cuidados: o poeta e o rapaz estaremos firmes em sua guarda no portão. Nada de lágrimas, Uriel, pois já derramamos lágrimas demais em todos os nossos exílios."

Efraim despertou ao entardecer. Meteu sua cabeça encaracolada embaixo da torneira e voltou pingando e quieto a seu trabalho. Acendeu com os dedos molhados um cigarro. Não disse uma só palavra. Durante uma hora e meia, até que a Mãe saísse à varanda e me chamasse para casa, fiquei sentado no chão diante dele, em meus shorts de ginástica e uma camiseta dos Jovens Hasmoneus, as mãos abraçando os joelhos, vendo como Efraim desmontava e tornava a montar um painel de contatos complicado, cheio de braços, interruptores e botões de comando. Efraim não saía de seu silêncio. Eu não o atrapalhei. Uma vez ele ergueu os olhos, soltou um risinho amargo ao me ver, e perguntou surpreso:

"Você ainda está aqui?"

Sorri para ele. Eu queria ser grande e prestativo, mas também queria continuar pequeno para que ele não deixasse de gostar de mim. Tive medo de contar a Efraim como tínhamos protegido seu sono e expulsado da casa Ester e Ruchama. Fiquei com vergonha ao me lembrar de como Ruchama e eu tínhamos ofendido um ao outro até as lágrimas, e quase chorado juntos.

Efraim disse:

"Apesar de tudo, estamos progredindo."

"E quando vamos poder começar?", perguntei.

Ele se levantou, se curvou e abraçou impetuosamente, com as duas mãos, minha cabeça, e seus lábios tocaram minha testa e minhas faces e ele viu de perto que meu dente da frente tinha caído e talvez também tenha visto o novo que despontava:

"Paciência, Uri. O fogo irromperá no momento certo em todos os cantos do país, de uma só vez. Apesar de tudo, estamos progredindo."

7.

Na véspera do sábado, às cinco e meia da tarde, quando a luz esbraseada começou a sumir e outra luz, uma luz meditativa, desceu sobre a ruela, foi decretado toque de recolher e as casas começaram a ser revistadas, uma a uma.

A melancolia das noites de sábado, o vento hesitante nas copas das árvores, que o poeta todos os dias tentava traduzir em seus poemas, a estranheza do metal com a pedra, o lento e crescente cerco das montanhas em toda a volta, os aromas do sábado, tudo foi brutalmente profanado. Carros de polícia com alto-falantes azucrinavam todas as ruas. Uma voz metálica advertia os moradores em hebraico e em inglês de que dentro de trinta e cinco minutos o toque de recolher entraria em vigor, e que as buscas poderiam durar a noite inteira. Era proibido sair. Nem mesmo às varandas. Era obrigatório obedecer. Não podia haver aglomerações. Todos tinham de colaborar. Quem fosse pego do lado de fora corria risco de vida, por sua própria responsabilidade. Os moradores estavam, pois, avisados.

Quando o carro se afastou e a voz metálica foi se diluindo

em outras ruas, Helena Gril irrompeu em sua varanda e começou a convocar os filhos. Desgrenhada, desalentada, lá estava ela entre latas com cactos e aspargos, amaldiçoando em voz alta seus filhos e seu marido e lamentando-se em ídiche, e quando me viu passar pelo quintal resolveu me chamar de imbecil.

Outros vizinhos saíram correndo para a mercearia, que tornara a abrir as portas, para arrebatar ovos, leite, conservas e pão. Muitos temiam que o toque de recolher se estendesse por muitos dias. E houve quem espalhasse diversos boatos.

Na verdade, essa não era, de forma alguma, a primeira vez: naquele tempo as autoridades costumavam cercar de repente este ou aquele bairro e invadir as casas, na tentativa de descobrir células de resistência e de confiscar armas ilegais.

Ao ouvir os gritos de Helena Gril, o Pai imediatamente se levantou e saiu da cozinha, onde estava cortando uma cebola em minúsculos e perfeitos pedaços. Tirou da cintura o avental da Mãe, dobrou-o e depositou-o em seu lugar na prateleira, enxugou a testa com o dorso da mão e desceu para o quintal. Um após outro, retirou os irmãos Gril do depósito abandonado e os mandou para casa. Depois se fechou por alguns momentos na gráfica, no porão do prédio. Por fim voltou para casa, cheirando a cebola e a tinta de impressão, lavou o rosto e as mãos com detergente, e começou a mascar folhas de hortelã. Seus olhos ainda lacrimejavam por causa da cebola quando garantiu à Mãe que não havia motivo de preocupação: eles não encontrariam nada em nossa casa, mesmo que desmontassem a impressora até o último parafuso.

A Mãe disse:

"Você tem certeza."

O Pai inquiriu:

"Isso é uma pergunta, um elogio ou uma reclamação?"

A Mãe disse:

"Não tenho certeza."

Ao que o Pai achou de responder educadamente:
"É claro."

Em meu íntimo eu sabia muito bem que o Pai é quem tinha razão: não temos com que nos preocupar. Eles não vão conseguir achar os cartazes conclamando à revolta que Efraim inventou, o senhor Nechamkin redigiu na linguagem dos profetas, e o Pai e seus dois funcionários compuseram, montaram e imprimiram em papel amarelo. Eles tampouco iam conseguir chegar a minha arca, achá-la atrás da pedra solta, pois eu a havia envolto numa meia de lã cheia de serragem, e dentro da serragem tinha espalhado pó de alho, para enganar os cães farejadores.

Eles não vão conseguir: nós somos os poucos e os que têm razão. E eles são os tiranos.

Às seis horas da tarde o bairro foi fechado. Todas as ruas se esvaziaram. Carros blindados penetraram no bairro vindos de três direções e se dispuseram numa transversal arrogante, duas rodas sobre a calçada, duas no meio da rua. Os canos de suas metralhadoras apontavam para as janelas e os telhados, e elas estavam carregadas com fitas de reluzentes balas de cobre. Havia também, na ladeira da rua Tsefania, um blindado sobre esteiras armado de canhão e voltado para as bruxuleantes montanhas, como se exatamente das montanhas pudessem surgir as legiões da resistência para desfechar seu ataque e investir sobre Jerusalém.

Quatro caminhões cheios de tropas vieram da base Schneller. Pela janela da sala de estar eu vi como os soldados com seus equipamentos de combate saltavam dos caminhões e se espalhavam, correndo ao longo das cercas enquanto se davam mútua cobertura. Cada soldado estava armado com uma submetralhadora e um facão de comandos numa bainha preta; estavam equipados com uma mochila retangular, um cantil e cartucheiras de munição, e vestiam polainas. Apesar de tudo isso, os soldados ingleses não se pareciam com os soldados dos filmes: em sua maioria eram pálidos e franzinos, como se fossem tuberculosos, o sol de Judá que nos bronzeava não gostava deles.

O soldado que tomou posição junto ao portão de nosso quintal me fez lembrar, apesar de seu uniforme e de seu equipamento, o rapaz tímido que era caixa na agência do Banco Anglo-Palestina, na rua Chancellor. Ele sorria temeroso, enfiava e enfiava sem parar a camisa para dentro das calças, e, sem levar em conta que talvez o estivessem observando, começou a cutucar o nariz com toda a força.

Tive pena dele. E dos soldados da resistência, que tinham de se esconder em algum lugar. Tive pena de minha Mãe. Do senhor Nechamkin, deitado sozinho em sua casa, ardendo em febre com uma forte gripe de verão. E de Efraim, que ao anúncio do toque de recolher tornara a sair, apressado, para suas andanças, ao encontro de seu destino num lugar distante, onde talvez também perambule a hiena. Tive pena até mesmo de Helena Gril, apesar de ela ter me chamado de imbecil sem que eu lhe tivesse dado qualquer motivo para isso. Para onde quer que se olhe, só se vê tristeza. Os imigrantes ilegais são expulsos todo dia de nossas praias e arrastados para ilhas desérticas como Zanzibar ou Maurício. Nas aldeias grassam bandos sedentos de sangue. Talvez não esteja aqui a Jerusalém e a Terra de Israel da Bíblia, mas em outro canto qualquer do mundo, afinal depois de milhares de anos sempre pode haver um engano. E lá floresce a rosa-dos-vales, e o lírio-do-vale, e lá reina a paz e a tranquilidade. Talvez lá já tenha se estabelecido o Estado hebreu, e só nós ficamos esquecidos aqui entre essas montanhas. Por um momento fui tentado a perdoar todos os inimigos de Israel, esquecer tudo que passou, os macabeus não vão ressuscitar, Bar Kochba já foi devorado pelos leões, um elefante esmagou Eleazar o hasmoneu, e Iossef Trumpeldor foi assassinado pelas bestas do deserto. Basta.

Até quando Ruchama vai murchar ao sol nos degraus da oficina e até quando teremos de expulsá-la de lá.

Afastei de mim esses pensamentos. Na parede de minha classe na escola tinham pendurado um dístico da Bíblia: NEM O AGRESSOR NEM O INIMIGO ENTRARÃO NESTA CIDADE, e eis que o inimigo está aqui entre nós, e ainda estamos impotentes para detê-lo. Fui eu quem escrevi na cerca da sinagoga, em tinta vermelha, o lema LIBERDADE OU MORTE, e não posso fraquejar de repente. Que venham. Que procurem. Vamos passar por essa prova, e depois continuaremos a lutar até o último fôlego, porque outra alternativa nós não temos.

Enquanto isso jorravam ordens em inglês. Os soldados entraram nos quintais e nos pátios. Uma leve brisa vespertina começou a soprar, se espantou e desistiu. Até os cães se calaram. Ouviu-se uma reprimenda: talvez um deles tenha cometido um erro, ou sido acometido de remorsos. Na extremidade do beco surgiu o capitão deles: um homem compacto, com ar preocupado, de ombros caídos. Um pequeno bastão de oficial dançava em suas mãos. Parecia estar dividindo seus homens em pequenos grupos, voltando atrás e recomeçando a dividi-los. Comecei, comigo mesmo, a fazer um discurso para esse capitão: mostrando a ele quão terrível era o mal que se fizera ao povo judeu. Inserindo citações da Bíblia. Relatando o sofrimento dos judeus. Que eles eram os donos de continentes e de incontáveis ilhas, e nós só tínhamos um único pedacinho de terra, e dele não nos moveríamos. Naqueles dias corria o rumor de que em algum lugar de Jerusalém ou em suas redondezas se escondia o comandante da resistência hebreia, o chefe dos zelotes, que eu intimamente chamava de rei de Israel. Quão pouco sabíamos sobre o comandante da resistência.

Havia quem dissesse uma coisa, e havia os que diziam o contrário.

Uma vez, quando Efraim voltou de suas jornadas, ele nos insinuou que o comandante tinha o poder de se fazer invisível quando quisesse, por meio de um artifício científico secreto.

O *chaver* Gril, que era motorista de ônibus da companhia Hamekasher, jurou certa vez para toda a vizinhança que uma noite, quando o ônibus dele enguiçara em campo aberto, ao sul de Jerusalém, entre o bairro de Arnona e o kibutz Ramat Rachel, e os sinos de Belém começaram a repicar anunciando a meia--noite, passara à sua frente, à luz da lua cheia, um cavaleiro solitário, ereto sobre seu magnífico cavalo, e que antes de começar a galopar em direção ao monte do Mau Conselho e além, para o monte Sion, ele ficara ali por um ou dois minutos e até se dirigira ao *chaver* Gril pelo seu primeiro nome, dizendo: "Zevulun, não tenha medo, pensando que está sozinho esta noite. A noite está prenhe de guerreiros".

Havia quem afirmasse que o comandante da resistência era um alto oficial judeu, que fora o vice do marechal soviético Zukhov, e que fora ele quem rompera com tanques a frente nazista no setor de Rostov, em 1944, e depois se infiltrara em nosso país através do Cáucaso e do Levante, para erguer secretamente o exército de sombras hebreu.

Ninguém conseguia demover o senhor Nechamkin de uma convicção nele arraigada: um homem miraculoso se escondia havia sete anos nas ravinas do deserto de Judá, pastor de cabras e camelos entre as fendas das rochas, um obscuro visionário encolhido em sua túnica, como se fosse um dos chefes das tribos de Israel, e cujas ordens de combate ele transmitia a Jerusalém por rapazolas descalços que mal se podiam distinguir de crianças beduínas. Nunca, jamais, disse o senhor Nechamkin, nunca jamais os ingleses conseguirão pôr a mão nesse homem miraculoso, e ele é quem vai subir, quando chegar o dia, ao trono real de Judá, em Jerusalém. O poeta havia dedicado a ele alguns dos poemas que lia para nós, entre os quais um ciclo poético chamado "Queda e clarividência", e "Hinos de sonhadores e combatentes", "Canto para quem vem de Seir", e também uma pequena elegia chamada "Ferro e nostalgia".

O Pai costumava ouvir polidamente todas essas falações, as histórias do *chaver* Gril, os poemas do senhor Nechamkin, as músicas da Mãe ao piano. Mas sempre a sugerir que guardássemos em relação a tudo isso uma dúvida cautelosa: vai saber. Talvez sim, mas talvez não. Verdade que, na ausência de fatos concretos, sempre se pode navegar em suposições, e ele não nos esconderia a dele: não existiria um comandante único. O tempo dos comandantes únicos, assim pensava o Pai, já passara e não voltaria mais. Talvez haja uma pequena comissão, uma espécie de conselho, quatro ou cinco judeus perspicazes e sensatos, não necessariamente jovens, provavelmente dispersos em afazeres dos mais inocentes, como o de comerciante, professor ou farmacêutico, e eles é que seriam os condutores da guerra subterrânea. Qualquer um, dizia o Pai, poderia ser um deles. Não tínhamos a menor condição de identificá-los. Até mesmo a história imaginária de nosso vizinho, o *chaver* Gril, sobre o cavaleiro, o ônibus enguiçado e o luar poderia não ser exatamente uma fantasia ingênua, mas um engodo, uma diversão ardilosa como ela só. Juntando tudo, as consequências — na opinião do Pai — falavam por si: os britânicos na Palestina, como se diz, já estavam pisando em espinhos e escorpiões. Quase todas as noites as vidraças estremeciam nas janelas. Quase todas as noites irrompiam altas línguas de fogo dos bastiões do poder britânico: Bevingrad. Schneller. Base Allenby. O Pátio dos Russos. O hotel Rei David. O quartel da polícia secreta na rua Mamilla. A terra, como se diz, queimava sob os pés deles. O próprio alto-comissário com certeza já não dorme tranquilo em seu palácio. O principal, dizia o Pai, é saber manter o correto equilíbrio entre a ira hebreia e o cérebro judaico, levando muito em conta a situação real e sem esticar demais a corda antes do tempo.

A Mãe então dizia:

"Em vez de imprimir cartões de ano-novo, o seu Pai devia ser ministro."

O poeta Nechamkin acrescentava:

"Mas as mãos são as mãos de Jacó. A senhora Kolodny não está demonstrando boa vontade conosco. A senhora nos perdoe pelos sofrimentos que se expressam por nossas gargantas. Mas nossa intenção é boa, e não má, então por que ser tão severa e intransigente conosco?"

De mim, mesmo se me arrastarem aos porões de interrogatório no Pátio dos Russos, de mim não conseguirão arrancar nada. Mesmo que me interroguem usando cigarros acesos, como fizeram os irmãos Gril com o papagaio da farmacêutica, a senhora Vishniak. Mesmo que me arranquem as unhas não direi uma só palavra, zombarei deles, calando-me. Sou o vice de Efraim. Ou pelo menos um dos vices. Ontem fiquei três horas na oficina, todo trêmulo de orgulho, e rabisquei no mapa de Jerusalém, com setas e arcos de curva, o plano da operação Iochanan, de Gush Chalav. Efraim só me deu instruções genéricas, como de costume:

"Sempre ataque pelos flancos, sempre a partir das florestas. Das direções menos esperadas."

Ele examinou calado meus rabiscos. Modificou, sorriu, corrigiu um pouco, acrescentou e apagou aqui e ali, usou a expressão "solução brilhante", apontou com tristeza um detalhe menos feliz, e logo numa efusão de sentimentos me abraçou, afagou meus cabelos e meus ombros e suspirou e de repente também me repeliu e me afastou dele.

Se eu gritava no meio da noite, a Mãe e o Pai se levantavam, os dois, para me esquentar um copo de chocolate e ficar à beira de minha cama, dizendo-me "pronto, chega", até eu me acalmar.

    Talvez achassem que deveriam ter me proibido de ler o aterrorizante livro *O cão dos Baskerville*. Talvez imaginassem que aqueles moleques, os filhos dos Gril, estivessem me influenciando mal. Eu não contestava, pois tinha jurado calar-me até o fim.

8.

O crepúsculo cedia à escuridão. Somente nas vidraças das janelas na casa em frente ainda ardiam manchas de sangue e fogo. O beco se enchia de sombras. Nós estávamos à janela da sala de estar, a Mãe apoiada no braço do Pai e eu à frente, no meio, como se estivéssemos posando para uma foto de aniversário diante do fotógrafo, o senhor Kovacs. Olhávamos para fora. Esperávamos. Não falávamos. Lá fora os soldados do Sexto Regimento Aerotransportado se organizavam em pequenos grupos e começavam a entrar nas casas. De muito longe se ouviu um único tiro. O sino de Schneller começou a bater sete horas. Eu sabia que nunca se devia acreditar nesse relógio, porque os ponteiros estavam sempre dizendo três horas e três minutos. Na janela em frente as manchas sanguíneas se haviam apagado, estava escuro, mas ainda era uma escuridão acinzentada e não uma escuridão negra, e o céu ainda tinha reflexos, como bolhas de incêndios longínquos. Em nosso bairro não havia nenhum incêndio, só os restos da fogueira dos meninos Gril ainda deitavam fumaça e fuligem, sem labaredas.

Parecia que desta vez baixariam as trevas sobre nossas casas de pedra, sobre o pomar agonizante em que ficavam essas casas, sobre as paredes de lata e a ferrugem das varandas, sobre as cercas destruídas baixariam as trevas, e sobre os espinheiros elas iriam baixar, e sobre o latido dos cães e sobre toda a Terra, não só durante esta noite, mas para sempre. A Mãe rompeu o silêncio:

"Desta vez eles não estão procurando folhetos. Nem estão procurando pistolas ou explosivos. Estão procurando por ele."

O Pai disse:

"Não há de ser nada. Se o pegarem, oxalá não, outro virá em seu lugar."

A Mãe disse:

"Eles não podem pegá-lo."

E eu:

"Só que tem todo tipo de delator, e alguém ainda pode delatá-lo."

"Nenhum delator", disse a Mãe, "poderá entregá-lo às mãos deles, Uri, porque ele simplesmente não se encontra. Com isso quero dizer que não se encontra em lugar algum. Não existe. A Agência Judaica o inventou. Os árabes o inventaram. Nós mesmos. Os ingleses o inventaram lá de dentro da loucura inglesa deles, e agora correm atrás dele com suas submetralhadoras e entram em nossas casas, e viram o país do avesso, mas não têm a mínima possibilidade de pegá-lo porque ele é como música, e como saudade. Ele é o pesadelo deles. Ele é o pesadelo de todos. Que procurem!", ela gritou de repente, como que num alegre desalento. "Que procurem até ficarem totalmente pirados! Você, não me responda. Você também não. Calem-se os dois. De qualquer maneira só eu posso falar com eles. Não se intrometam, para que não lhes digam '*you, bastard, you, bloody jew*'. *Come in, please*, capitão, faça o favor de cumprir sua obrigação. Na geladeira temos uma garrafa de limonada. Sirvam-se, por favor. E depois cumpram com seu dever. Boa noite."

Eles entraram e pararam, constrangidos, no corredor, junto ao cabide dos casacos, que no verão só servia para pendurar o boné do Pai, um lenço de seda e a cesta da mercearia. O capitão se desculpou, respondeu ao boa-noite, explicou educadamente por que era proibido a ele e a seus homens se servirem de limonada quando em serviço, de repente se lembrou de tirar seu quepe em respeito à presença de uma senhora, e pediu licença para dar uma olhada nos cômodos interiores: tudo se faria, é claro, com a maior brevidade possível. Lamentava muito.

Nós guardamos silêncio. A Mãe falava também em nosso nome. Ela disse:
"Claro."
E sorriu.

Os soldados, três rapazes franzinos em calças curtas cáqui e meias compridas até os joelhos, continuaram parados, muito juntos, ao lado da porta, como que prestes a sumir de lá assim que lhes insinuassem que eram visitantes indesejados. Enquanto isso o capitão conseguira superar seu embaraço inicial. Agora agia como se ele e seus homens fossem, como nós, moradores da casa, como se formássemos todos um grupo de estranhos bem-educados que lamentavelmente tinham ficado presos num elevador enguiçado. Até mesmo quando pediu a meu Pai que ficasse de braços erguidos e virado para a parede, e à Mãe que tivesse a gentileza de se sentar na poltrona com o adorável menino em seu colo, aquele simpático capitão parecia não ser mais que um escoteiro voluntário que viera nos dar ideias úteis, ideias que nos ajudariam a sair do elevador, talvez com métodos um tanto esportivos, e com isso poderíamos reduzir ao mínimo o constrangimento que se instalara entre nós apesar da boa vontade e apesar da indubitável respeitabilidade de ambos os lados.

Mesmo assim, em nenhum momento sua mão se afastou do coldre preto em seu cinto: ultimamente vinham ocorrendo graves incidentes na Palestina com inacreditável frequência, e sempre em momentos inesperados e em lugares insuspeitos.

Os três soldados examinaram as prateleiras, uma após outra, delicadamente afastaram para um lado todos os poemas de Bialik e o tomo com as pérolas da literatura, para ver o que estava escondido atrás deles, levantaram a tampa do piano e farejaram lá dentro, entre as cordas, baixaram o quadro com a figura do camponês arando os campos de Jezreel sem perceber os corvos no céu, deram pancadinhas no ponto da parede onde estava o quadro prestando atenção ao som de retorno. O busto de Chopin foi sacudido e honrosamente devolvido a seu lugar. O capitão quis saber, com perdão por sua curiosidade, quem era aquele homem e o que estava escrito. A Mãe traduziu, mais uma vez, do polonês: "Com todo o calor do meu coração e até meu último alento".

"Eu sinto muito", disse temeroso o capitão, como se tivesse inadvertidamente profanado algum estranho ritual religioso, ou conspurcado um lenho sagrado com o toque de sua mão.

Depois foram examinar os guarda-roupas, olhar embaixo das camas, bater delicadamente aqui e ali com a coronha de suas submetralhadoras para ver se havia eco. Esse tempo todo eu fiquei com a Mãe na poltrona, e afastava os olhos para não ver meu Pai de pé, os braços levantados e o rosto enfiado na parede. Rememorava e repetia comigo mesmo as quatro regras de contenção ante a tortura de um interrogatório. Efraim as revelara para mim, e talvez tenha sido ele mesmo o criador dessas regras.

Mas não houve interrogatório algum.

O capitão fez apenas um pequeno pedido, talvez o Pai pudesse guiá-lo e a seus homens na revista da gráfica: de acordo com a lista que tinha em mãos, havia uma gráfica no porão do prédio.

Ao fim da revista, eles levaram consigo do porão todo tipo de cartazes que não souberam ler, e por isso tiveram de confiscar um exemplar de cada tipo, para que fossem examinados depois. Eram etiquetas impressas para embalagens de bolachas da Páscoa, um formulário de contribuição para o orfanato Diskin, recibos e canhotos, um informativo especial para a dona de casa econômica. Com isso o capitão deu-se por satisfeito. Lamentava ter causado desconforto. Expressou sua esperança em tempos melhores que certamente viriam logo. Um dos soldados chamou-me de "menino-escoteiro". Um dos soldados arrotou e estremeceu ante o olhar que lhe lançou o capitão.

E saíram.

Na ruela já escurecera. A luz do único lampião, que balançava ao vento, desenhava círculos nervosos no asfalto. Mas era supérflua aquela luz amarelada: depois das buscas o toque de recolher fora mantido. Em nosso beco não havia vivalma. Com exceção dos cães vadios, que buscavam sustento nas latas de lixo. Ninguém aqui queria ter um cão em casa. Mas tampouco aparecia um voluntário para afugentá-los ou dar cabo deles. Que ficassem.

O Pai disse:

"Até que se comportaram bem. Temos de reconhecer."

A Mãe disse:

"Que bajuladores nojentos."

"O que você esperava", admirou-se o Pai, "isso foi só um ritual de boas maneiras, eles esconderam os cascos, como se diz, com luvas de pelica."

"Eu não estava me referindo a eles. Mas a vocês dois, juntos. E não me respondam. Chega."

Lá fora, na ruela deserta, os cães vadios ergueram para a lua seus focinhos a pingar saliva, e uivaram.

O Pai disse:

"Venha, Uri. Hoje vamos nós preparar o jantar. A Mãe não está se sentindo bem."

9.

No sábado à noite suspenderam o toque de recolher.

As buscas agora se concentravam, segundo rumores, nos distantes bairros do sul: Bait vaGan, Mekor Chaim, Arnona e Talpiot.

O Pai expôs seu ponto de vista: tudo que Efraim contara sobre uma descoberta científica que fazia o comandante da resistência ficar invisível etc., tudo isso era pura fantasia. Muito mais verossímil seria imaginar que o homem criara uma regra simples, a de perambular de bairro em bairro, seguindo as operações de cerco, indo sempre para a região que acabara de ser revistada. Tal solução seria mais lógica, segundo o Pai, mesmo sendo desnecessária.

A Mãe disse:

"De onde se deduz que agora ele está aqui, em nosso bairro."

"Se lhe agrada essa ideia", sorriu o Pai.

"É noite de sábado", disse a Mãe sem dar atenção ao sorriso, "e se pararmos por um momento de falar e falar sem fim talvez possamos ouvir ao longe os sinos das igrejas. Porque esses sinos estão chamando alguém. A noite está chamando alguém. Os pássaros estão pedindo nossa atenção. Em cada montanha de Jerusalém se construiu um campanário para fazer soar seus sinos a grandes distâncias. Quando é que finalmente vão nos chamar também? Talvez já tenham chamado e nós, de tanto falar, não ouvimos. Fiquem quietos. Eu lhe peço, Kolodny, que deixe em paz a minha mão. E que me deixe em paz também. Por que você não larga de mim?"

"Acalme-se", pediu o Pai.

E depois de pensar um pouco acrescentou:

"Faz muito tempo que não saímos. Quem sabe vamos a um cinema, e depois sentamos num café como gente. Pois a vida continua."

Cedinho na manhã de domingo a Mãe desceu para o quintal com uma bacia de roupa lavada nas mãos. Eu fui atrás, e ela não percebeu. O céu matinal estava nublado, sujo, como se o outono já tivesse chegado. Mas eu conhecia essas manhãs e intimamente sabia que aquilo ainda não era outono, só um sinal seguro de que o dia seria pesado e muito quente. Pude ver um rápido calafrio passar por sua nuca e seus ombros. Ela ficou ali de pé, sozinha, na luz baixa e cinzenta que vertia na pedra, nas copas das árvores e no asfalto uma tonalidade azulada e hesitante. Parecia que a luz era a corrente de um rio e as casas de um e outro lado suas margens na neblina, e tudo ia sendo levado em abstrato movimento pela vagarosa corrente. E nela estavam todas as latas de lixo a aguardar ao longo da calçada. Cheiro de peixe. Aroma dos oleandros. E um leve miasma, quase agradável, pairava também sobre a corrente. Não corrente. Uma ondulação de luz. Um véu de noiva. Aqui perto um cuco insistente fizera seu ninho e não parava de pronunciar sua única e açodada frase, como se fosse proibido continuar em silêncio. Num poleiro do pombal havia três preguiçosas pombas, trocando ideias e suposições. Não davam a menor atenção à voz do cuco.

Minha mãe estava descalça, sobre o chão coberto de agulhas de pinheiro, à sombra das inquietas ramagens, e pendurava numa corda um lençol após outro. Seus braços às vezes se abriam amplamente e então eu tinha de me segurar com todas as forças para não sair correndo e abraçá-la de repente pelas costas, e lhe revelar meus segredos sobre Bat-Ami e sobre o plano da operação Iochanan de Gush Chalav. Algum rádio distante tocava uma música ligeira, matinal. Minha mãe sabia cantar e não cantava. O quitandeiro, o merceeiro e o barbeiro já tinham enrolado suas portas metálicas e aberto suas lojas. Só a farmacêutica, a senhora Vishniak, como sempre perdera a hora de acordar. O quitandeiro já levara para a calçada caixotes cheios de batata, cebola, berinjela e abóbora. Num átimo apareceram as vespas. Na janela da mercearia um papel pega-moscas estava cheio de moscas mortas, perto de um jarro cheio de bolas coloridas de chiclete, duas unidades por um tostão. Entre o merceeiro e o quitandeiro havia uma oliveira, cujos galhos uma trepadeira passiflora aprisionara e incendiara numa chama azul. De longe parecia que a oliveira enlouquecera e se suicidara nesse fogo. As mulheres saíam para pendurar sua roupa de cama nos corrimãos das varandas e livrá-la dos cheiros noturnos. Os travesseiros e as fronhas emprestavam à rua Tsefania um ar de pungente alegria, era impossível afugentar os pensamentos sobre a noite e sobre as mulheres dos vizinhos durante a noite, entre todas aquelas fronhas.

Nos profundos peitoris das janelas, entre os aspargos decorativos plantados em latas de conserva cheias de terra, havia jarros fechados com picles de pepino em conserva boiando num líquido verde-pálido temperado com folhas de louro, salsinha e pequenos dentes de alho. Quando finalmente se estabelecer o Estado hebreu todos nós iremos para os vales e os campos. Vamos morar durante todo o verão nas cabanas de guarda dos pomares. Vamos galopar em nossos cavalos até os riachos e as fontes d'água, levar nossos rebanhos ao pasto. Vamos deixar Jerusalém, entregá-la aos judeus religiosos praticantes e devotos.

Com o canivete que Efraim me emprestara eu esculpi pedaços de casca de pinheiro para acrescentar mais uma fragata a minha esquadra de guerra, ancorada numa prateleira em meu quarto e aguardando o Dia D.

Na terra do quintal, entre as agulhas mortas de pinheiro, despontava um capim selvagem que também amarelecia, como se tivesse resolvido se confundir com os cardos e as urtigas. Havia cacos de garrafas, pedaços de jornais, tábuas de madeira escurecidas, sob uma das quais encontrei uma vez um jabuti todo encolhido de tanto medo, e eu esperei um tempão que ele se tranquilizasse e pusesse a cabeça de fora, até que não pude esperar mais e levantei o jabuti e não tinha nenhum jabuti, só a carapaça oca, pois o jabuti estava morto havia muito tempo, ou não estava morto, só não aguentara mais e fora embora furioso.

Minha fragata se partiu em duas e eu desisti da esquadra. Comecei a gravar meu nome com o canivete numa lata de conservas enferrujada, que soltava um guincho enervante, até que a Mãe, a bacia com a roupa lavada apertada contra os quadris, se virou e mandou eu parar de enlouquecê-la já de manhã.

"Estou trabalhando", eu disse.

"Você é um menino totalmente doido, isso é o que você é. E quer me deixar doida também."

"Você está se irritando à toa, senhora Kolodny", eu disse gentilmente, como o Pai.

E pensei comigo mesmo: devemos manter sempre o sangue-frio. Não nos deixar arrastar a batalhas desnecessárias. A iniciativa é sempre nossa, enquanto eles perdem o equilíbrio.

"Vou descansar", disse a Mãe. "Estou com calor. Se vier alguém, diga que não estou em casa."

Depois do café da manhã o peitoril da minha janela foi palco de uma das batalhas decisivas nas portas de Berlim. As pontas de lança blindadas das fileiras hebreias, russas e americanas penetravam na cidade a partir das florestas e da região dos lagos, abocanhando o que restava das divisões nazistas, esmagando barricadas de rua com suas esteiras e derrubando as fachadas dos edifícios com tiros de canhão. Dentro de nove dias vão acabar as grandes férias de verão, e vai começar a quinta série. Até lá o inimigo terá sido esmagado. O monstro será encurralado em seu covil e se renderá incondicionalmente.

Na varanda em frente apareceu Helena Gril. Começou a juntar a roupa de cama da amurada. Dentro da camisola, atrás do robe entreaberto, eu podia ver seus seios rijos. Lutei com todas as minhas forças para conter as rudes mãos de Efraim. Os meninos Gril com certeza irão novamente ao bosque de Tel Arza para ver se o leopardo caiu na sofisticada armadilha que eles prepararam ainda antes do toque de recolher. O *chaver* Gril neste momento está dirigindo seu ônibus Fargo verde da linha 8 em direção ao bairro de Mekor Chaim, recolhendo passageiros nos pontos de ônibus e lhes pedindo energicamente para ir para a parte traseira. Ele tem um alicate para perfurar os bilhetes, uma armação prateada onde as moedas vão sendo enfiadas na parte de cima, cada tipo de moeda numa pilha separada, e por baixo se pode soltar rapidamente, com uma pancadinha leve, uma moeda de troco. Eu adorava esse alicate e essa armação prateada. Se depois da vitória Bat-Ami aceitasse casar comigo, eu deixaria que seus dedos me tocassem através de meus shorts de ginástica, com a condição de que ela me deixasse manejar a armação prateada do pai dela, depositando por cima e resgatando por baixo moedas de diversos tamanhos, e fazer nos bilhetes picotes em forma de estrela. Helena Gril ainda estava na varanda. Agora, com um regador, molhava os gerânios que floresciam numa lata de azeitonas enferrujada. A água que saía do regador parecia estilhaços de vidro banhados de luz. Ela cantarolava em polonês uma canção que me soava cheia de arrependimento e saudade.

Enquanto isso chegaram os dois funcionários da gráfica do Pai, Abrasha e Lilienblum, e trouxeram consigo o jornal matutino. Suspendi o fogo nos subúrbios de Berlim e corri para ler as manchetes. O jornal relatava a abrangente operação de cerco empreendida pelos britânicos em todo o país e o incidente sangrento que havia ocorrido em um dos kibutzim: os *chalutzim* resistiram energicamente ao confisco de suas armas defensivas, dois tinham sido feridos a tiro e muitos tinham sido presos e enviados a campos de prisioneiros.

O Pai serviu café preto a Abrasha e café com leite a Lilienblum. Enquanto isso folheou o jornal, examinando cuidadosamente todos os avisos fúnebres, e suspirou. Depois tirou os óculos, afastou de repente para um lado seu livro de registro de contas e os restos do café da manhã, conseguindo segurar a tempo um vidro de *lebenia* que resolvera virar, pôs-se imediatamente de pé e propôs começar logo o trabalho. Eram quase oito e meia.

Contanto, é claro, disse o Pai, que ninguém quisesse tomar mais um copo de café.

Eu também desci, atrás deles, para a gráfica no porão. Eu sabia que antes de começarem as buscas o Pai tinha escondido os cartazes conclamando à rebelião numa lata selada e mergulhado a lata no fundo de um tonel cheio de tinta de impressão. Eu queria ver com meus próprios olhos como eles iriam agora içar das profundezas esse submarino e para onde o levariam. Mas o Pai, depois de refletir um pouco, decidiu não mudar o esconderijo, já que havia dado certo. Ele ligou a máquina, mas logo desligou. Examinou com cuidado os eixos dos cilindros. Achou melhor pingar algumas gotas de óleo nos êmbolos, que Lilienblum chamava de *pistonim*, pistões. Depois tornou a ligar a máquina e foi para a mesa de montagem.

"Terminei com a Linda", disse de repente Abrasha, como que continuando uma conversa, "fim de linha."

"De novo, por quê?", perguntou o Pai com tristeza, e adivinhei o sorriso educativo em seu rosto.

"Acabou-se. Ela pescou o filho do Hamidoff, do Banco Barclay's, e vai com ele para Paris na semana que vem. Sem casamento."

"O que se pode fazer", consolou o Pai, "de qualquer maneira ela não era boa o suficiente para você."

De repente Lilienblum irrompeu, num rouco grunhido:

"Malditos sejam, eles e a lembrança deles. Todos são a mesma merda. Ingleses, franceses, garotas. Tem que chutar todos eles, *mit a zetz*. E o doutor Weizmann também."

Abrasha era um rapaz albino e macambúzio, sem sobrancelhas, com o cabelo e a pele muito finos, brancos, como se fosse todo ele feito de papel. Ele operava a máquina de corte. Eu, comigo mesmo, chamava essa máquina de "guilhotina". Era para cá que se traria o alto-comissário quando o capturassem, e aqui no porão Efraim executaria a sentença sem piedade e sem piscar: não se pode ter pena dos inimigos de Israel. Também não se pode implorar nada a eles, como faz o doutor Weizmann. Uma espécie de sorriso envergonhado, distraído, passou pelos lábios de Abrasha enquanto aparava as folhas na guilhotina. E eu enfiei dentro da camiseta as cobrinhas espiraladas de papel.

Lilienblum, o operário religioso, começou a juntar letras no componedor retangular, usando uma pinça de aço. Portava óculos com aros finos de metal. Ele sempre costumava me chamar de "*shekets*" ou "*sheigets*" e se derretia em sua voz de touro: "*A ídishe ínguele mit a goish pónim, a pogromtchik mit a gôldene neshume*".*

Mas dessa vez não falava comigo, mas consigo mesmo, como se não conseguisse se conter depois de todas as notícias ruins daquela manhã:

"O Banco Barclay's e as garotas", resmungava, "*Pfui*. Merda."

Saí então para o quintal. Os encantos da luz já tinham se diluído e não restava deles nenhum frescor, nem nas árvores nem no espaço entre elas. O ar ficava cada vez mais quente, como eu tinha previamente adivinhado. Os meninos Gril ainda não tinham voltado da caça ao leopardo. Quando eles queriam me provocar, repetiam os versinhos idiotas deles: "Kolodny Uri, não tem quem ature" ou "Kolodny coruja, vai voar de lambuja". E inventavam sujeiras sobre Efraim Nechamkin e minha mãe. Na ferrugem do portão quebrado eles tinham escrito com tinta amarela as palavras: FROIKE O MALUCO ESTÁ FUDENDO A MÃE DO URI.

Embaixo dessa frase descobri de repente um acréscimo posterior que não consegui entender, mas que logo corri a raspar com as unhas:

E O PRÓPIO URI EM CLUSIVE.

Às nove e quinze o carro de entrega de pão da padaria Engel entrou na ruela. Por algum motivo, parou em frente ao nosso portão. Parei de raspar a segunda frase e me levantei para ver por que isso de repente. Fazia calor. Vespas furiosas zumbiam em torno de uma torneira pingante. Entre os espinheiros pairava à toa uma borboleta desorientada. Havia um cheiro de poeira no

---

* Em ídiche, no original: "um menininho judeu com rosto de gentio, um promotor de *pogroms* com um coração de ouro". (N. T.)

ar. Zaki, o rapaz da padaria, saltou da cabine do motorista. Ele inspecionou rapidamente a ruela, abriu a porta traseira do carro e puxou para fora, de entre as cestas de pão, um senhor que parecia perplexo, piscando muito, um senhor pequeno de terno escuro e com uma maleta de instrumentos na mão. Não entendi por que estavam trazendo um médico da *kupat cholim*. Talvez a Mãe tivesse desmaiado de novo, ou Helena Gril tinha tido um ataque histérico. Mas desde quando se trazem médicos em carros de entrega de pão? Quando Zaki e o médico passaram correndo por mim, em direção à escada do porão, reconheci de repente o homem: não era um médico, mas o senhor Tchupak, dono da butique Riviera, da rua King George. Eu me lembrei de quando a Mãe me levou com ela à butique, no dia seguinte a *Lag Baomer*,* para ajudá-la a escolher um vestido de verão. Talvez tenha se decepcionado com os que viu. Mudou de ideia, desistiu de comprar um vestido e resolveu ir a outra loja para comprar um gramofone a prestação. Lembrei que o senhor Tchupak não ficara ofendido, e até a convidou a voltar à butique Riviera em outra oportunidade, talvez depois das grandes festas. No outono haveria nova coleção, ele disse. A moda, em geral, ia mudar.

De algum lugar apareceu Efraim num macacão azul. Ele alcançou Zaki e o senhor Tchupak, segurou delicadamente o visitante pelo cotovelo e o acompanhou até embaixo, até a gráfica. Não trocaram palavra. Zaki se virou, veio para fora, inspecionou com olhos de gato os telhados e as varandas, farejou o ar, tomou uma decisão, pulou para a cabine do motorista e, em marcha a ré, tirou o carro da ruela e foi para a rua principal. Um fedor de gasolina se misturou por um momento com o cheiro de pó. E de novo só havia poeira e vespas furiosas junto à torneira que pingava.

---

* Festa judaica comemorada 33 dias após o início da colheita dos cereais com fogueiras, passeios etc. (N. T.)

"Saia daqui. Mas agora mesmo. Neste minuto", ordenou o Pai numa voz inexpressiva.

Quase nunca tinha usado palavras como essas.

Obedeci imediatamente e deixei a gráfica. Mas num relance ainda pude perceber que afinal não era o senhor Tchupak, mas outra pessoa, parecida com ele, certamente mais velha, uma espécie de senhor Tchupak desbotado e com aparência de usado. Talvez seu irmão mais velho. E vi como Efraim e o visitante eram engolidos pela estreita passagem entre pilhas de bobinas de papel. Estremeci como se tivessem tocado em minha nuca com gelo: que me matem. Que me arranquem todas as unhas. Que matem até mesmo Bat-Ami. Não vou delatar jamais.

10.

Ao meio-dia os meninos Gril voltaram da caçada. Fiquei alegre de ver que o leopardo os tinha ludibriado, mas assim mesmo não voltaram de mãos vazias, e isso não me deixou alegre. Eles trouxeram com eles uma caixa de papelão cheia de cartuchos de balas de cobre dourado. Que seja, não importa. Eu sei, e eles não sabem de nada. Em três lugares, na entrada traseira para o vestíbulo, e na porta do depósito que dá para o quintal, e em mais um lugar oculto entre os ramos da amoreira, eu já conseguira armar uma armadilha de fogo, como Efraim me ensinara. Eram latas cheias de querosene com pavios que podiam ser acesos à distância. Dentro do querosene eu mergulhara fósforos não usados, cacos de vidro, pedacinhos de cobre e fios elétricos.

Que venham.
Vão pagar com o próprio sangue.
Por favor: que venham.

Dessa vez resolvi ignorar com desprezo as provocações dos meninos Gril: é verdade que o pai deles é motorista na companhia Hamekasher, que eles têm uma irmã e eu não, que eles têm cartuchos de balas e estão no encalço do leopardo e não me deixaram participar da caçada. Não importa. O que vi esta manhã Boaz Gril não verá nem em sonhos.

Ioav disse:

"Ele tentou começar com Bat-Ami. Foi implorar a ela para que ela mostrasse a ele, e ela riu dele e não mostrou nada e veio nos contar tudo, como ele chorou e como fugiu para a casa dele. Como um coelhinho. Pensou que ia fazer com Bat-Ami o que Froike Nechamkin faz com a mãe dele."

Fiquei calado.

"Ele não tem resposta. Então pelo menos que pare de virar a cara para o outro lado, como se a gente não estivesse vendo que ele está chorando com lágrimas."

Fiquei calado.

Eu podia ter dito a eles que tinha visto a mãe deles quando trocava de vestido diante do espelho em frente à janela, ontem, no meio do toque de recolher. Mas me segurei e fiquei quieto.

"Bat-Ami diz que ele ainda é um bebê e que ainda não tem nenhum pelo lá", exultou Avner.

De repente me virei e corri pela escada, galgando os degraus dois a dois, para cima, para o telhado, para o posto de observação, sem ouvir o riso deles e todas as coisas que diziam sobre meus pais. Que falem. Eu não tenho tempo para eles. Estou de sentinela.

Com muito cuidado e critério escolhi uma posição oculta no telhado, entre a pilha de trastes e o aquecedor de água, atrás das cordas de pendurar roupa. Daqui eu tinha visão de quase toda a cidade. A base Schneller se estendia a meus pés. Eu tinha até um telescópio, feito de uma lata de aveia Quaker e discos de vidro azuis. Vi os soldados ingleses atarefados com os preparativos para a visita do alto-comissário. Com uma só metralhadora eu liquidaria daqui o alto-comissário, os meninos Gril, todos. Depois, fugir para as montanhas e ser um menino-montanhês. Para sempre.

Enquanto isso eu verificava cuidadosamente como estavam as coisas em Jerusalém. Eu via os telhados de Kerem Avraham, a extremidade do bairro dos bucarianos, e mais além, na linha do horizonte, o monte Scopus e o monte das Oliveiras esmaecendo na luz, as torres e os campanários das igrejas, as luas crescentes das mesquitas, Shu'afat, Nebi Samuel, uma gigantesca árvore sem tronco a flutuar no ar ardente junto à torre de Nebi Samuel, e era para essa árvore que eu ia fugir depois que tudo terminasse. Eu também via o bosque de Tel Arza. Lá no fundo, eu estava do lado do leopardo que se escondia por lá. Eu sabia que eles nunca conseguiriam pegá-lo porque ele era o sonho ruim de todos, como dizia a Mãe. Irei atrás do leopardo até muito além das montanhas, até as florestas dos leopardos, e viverei entre eles como Kim, no livro de Kipling.

Eu via as casas alemãs na entrada do bairro de Romema e a torre d'água marrom, da qual jorra a água pelos canos subterrâneos, no escuro, até chegar até nós também. Eu via telhados de telha e telhados revestidos de piche, florestas sem fim de roupa lavada pendurada para secar por toda a cidade, como se o Estado hebreu tivesse sido criado de repente e toda a cidade houvesse hasteado ao vento bandeiras festivas de todas as cores. E via como a luz do meio-dia ia clareando cada vez mais, como se nunca lhe bastasse e nunca ficasse satisfeita, e eu vou me assimilar à luz e ficar invisível e poderei atravessar paredes como a luz das estrelas e fazer justiça, e de noite ir até Bat-Ami para lhe dizer não tenha medo Bat-Ami você não pode me ver mas toque em mim sou eu, vim levar você daqui venha vamos embora daqui para as florestas dos leopardos e lá vamos ficar.

A cidade foi embranquecendo. Em todas as ramagens se depositava a poeira branca do verão. Era uma luz de deserto, a de Jerusalém. Existe um mar no coração do deserto de Judá, não um mar, fontes de água, lugar dos essênios e dos sonhadores que as legiões romanas não conseguiram encontrar. De lá vinha o vento, que trazia um cheiro de poeira seca e um cheiro de sal. Esta vai ser a última vez que eu choro. Não haverá mais lágrimas, mesmo quando os ingleses arrancarem unha após unha, e eu não vou delatar que ele se disfarçou de médico, de senhor Tchupak, no porão, na gráfica do Pai.

Dentro da poeira e do sal vinha outro cheiro, silencioso, que eu não sabia se vinha de muito longe, das montanhas de Moab e das fontes de água, ou se exalava de perto, de dentro da casa, ou de mim mesmo. Se eu tentar dizer a essas montanhas, com todo o calor de meu coração e até meu último alento, elas vão começar a rir. Talvez nem mesmo se deem ao trabalho de rir, pois elas são montanhas e não se interessam por nós, e não lhes importa o que está acontecendo aqui conosco. Têm uma outra língua. Se eu soubesse a língua das montanhas eu também estaria em paz, e a mim também nada importaria.

Vou aprender.

Até lá não vou me mover dessa guarda no posto de observação do telhado, para dar o alarma quando eles voltarem para nos revistar de casa em casa. Pelos vidros azuis do telescópio que eu tinha feito a cidade de Jerusalém ansiava pelo mar. Os pinheiros eram fumaça. A pedra e a lata, cobre polido. E as florestas de roupa nos varais, bandos de aves a voar ao vento.

Fiquei em meu posto no telhado até as duas da tarde. Às duas o Pai saiu da gráfica no porão, e atrás dele Abrasha, Efraim e Lilienblum. O Pai trancou a porta de ferro. Trocaram algumas palavras e foram embora. Deixaram o senhor Tchupak no porão, a não ser que houvesse um túnel sob a máquina impressora.

Não o senhor Tchupak. Seu irmão. Outra pessoa. Uma pessoa que chegara até nós num carro de entrega de pão, fantasiado de médico, mas sob a fantasia não havia nenhum senhor Tchupak, mas um homem ossudo, impiedoso, um leopardo com olhos que faiscavam relâmpagos.

Almoçamos às três horas: sopa de ervilhas, bolinhos, cenoura crua e batatas. Depois tomei dois copos de limonada com gelo tirado do congelador e me apressei em voltar para meu posto de observação, para ser o primeiro a alertar do perigo.

Mas não havia perigo algum. Só a tarde, que ia avançando e ficando mais densa. Subindo pelos pinheiros e juntando forças. Às seis uma locomotiva apitou na direção da Colônia Alemã. Como é longo o caminho. Eu podia ver como o sol, no vento quente do deserto, ia se envolvendo em fuligem no topo da colina de Sheikh-Bader, de lá se afastando para Guivat Shaul e começando a mergulhar nas nuvens cor de violeta, a tocar as montanhas, e estas ficavam violeta também até não mais se distinguir o que era montanha e o que era nuvem e o que era um bando de cavaleiros galopando no céu.

Por fim o horizonte se tornou cinzento. Jerusalém ficou entregue a si mesma. Aqui e ali pontuavam luzes amarelas. O lampião na nossa esquina também lançava sua luz pálida. A Mãe saiu à varanda e me chamou de volta para casa.

Na sala de estar meu Pai e Efraim já estavam sentados diante do tabuleiro de xadrez, um numa camiseta esburacada, o outro numa camisa cáqui desabotoada com a intenção de mostrar a escuridão de seu tórax.

O velho poeta cochilava tranquilamente na poltrona.

Ele era surdo, sofrido, a cabeça encolhida entre os ombros. Eu me lembrei de repente do jabuti oco do quintal. Eu me lembrei da promessa de Efraim, de que eu substituiria o senhor Nechamkin e seria o poeta e o caixa. E de como ele voltara atrás dessa promessa, e como zombara do necrológio que seu pai escreveria sobre nós dois depois de tombarmos juntos no campo de batalha.

"Estão esperando visita esta noite?", perguntei, e imediatamente me arrependi.

Efraim crispou os lábios:

"Você disse alguma coisa?", ele falou entre os dentes, com desprezo.

"Não tem com que se preocupar", disse o Pai um tanto temeroso, "Uri é confiável."

Efraim disse:

"Não fale tanto assim, Kolodny. Qualquer palavra já será além da conta."

"Chega, por favor, parem com isso", pediu a Mãe, "não vale a pena se irritar."

Fez-se silêncio.

11.

O que não me contaram eu adivinhei sozinho: no chão, debaixo da máquina de impressão, havia uma porta de ferro. Daquela porta camuflada descia uma escada em espiral até um túnel, por cima do qual, com certeza, se erguia a casa. Uma espécie de catacumba do período do Segundo Templo, ou uma gruta árabe na rocha. Era de supor que um dia Efraim e seus homens tinham transformado essa gruta numa casamata para que, quando chegasse o Dia D, tivéssemos um abrigo seguro. À luz de uma lamparina, ao longo das paredes de rocha fria, enfileiravam-se galões cheios de água e de combustível, caixas com comida, caixotes de munição, granadas, baterias e aparelhos de transmissão, talvez também alguns dos livros sagrados do senhor Nechamkin. Neste momento o senhor Tchupak descansa lá até que passe a fúria, não o senhor Tchupak, o homem-leopardo, magro e miraculoso.

Talvez ele suba ainda esta noite. Na maleta de médico dele tem um fuzil de precisão desmontado. Da janela da cozinha se descortina o pátio de manobras e de ordem-unida da base

Schneller. O alto-comissário virá passar em revista as tropas e de repente vai brotar uma pequena flor em sua testa, e ele vai balançar e cair. Então Efraim e seus homens vão surgir de todos os seus esconderijos, de acordo com o plano Iochanan de Gush Chalav. De um golpe só. Esta noite vou ficar vestido. Não vou dormir. A terra vai tremer, cidades vão arder, as torres vão desmoronar. Chega de contar as horas e os dias.

E quando comemorarmos a vitória, vão levar a família Gril para os campos de traidores, mas eu vou estar no quintal, e vou dizer com tranquilidade: menos Bat-Ami. Deixem-na em paz. Ela é legal. O comandante vai ordenar que se cumpra o que eu disse e que se liberte a garota.

"Onde está você", disse o Pai, "sentado em Jerusalém e construindo castelos no ar?"

"O menino está triste", disse a Mãe.

"Ninguém está triste", eu disse, "vou ajudar você."

Na cozinha arrumamos tudo com cuidado no carrinho de vidro preto: seis colherinhas. Seis xícaras. Seis pratinhos de bolo. Dessa vez usamos o aparelho, e não as peças do dia a dia. Açúcar, leite e limão. Um reforço de frutas e nozes. Guardanapos de papel, e em cada um deles um barquinho com uma vela branca. A chaleira começou a apitar. Efraim saiu e voltou junto com o visitante.

"Boa noite", dissemos todos.

Ele deu de ombros.

De perto, na luz, era um homem impecavelmente vestido, com cabelo cinzento encaracolado como pelo de carneiro, maxilares de lobo. Ele tirou o paletó, soprou nele aqui e ali e o pendurou no encosto da cadeira. Depois segurou os vincos das calças pouco acima dos joelhos, puxou-as um pouco e se sentou. Só então falou:

"Tudo bem."

Quando o visitante tirou o paletó pude ver que tinha as calças presas a suspensórios listrados, mas assim mesmo usava um cinto que fora apertado com toda a força.

O Pai disse:

"Veja, Uri. Você tem de prestar muita atenção. Este é o senhor Levy. Nosso hóspede. O senhor Levy vai ficar conosco por algum tempo, porque onde ele mora está havendo agora problemas. Para os vizinhos, e até mesmo para o senhor Lilienblum e o *chaver* Abrasha, o senhor Levy é o seu tio, que chegou do exílio num navio de imigrantes ilegais, e nós estamos cuidando dos papéis dele. Acho que não é preciso acrescentar mais nada."

"Claro", eu disse, "com certeza."

E a Mãe:

"Senhor Levy, certamente não vai recusar jantar conosco. Enquanto isso, quem sabe posso lhe oferecer um copo de chá?"

O visitante segurava no colo a sua maleta de médico. Quando a Mãe falou, mediu-a com olhos frios, vagarosos, olhou para a trança sobre seu peito, examinou seus quadris e suas pernas, transferiu seu olhar dela para o Pai e deste para Efraim. Seu polegar roçou por um momento o bigode aparado, a cabeça se moveu algumas vezes de cima para baixo como a extrair uma conclusão inevitável, e ele disse:

"Tudo está na mais perfeita ordem."

O Pai disse:

"Estamos fazendo o melhor que podemos."

"Mas o que este menino está fazendo aqui?", espantou-se o visitante. "As crianças são o nosso futuro, mas, por natureza, são em geral barulhentas."

Eu e a Mãe fomos então para a cozinha. Ela começou a partir pão branco em fatias finas, como nas vésperas de *shabat*, e eu me encarreguei de preparar uma salada verde numa bacia de madeira. Num pisar felino, como um ladrão, ele veio atrás de nós. Não ouvimos seus passos, e de repente passou entre nós na cozinha e se postou à janela. *"Perfect"*, ele disse, voltando seu rosto para nós. A fresta de um sorriso fendeu seu maxilar de lobo. E se fechou.

"Por favor", disse a Mãe, "estou servindo chá."

"Com sua licença, mudei de ideia: resolvi não tomar chá agora. Você pode ir. O menino também. Eu ficarei aqui."

E acrescentou, incisivo:

"Sozinho."

Deixamos tudo na cozinha e voltamos para a sala de estar. O poeta exprimia em palavras cuidadosamente escolhidas e numa voz de seda uma nova ideia que lhe ocorrera em suas meditações:

"Toda noite vemos luzes brilhando fora da cidade. Como se fossem fogueiras suspensas entre o céu e a terra. Não lhes falo a partir do que tenho dentro d'alma, mas a partir do que veem meus olhos. Ele foi desprezado e desconsiderado, mas nele está a esperança dos povos. Peço humildemente um copo de água pura da torneira, pois o coração vai se enfraquecendo, de tanta impaciência e expectativa frustrada. Suco não, nem limonada, só água pura da torneira. Contanto que não dê muito trabalho. Não vai demorar muito mais, já nos cansamos bastante, e nossa força já começa a vacilar. Agora vou beber água e logo depois vou me levantar e sair a caminho. Oxalá todos os corações fossem puros como o de um bebê recém-nascido. Shalom, shalom para vocês todos: eu sigo meu caminho e vocês, não me desprezem por isso. A capital tem um líder. Eis aqui a bengala, e eis aqui também a porta. Saudações aos que ficam da parte de quem se vai."

Mas após pronunciar essas palavras o velho não se levantou, apenas suspirou profundamente e continuou sentado em seu lugar. No mesmo instante surgiu o visitante e aterrissou na poltrona vaga. Ainda estava agarrado a sua maleta de ferramentas.

"Podemos oferecer-lhe cigarros, um cinzeiro e fósforos?", perguntou o Pai.

"Está tudo bem", disse o irmão do senhor Tchupak.

"Não se preocupe conosco se quiser fumar. Por favor, senhor Levy."

"Já ouvi isso", respondeu o homem asperamente, "e já pedi silêncio. Desse jeito é impossível se concentrar."

Calamo-nos.

O Pai mergulhou em seus pensamentos, levantou um cavalo preto de sua posição no tabuleiro de xadrez, fixou nele o olhar e sorriu para ele com tristeza, e de repente devolveu-o a seu lugar. Decidiu avançar um peão no flanco do tabuleiro. Num átimo, Efraim empurrou seu bispo branco quase até a extremidade do tabuleiro e disse com raiva:

"*Na.*"

"Você está se complicando de novo", sussurrou o Pai.

A Mãe achou por bem lembrar aos dois que o senhor Levy pedira que guardássemos silêncio.

No meio do silêncio o visitante escorregou até entre as dobras da cortina transparente, a maleta de médico na mão, as costas voltadas para a sala, inspecionou o terreno do quintal e talvez também meu campo de batalha no peitoril da janela. Voltou para a poltrona e falou movendo os lábios, sem quase emitir som:

"Este menino, por favor."

"Uri", o Pai se assustou, "você ouviu. Diga boa-noite. A Mãe vai lhe levar o jantar. Boa noite."

"Não discuta", disse a Mãe.

O senhor Levy sorriu para ela com seus dentes brancos e bonitos:

"Crianças", ele parecia surpreso, "quadros, piano! E jogos de xadrez! Até flores! Como vivem as pessoas em tempos como estes! Tranquilidade e patrimônio! Parece que nós, meus senhores, não regulamos muito bem da cabeça. Eu não recusaria um copinho de vodca. Não tem vodca? Tem o quê? Com certeza só tem vinho Tokai, de Rishon Letsion. Eu devia ter imaginado. Não faz mal. Tudo está na mais perfeita ordem."

"Gira, vai o vento", acordou de repente o senhor Nechamkin, e começou a falar com ternura, "e voltou o vento sobre seus passos. Isso tudo por um lado. Mas, por outro, senhora Kolodny, por outro lado ele sabe que o que foi já não vai ser, e o que será — não dá para ver. E vocês têm um visitante. Shalom, senhor visitante. Oxalá possa também o senhor ver a redenção de Jerusalém."

Falou e bateu com sua bengala no chão para sublinhar suas palavras, ou como se tentasse despertar o tigre entalhado de seu sono de madeira no castão da bengala.

"Tenho de aturar esse gagá também?", perguntou o senhor Levy.

O Pai justificou:
"É a idade dele. Não há o que fazer."
E Efraim acrescentou:
"Estamos fazendo o melhor que podemos, senhor Levy."

A Mãe começou então a tirar da mesa a louça do chá e a preparar a do jantar. O Pai percebeu minha presença e explodiu, com alguma raiva:

"Você ainda está aqui? Você não entendeu o que lhe disseram?"

"Já vou", eu disse. E no mesmo instante arremeti contra os percevejos e papéis dourados, destruí as linhas de frente, enfiei tudo apressadamente no baú de brinquedos, as tropas, os destróieres, os comandantes, os postos de comando, a artilharia, chega. Acabou. Aquela guerra tinha acabado.

E fugi da sala sem lhes dizer boa-noite.

Também não me lavei. Fiquei deitado na cama, vestido, no escuro, sussurrando para mim mesmo, calma, calma, relaxa, nada está perdido, soldados rasos também participam do combate e da vitória, fique calmo.

Calma não havia, nem poderia haver.

Era noite na janela. Noite dentro do quarto. Um verão de estrelas e de cães latindo.

No meu velho e desbotado embornal enfiei no escuro tudo que estava ao alcance de minha mão tateante: meias, um cantil, fivelas, cadarços, o cinto de escoteiro, um suéter velho, um pacote de chicletes Alma, um canivete.

Eu estava pronto.

12.

De manhã cedinho, antes das cinco, acordei assustado. As vidraças tremiam. Muitos aviões de grande porte voavam baixo e roncando nos céus de Jerusalém. A luz lá fora ainda era um lusco-fusco agonizante. Zevulun Gril, vezes seguidas, tenta dar partida no ônibus. O motor ronca e se esforça, rateando surdamente. Não havia avião algum. O *chaver* Gril seguiu seu caminho. Saí da janela e corri para a cozinha.

O Pai e a Mãe estão sentados um em frente ao outro em silêncio. Não trocaram de roupa desde ontem. No encerado da mesa havia alguns copos sujos. Resíduos de café. Restos de biscoitos e de frutas. No cinzeiro, muitos tocos de cigarros, e cinzas, e fumaça no ar. Os olhos do Pai estavam avermelhados, cansados:

"Uri, bom dia. Você sabe que são só cinco horas da manhã?"

"Bom dia", eu disse, "onde estão todos?"

"Onde estão quem, Uri?"

"Todos. O senhor Levy. Efraim. O senhor Nechamkin. Todos."

"Vá lavar o rosto e se pentear, filho. Olhe só que aspecto você tem."

"Primeiro me digam o que aconteceu."

"Não aconteceu nada. Se acalme."

"Onde estão todos."

O Pai hesita. Não teve tempo de se barbear. Tem pelos no pescoço. A testa está franzida:

"A notícia não é boa, Uri. O senhor Nechamkin passou mal de noite, ficou muito fraco. Tivemos de acordar a senhora Vishniak e telefonar para o Maguen David Adom.* Nós o levamos para o hospital Hadassah. Agora ele está dormindo, e melhorando. Hoje vai fazer uma série de exames."

"E onde estão Efraim e o senhor Levy?"

"Efraim teve de sair novamente por alguns dias. Às vezes ele tem de viajar. Desta vez talvez leve muito tempo até ele voltar para casa. Agora vá se lavar e venha tomar um copo de chocolate."

"Onde está o senhor Levy."

O Pai olhou para a Mãe. Ela permaneceu calada. Vestia calças brancas de verão e uma blusa florida muito decotada, como se também estivesse pronta para sair em peregrinações.

"O senhor Levy", eu disse, "esse que esteve aqui ontem de noite."

No limite do silêncio que então se fez, o Pai falou com tristeza:

"O senhor Nechamkin vai ficar bom, assim esperamos. O médico do Hadassah estava otimista. Ele só teve uma isquemia, e agora precisa descansar."

"Vocês levaram de noite o senhor Levy também para o hospital Hadassah?"

"Uri, hoje é um novo ddddia", disse o Pai, ciciando o "d" da palavra "dia", dshhhhhhia, como a pedir que se fizesse silêncio.

"O que vocês dois fizeram?", eu gritei de repente horrorizado.

A Mãe ficou calada.

---

* Escudo Vermelho de David, serviço de assistência médica. (N. T.)

O Pai se levantou, pegou o cinzeiro e o esvaziou, pôs na pia as xícaras do serviço que estavam sujas, limpou com um pano molhado o encerado que cobria a mesa e depois enxugou com um pano seco.

"Se você quiser", disse o Pai, "depois do almoço poderá ir conosco visitar o senhor Nechamkin no hospital. Contanto que nos avisem por telefone que ele está em condições de receber visitas. Agora vá se lavar. Já é a terceira vez que lhe dizem isso."

"Não até que me diga onde está agora o senhor Levy."

"Por que ele fica me atormentando, este seu filho?"

A Mãe permaneceu calada.

Então o Pai tomou uma decisão. Ele me segurou pelos ombros com as duas mãos, me apertou com firmeza e seus lábios tocaram minha testa:

"Ele está com um pouco de febre", disse.

E subitamente me puxou e me fez sentar em seu colo, tocou em meus cabelos, e sua voz era triste mas enérgica:

"Uri. Desde que acordou você está falando coisas estranhas. Primeiro você acorda no meio da noite aos gritos, por causa de pesadelos, depois você se levanta antes das cinco e começa a importunar. Está bem. É a sua idade. É compreensível. Não estamos zangados com você. Mas você tem de superar isso um pouco. Preste atenção. Ontem tivemos dois convidados: Efraim Nechamkin e o pai dele. Como sempre. De noite tivemos de telefonar para o Maguen David Adom. Já lhe expliquei isso. Ponto. Agora faça a gentileza de ir finalmente para o banheiro. Isso é tudo."

Eu disse:

"Mãe."

E de repente, chorando:

"Vocês são desprezíveis."

Arrebatei uma caixa de fósforos que estava perto do fogareiro e corri para fora da cozinha e da casa. Fui acender os três pavios, um após o outro. Nenhum deles acendeu, apesar de eu tentar vezes seguidas, desperdiçando muitos fósforos. Efraim tinha me enganado. Eu não era o vice de ninguém. O alto-comissário não virá jamais à base Schneller, e se vier pouco me importa. O senhor Tchupak está vendendo vestidos na butique Riviera. O senhor Nechamkin vai morrer junto com as fontes de água dele. Por mim, Ruchama pode vir e ficar a noite toda. Não há e nunca houve leopardos no bosque de Tel Arza. Não há e nunca haverá um Estado hebreu. Até mesmo Linda, do Abrasha, está fugindo para fazer farra em Paris junto com o filho do cara do banco Barclay's. Você pode me ver chorar. Não faz mal. Chore você também, pobre Bat-Ami. Puseram você para fora também às cinco e meia da manhã. Agora só nós dois estamos do lado de fora, enquanto Jerusalém inteira está dentro de casa. Vou levar você para um lugar distante atrás das montanhas e você vai me ensinar como é com minha Mãe e Froike e como é com todo mundo. Venha, vamos, Bat-Ami, não fiquemos tristes.

Bat-Ami está sentada numa pedra. Veste shorts de ginástica azuis como os meus, só que com elástico. E uma blusa laranja, e os irmãos dela não estão aqui. Não tem ninguém. O sol começa a sair. De novo se incendeiam as calhas, e as janelas, as paredes de lata e as nuvens estão pegando fogo. Veem-se cavaleiros de fogo galopando em montanhas de fogo sobre o vale de Kidron, perfurando com lanças de fogo os inimigos de Israel. Como sempre. Vão-se embora daqui, cavaleiros, vão até Tel Aviv e até a beira do mar. Sem mim. Bat-Ami tem no colo um caderninho aberto e ela parou de escrever e não está me pedindo que lhe conte o que e nem pedindo que me acalme.

O que Bat-Ami escreve no caderninho dela, sentada numa grande pedra no quintal às cinco e meia da manhã? Está registrando um pensamento no livro de recordações: "Quando o peixe andar e o elefante voar vou parar de lembrar".

Quer um pensamento meu?

Escrevo: "Coitado do urso, que urso coitado,/ Comeu porcaria e ficou enjoado".

Daqui a pouco vão começar a abrir as lojas. O quitandeiro vai botar os caixotes de uvas na calçada. Logo virão as vespas. Na sinagoga vão ensinar a ler os versículos entoando. O Pai e seus dois funcionários vão começar hoje a imprimir os cartões de ano-novo para 5708. Uma pilha de camisas por passar espera pela Mãe. Um pequeno milagre está acontecendo aqui esta manhã: ainda não trouxeram o pão e no ar já se sente um cheiro de pão recém-assado. Eu me lembro: temos de continuar esperando. O que foi já era, e agora começa um novo dia.

1975

SAUDADES

DO DR. EMANUEL NUSSBAUM PARA A DRA. HERMINA OSWALD, ATÉ
RECENTEMENTE NO KIBUTZ TEL TOMER

>Jerusalém, rua Malachi
>2 de setembro de 1947

Cara Mina,
Estes são os últimos dias. Você com certeza já está em Haifa. Talvez arrumando suas coisas na mala preta de couro com guarnições metálicas, os lábios apertados, acabou de repreender algum garçom ou funcionário grosseiro, e você freme de tanta eficiência e tanta indignação moral, e repete e repete consigo mesma, e até pronuncia as palavras: "que nojo".

Ou não em Haifa. Talvez já esteja agora a bordo do navio a caminho de Nova York, numa cabine da segunda classe, com óculos de leitura, mastigando algum artigo medíocre em uma das suas revistas científicas, indiferente, para o bem e para o mal, ao balançar das ondas e ao cheiro de sal, sem nenhum interesse

nas gaivotas, na amplidão das águas escuras ou nos sons de tango que se infiltram em sua cabine, vindos talvez do bar. Você certamente está na sua. Como sempre. Ocupada até a raiz dos cabelos.
Suposições.
Não sei onde você está agora. E como saberia? Você não respondeu a minhas duas cartas de meses atrás, e não deixou endereço. Então, você definitivamente decidiu abrir uma nova página. Seus olhos cinzentos estão sempre voltados para o que há de vir e para as tarefas que assumiu. Não é coisa sua olhar para trás, se lembrar, ter saudades, se arrepender. Você é para frente. Evidentemente, as fraquezas da alma, de todos os tipos, não lhe são estranhas: afinal, é o tema de suas pesquisas. Mas quem vai se igualar a você na férrea decisão de abrir de vez em quando uma nova página. E você não me deixou um endereço. E eu bem que tentei, em vão, na secretaria do kibutz Tel Tomer: Ela terminou. Abandonou. Foi convidada a dar conferências na América. Talvez já tenha viajado. Sentimos muito.

Pode ser que depois de algum tempo desperte a cortesia, ou a curiosidade, e eu de repente receba de você um cartão-postal americano com torres coloridas, ou alguma ponte de aço grandiosa. Não perdi de todo a esperança, foi o que disse a mim mesmo esta manhã enquanto me barbeava. Verdade que minha imagem no espelho quase desperta também em mim a curiosidade, mesclada com tristeza. E quase também aversão. A doença já destruiu minhas faces e as afundou entre os maxilares, fez sobressaírem os olhos a ponto de assustar as criancinhas, e o principal — aumentou o nariz, como numa caricatura nazista. Sintomas. O cabelo também, a cabeleira cinzenta de artista que seus dedos já gostaram de emaranhar para provocar eletricidade estática desbotou toda e ficou rala. A eletricidade acabou. Se a queda continuasse nesse ritmo por mais alguns meses, com certeza eu ficaria sem nenhum cabelo. Encarquilhado e careca. Vejo que acabo de zombar, como que com intencional perversidade e exagero, da figura de meu querido pai.

Que tenho eu a ver com exageros. Que tenho eu a ver com zombaria. Eu era e continuei a ser uma pessoa tranquila. A capacidade de avaliar com serenidade e de escolher com equilíbrio as palavras sempre foi meu orgulho. Um orgulho silencioso, é verdade. E houve vezes, nas noites de nosso amor, em que eu me deixei levar e outro ser, peludo e arrogante, assomava por instantes. Nosso amor acabou, e eu voltei a ser o mesmo. Voltei, e nada encontrei. Uma estepe de sal. Áridas planuras. Saudades esparsas, espalhadas em mim, aqui e ali, como arbustos de espinhos. Você sabe. Em você também, me desculpe, existe um árido deserto. Verdade que é um deserto de outro tipo, terra arrasada, como li hoje no jornal sobre o fim do mandato britânico.

Então.

Querida Mina, estes são — como eu já disse — os últimos dias. Logo vai explodir aqui uma guerra, agora quase todos admitem isso. Esta manhã até se reuniram em minha casa alguns vizinhos, para uma reunião em meu escritório, e o bairro de Kerem Avraham também está formando uma espécie de comissão de defesa civil. A esse ponto chegamos.

Do que virá depois dessa guerra, não tenho ideia. Só esperanças e temores de vários tipos. Você estará num lugar seguro, longe de Jerusalém, longe da Galileia e dos vales que você esquadrinhou nos últimos anos. Desnecessário dizer que não vou poder participar ativamente dessa guerra: nem como médico no campo de batalha, nem no hospital da retaguarda. A doença avança para seus estágios finais. Não em linha reta, é verdade. Ela está se divertindo comigo com seus truques e dissimulações, com recuos temporários, com uma moderação só aparente, numa evidente tática de distrair a atenção e plantar esperanças vãs. Estou quase sorrindo comigo mesmo: será que ela não percebe que está tratando com um médico e não, digamos, com um artista? Não tem como me enganar. Todos esses arabescos, a alternância das sirenes de alarme e dos desmentidos, as armadilhas da esperança, o descarte de um ataque frontal, como tudo isso é supérfluo quando o objeto marcado para o sacrifício é um homem como eu, diagnosticador experiente, um homem ilustrado, que dispõe de uma pequena biblioteca especializada e cuja língua materna é o alemão.

Em resumo, estou na minha de sempre: tranquilidade e desesperança. A agonia vai começar no inverno e terminar ainda antes da primavera, ou talvez comece na primavera e se estenda no máximo até os primeiros ventos quentes de 5708. Não vou entrar em detalhes. Espero, querida Mina, não ser necessário tentar lhe provar por escrito que continuo a manter corajosa e tranquilamente minha rotina.

Não há nada de novo.

Não tenho muita coisa para lhe contar.

Também não me resta muito tempo.

A maior parte das horas do dia e da noite fico observando, para saber o que se passa agora em Jerusalém. De vez em quando ainda tento dar alguma modesta contribuição patriótica, como fiz hoje de manhã no encontro da comissão de defesa do bairro. E ainda mantenho com a maior boa vontade algumas relações de vizinhança. E em meu laboratório particular continuo com as experiências de química, que talvez ainda venham a ser de alguma utilidade pública no esforço de guerra.

Enquanto isso minhas observações me levaram à sutil percepção de que aqui em Jerusalém o verão vai perdendo força quase que diariamente. Já há alguns sinais, não muito evidentes, de que o outono se aproxima. Ainda não começou a desfolha, é claro, mas percebo ligeiras mudanças de tonalidade: nas folhagens, ou na quebra da luz ao amanhecer e ao entardecer, ou em ambas as coisas. Uma não contradiz a outra.

A sombra das nuvens já se projeta em nossos pátios. As pessoas falam em voz baixa e responsável. Os crepúsculos chegam mais cedo e seu fulgor é mais contido do que de costume, fantástico, um poeta talvez acrescentasse — desesperançado, uma espécie de amargo entusiasmo, como um último ato de amor, num furor selvagem, porque é o último e nada haverá depois dele. Depois de um crepúsculo assim vê-se uma coluna de luz cinzenta no topo das montanhas do oeste e estilhaços de fogo nas vidraças, nas torres e nas cúpulas, algum aquecedor de água no telhado de alguma casa pode enlouquecer e pegar fogo. Depois do fogo as montanhas são envolvidas em fumaça. E veja que milagre: de repente até cheiro de fumaça dá para sentir em Jerusalém.

E então já se foram os preguiçosos pores do sol de verão. Há uma nova seriedade, e já está fresco lá fora ao anoitecer. Aqui e ali acho que começa a haver menos pássaros. Bem, esse detalhe terei de verificar com mais cuidado, pois é sabido que, ao contrário, o outono nos traz de volta os pássaros migratórios.

Aliás, Mina, escrevo-lhe esta carta lentamente, naquelas folhas pequenas e lisas com meu nome impresso em hebraico e em letras latinas, em que eu costumava anotar minhas receitas. Receitas em hebraico conciso. Você costumava chamar esses escritos de "bilhetes ginasianos". A diferença é que desta vez, pelo visto, não serei breve. Nem vou fazer graça.

Estou sentado na mesa da varanda, vestindo um suéter cinza mas ainda calçando as sandálias em estilo campestre que você comprou para mim na Cidade Velha já faz mais de um ano. Entre a mão que agora escreve a você e os dedos dos pés nessas sandálias, sinto que hoje há uma grande distância. Não porque eu tenha de repente crescido, mas por causa dos órgãos atingidos que estão pelo caminho. Querida Mina, a luz vespertina ainda é suficiente para escrever, mas já dá para sentir o início da depressão. Toda a cidade vai se cobrir, se recolher, bairro após bairro se juntará à caravana da noite, as torres nos cumes da cordilheira oriental irão à frente nessa jornada, e atrás delas a cidade inteira descerá ao deserto e nele se apagará. É a rotina noturna de Jerusalém, você já ouviu isso de mim, e já chamou isso tudo de "poesia". Não tem novidade. Uma certa dor apareceu agora, e está começando a me atormentar, como se um homem como eu não fosse capaz de se bastar só com um sinal de dor. Que seja. A humilhação eu vou engolir, e a dor eu vou aliviar com uma injeção. E logo vou me levantar.

Tenho vontade de voltar à varanda e continuar a escrever mesmo depois de escurecer. O frio é suportável e quase instigante. Vou acender a luz e tentar puxar do escritório para cá a luminária da escrivaninha. Será que o comprimento do fio vai dar? Veremos. Eu duvido.

Da varanda em frente, do outro lado do pátio abandonado, a vizinha, a senhora Gril, se dirige a mim com perguntas:

"Como está o senhor hoje, doutor Emanuel, o que diz o rádio esta noite, e quando vai chegar o carro?" O único aparelho de rádio das redondezas fica em minha casa. Às vezes sou eu quem faz a ligação entre os vizinhos e aquilo que eles chamam de "o vasto mundo". Uri, filho dos vizinhos, começou a vir aqui, porque eu lhe dei permissão de ouvir aqui em casa os programas de notícias, e só depois disso é que ele descobriu meu laboratório. Quanto ao carro, todos aqui estão dizendo que breve eu terei um carro particular. Quem começou esse boato devem ter sido os meninos, inimigos de Uri: eles sabem que já não pratico a medicina, de alguma forma souberam que trabalho um pouco para a Agência Judaica, e já estão me atribuindo um carro particular. Eu sempre nego sem muita ênfase, me justifico, como se tivesse sido acusado de atos condenáveis. Enquanto a senhora Gril sorri para mim:

"Não se preocupe, doutor Emanuel, nós estamos acostumados a guardar segredo. Meu marido é um veterano do Sindicato Geral de Trabalhadores; quanto a mim, toda a minha família eu perdi em Lodz. Pode confiar em nós. Somos pessoas que não ficam por aí tagarelando à toa."

"Deus me livre", eu balbucio, "de maneira nenhuma eu cheguei a pensar que vocês... mas a verdade é que...", mas ela não está mais lá: correu à cozinha para salvar o leite que fervia e já ia transbordar, ou talvez só tenha sumido de minha vista atrás dos lençóis e roupas de baixo que havia pendurado para secar numa corda na varanda, entre caixas e bacias e malas. Estou novamente sozinho.

O caso da Agência Judaica: vou lhe contar entre parênteses. Aqui em casa, atrás do escritório, tem um pequeno cubículo, um depósito, laboratório caseiro, estúdio de fotografia. Uma vez você reclamou dos cheiros de produtos químicos que emanavam de lá e se espalhavam pela casa. Você vai se lembrar, com certeza. Então, não parei com meus modestos experimentos. Há algum tempo escrevi e enviei uma espécie de memorando sobre os possíveis usos militares de uma certa substância química que ocorre entre nós com relativa abundância. Em consequência desse memorando apareceu aqui há três semanas, com grande pompa, um engenheiro qualquer da Agência ou da Haganá, e perguntou se eu me encarregaria de preparar um inventário de todo o material explosivo licenciado estocado nas montanhas e nas minas de exploração da companhia Solel Boné, bem como outros materiais explosivos espalhados em diferentes locais de Jerusalém. E também de preparar um fichário de produtos químicos úteis existentes nas indústrias judaicas da cidade. E sugerir todo tipo de combinações e agregações, e levantar tudo de que dispúnhamos e tudo que nos faria falta em caso de uma guerra prolongada. Vai faltar de tudo, argumentei, até mesmo pão e água não serão suficientes para nós. O visitante sorriu: achou por bem atribuir a mim um humor negro. "Doutor Nussbaum", ele disse, ainda sorrindo e já se voltando para a porta, "doutor Nussbaum, tudo vai ficar na mais perfeita ordem. O senhor prepare para nós esse inventário. Todo o resto é conosco e assumimos a responsabilidade. E estaremos prontos a experimentar toda ideia sensata que o senhor imaginar. O próprio Dushkin considera o senhor um dos cérebros mais brilhantes que temos por aqui. Ainda vamos entrar em contato. Shalom."

Ou seja, aceitei a missão. Na verdade, o visitante nem esperou pela resposta. Como se tivesse me dado uma ordem. Desde o tal memorando, talvez mesmo desde que Dushkin falou de mim em alguma reunião com aquele seu jeito tempestuoso, tem alguém lá entre eles que me atribui qualidades mágicas ou espera de mim que eu seja uma espécie de alquimista. Em suma, ficarão muito contentes, mas nada surpresos, se amanhã de manhã — ou até mesmo esta noite — eu aparecer tendo na mão a fórmula de um poderoso explosivo, que pode ser produzido já amanhã com recursos caseiros, e que é barato, e do qual uma pequena quantidade é capaz de causar efeitos devastadores. Agora temos aqui um mote, toda noite é repetido nas transmissões clandestinas em ondas curtas: "Quando se está contra a parede, até o inimaginável é possível". Está claro que tanto você quanto eu refutaríamos facilmente esse mote no âmbito filosófico. Contudo, eu o aceito provisoriamente: por dever cívico, e também porque, com algum esforço, consigo ver nele alguma poesia. Poesia grosseira, é verdade; mas a situação agora, se é que se pode expressar assim, é também muito grosseira.

Aconteceu comigo um pequeno milagre: consegui afinal, apesar de tudo, puxar a luminária da escrivaninha do escritório até a varanda. O fio foi quase bastante, fiz então uma pequena concessão: levei a mesa um pouco mais para perto da passagem, mas continuo assim mesmo a estar do lado de fora. A minha volta tem um halo de luz elétrica, sombras inacreditáveis se projetam atrás de mim na parede de pedra, e agora que me importa que o dia escureça.

Aliás, eu havia numerado previamente as pequenas folhas em que escrevo: é preciso se concentrar. Concentrar-se em quê? Concentrar-se no essencial. Querida Mina, permita-me tentar definir o que é essencial neste momento. Só me deixe pôr minha xícara vazia sobre as folhas, pois o vento pode aumentar subitamente e sem aviso prévio, como é comum aqui à noite e no início do outono.

Então.

Tive a ideia de registrar por escrito alguns detalhes sobre mim mesmo, sobre minhas cercanias, algumas observações sobre Jerusalém, especialmente sobre meu bairro, Kerem Avraham: o que se vê, o que se ouve. Provavelmente aqui e ali vão aparecer cuidadosas comparações e virão se juntar algumas recordações. Não fique preocupada, Mina: afinal de contas, não tenho a intenção, logo agora, de embelezar ou enfear por escrito recordações comuns a nós dois. Nenhum desdobramento sobre a sua nova vida. A América, segundo li, é uma terra boa, até mesmo maravilhosa, onde os olhos miram sempre o futuro, até as saudades se voltam para o futuro, e lá é consenso geral que o passado está condenado ao silêncio.

Você já chegou lá, Mina, já encontrou um café tranquilo entre as torres e as pontes onde você pode se sentar, pôr os óculos de trabalho e abrir a sua frente os cadernos com os registros de suas descobertas? E você já está se acostumando a falar a língua dos índios? Ou ainda está no navio, a caminho de lá, digamos, em frente aos Açores? Para você, o nome Sierra Madre já faz parte deste mundo? Mina querida, agora você está melhor?

E talvez não seja tarde demais.

Talvez você esteja ainda em Haifa, fazendo as malas, se preparando, e eu ainda possa me levantar neste momento e viajar no trem noturno, chegar aí antes da meia-noite e ir procurá-la em alguma pequena pensão no Hadar-Hacarmel, e ficar com você, em silêncio, olhando o escuro das águas, a sombra dos montes da Galileia, os navios de guerra britânicos queimando em mil luzes no golfo e um deles explodindo de repente num grande estrondo.

Não sei.

Meu estado de saúde não é propício para longas viagens.

E se eu for, e se conseguir encontrar você, você com certeza dirá:

"Emanuel, por que você veio. E olhe só a sua aparência."

Se eu disser que vim me despedir de você, minha voz vai me denunciar. Ou o tremor de meus lábios. E você vai decretar em fria tristeza:

"Não é verdade."

Terei de me calar. Vai ser constrangedor, humilhante, e com certeza vão surgir as dores físicas. Serei um peso para você.

Não vou viajar. De qualquer maneira, não tenho ideia de onde você está.

Tampouco sei o porquê desta longa carta, do que é que ela trata, qual é, como se diz, o assunto, a respeito de que estou me dirigindo a você, nem mesmo isso eu sei. Sinto muito.

Está anoitecendo. Já disse isso duas vezes, e mesmo assim continua a anoitecer. Lá embaixo, na calçada, meninas brincam de amarelinha, e Uri, escondido delas, de seu lugar entre os arbustos, acompanha lentamente seus movimentos através da mira de seu fuzil movido a pilha. E agora parou e mergulhou em seus pensamentos ou em seus sonhos. Daqui posso ver sua cabeça e a silhueta do fuzil. Esse menino está sempre em guarda, e parece que sempre adormece durante a guarda. Logo vão chamar as crianças da rua para que entrem em casa. Os gritos vão cessar, mas não haverá silêncio. Estou com dores, uma delas especialmente rude e cruel, mas vou teimar em não escrever sobre ela, e me concentrar no registro do aqui e do agora. Querida Mina, por favor não leia essas palavras com seu sorriso paciente e irônico, desta vez tente sorrir com ingenuidade, ou não sorria. Detesto a sua ironia. Sempre decifrando facilmente o que há por trás das palavras, sempre como que perdoando. É devastador. Parece que agora os pássaros se revezam nas copas da figueira e da amoreira, assim como o ardor dos oleandros amortece no quintal. A noite chega. Latido de cães à distância, o eco de sinos, o estampido de um tiro, o grito de um corvo. Coisas simples, próximas, banais. Por que soam em meus ouvidos como definitivas, para nunca mais.

Veja, aproxima-se o momento em que a luz em Jerusalém se distorce e se começa a receber a luz que vem da pedra: como se não se tratasse dos restos de sol se escondendo atrás das nuvens, mas das paredes, dos muros, das torres longínquas que irradiam agora de dentro deles a luz de suas almas. Nesse ponto você tem permissão de soprar, como sempre faz, a fumaça de seu cigarro pelas narinas e de dizer para si mesma: "*Nu*. Outra vez".

Você tem permissão, eu disse. E isso quer dizer: não tenho como evitar.

Nada pude evitar. O que houve, foi você quem quis.

Você me disse uma vez: eis aqui Emanuel e eis aqui Mina. Duas pessoas instruídas, duas pessoas de formação parecida, e mesmo assim não faz sentido que estabeleçam entre elas uma relação permanente.

Concordo. Dr. Nussbaum, um homem delicado, um homem cheio de dúvidas, mesmo quando tem vontade de algo desconfia dessa vontade, seu sorriso com frequência é um sorriso assustado como se tivesse tido finalmente a ousadia de contar uma anedota para logo começar a duvidar de que seja divertida, de que seja compreensível, se cabe naquele lugar e naquela hora. Em comparação, dra. Oswald, uma mulher amarga e decidida, de quem até mesmo as raras concessões são concessões drásticas, quase de vida ou morte. Apaga seus cigarros como se estivesse enfiando um parafuso de ferro no fundo do cinzeiro.

Sabíamos de antemão: isso seria um erro.

Mesmo assim, você resolveu se ligar a mim por algum tempo. E eu, de minha parte — se é que um homem como eu e em minha situação pode se expressar assim —, eu amei você. E agora também.

Jerusalém
3 de setembro de 1947

Querida Mina,

À noite, em sonhos, você volta para mim num vestido cinza-amarronzado e com dedos sensatos. Tranquila. Nos sonhos até sua voz é diferente, suave, calorosa.

Pouco antes da meia-noite comi um pãozinho com azeitonas, tomate e pepino. Apliquei em mim a injeção noturna e engoli dois analgésicos diferentes. Li na cama algumas páginas do diário de viagem de um perspicaz peregrino inglês que esteve na Terra Santa há uns oitenta anos e teve uma impressão sombria de Jerusalém. Foi O'Leary quem me emprestou o livro. Depois apaguei a luz e fiquei ouvindo o roncar longínquo de motores, provavelmente um comboio militar britânico em seu caminho para Ramallah e as colinas de Nablus. Meio adormecido e absorto eu via em pensamento a aridez dos vales, as pobres aldeias de pedra, alguma árvore sagrada envolta na escuridão entre as rochas, uma raposa a farejar, talvez, à sua sombra, e mais além grutas, uma fogueira esbraseada, velhas oliveiras, a tristeza dos caminhos de cabras desertos na noite, o farfalhar de espinheiros com um cheiro de fim de verão, e os comboios de jipes britânicos com as luzes baixas a serpentear na estrada que sobe pela montanha. Uma terra muito velha. Depois ouvi um murmúrio nos degraus que levam à casa. No corredor, meu pai e seu advogado discutem, riem, não ouço quase as palavras, mas trata-se de um caso de falsificação numa investigação da qual eu sou o alvo, e de argumentos jurídicos que talvez ainda possam me salvar de um grande vexame. Fecho a porta do escritório e corro para a cozinha. Tenho de tirar meu pai de lá nem que seja à força, enquanto o advogado me faz uma reverência, com tristeza e com muito tato. Procuro febrilmente, e em vão, descobrir de onde está saindo essa fumaça úmida. Tusso e quase me engasgo. Tenho de me apressar. A qualquer momento pode chegar a polícia inglesa, e para os pais de Uri serei o culpado de tudo. Então, seu vestido marrom na porta da varanda da cozinha, e de repente você. Não tento resistir. Penduro cuidadosamente o paletó no encosto da cadeira, arregaço a camiseta, guio você até a linha de meu diafragma, e sinto quase prazer com a sensatez de seus dedos. Sem errar, sem dor, você abre a pele, passa entre as costelas, procura e acha a glândula afetada e com uma pinça e um bisturi você espreme de dentro dela o sórdido fluido. Não há sangramento. Não há dor. As extremidades dos nervos são como vermes brancos. A membrana dos músculos se abre com um sussurro de pano rasgado. E eu fico sentado, observando o trabalho de seus dedos dentro de meu corpo como se ele fosse um livro de estudos ilustrado. Emanuel, você sorri, veja, acabou, já passou. Obrigado, eu balbucio. E acrescento: Eu já queria me vestir. E então a própria glândula, intumescida, azul-esverdeada, como gigantesca sanguessuga, inchada de pus, com uma multidão de patas de inseto finas mas peludas a carregá-la num lento rastejar de réptil, desce pela minha coxa e minha perna até o chão, eu jogo nela a caneca de metal mas erro, você a esmaga com o bico do sapato fazendo espirrar um jato gorduroso. Agora vista-se e vamos beber, você diz: café, você diz, mas em seus olhos brilha aquela luz esperta, e você corrige: café você não pode, Emanuel, terá de se satisfazer com frutas frescas até se fortalecer um pouco. Suas mãos em meus cabelos. Sinto-me bem. Fico calado. Meu menino, você diz, como você está frio. E como está pálido. Agora feche os olhos. Agora pare de pensar pensamentos. Agora durma tranquilo. Eu obedeço. Dentro dos olhos fechados a cozinha se apaga, só fica o vidro de geleia sobre o encerado da mesa, dentro dele enxameiam glândulas vermiformes, peludas, úmidas, com antenas de inseto, e dentro do pão também, e na cesta de frutas, e eis que uma rasteja dentro da manga de meu pijama. Não importa. Estou repousando. De olhos fechados ouço sua voz numa canção russa. De onde lhe vem este russo, dos kibutzim no vale de Jezreel, dos campos, para lá é que você vai me levar quando me voltarem as forças, e para lá eu irei atrás de você. Querida Mina, às três horas da manhã entra em meu sono o repicar do sino da torre do relógio, na base Schneller. Acendo a luz, com mão trêmula aproximo de mim a caneca com chá frio, tiro o pires de vidro que a cobre, tomo um gole, engulo mais um analgésico, volto ao peregrino inglês e discuto silenciosamente com ele a questão da linha divisória de águas que ele sem hesitar estende entre as cristas do monte Scopus e do monte das Oliveiras. À primeira luz da manhã torno a adormecer, na penumbra, sem apagar a luz, e ouço de você que agora já pode me revelar que deu à luz um filho meu, e o entregou a um dos kibutzim do vale, para que eu, em minha situação, não tenha de cuidar dele. Seus lábios em meus cabelos. Você não viajou, Mina. Não viajei. Estou aqui, toda noite virei até você, Emanuel, mas durante o dia tenho de me esconder das buscas e do toque de recolher até que superemos todas as conspirações e o Estado hebreu seja livre. Minha cabeça está em seu colo, e eu adormeço e desperto ao som de rajadas contínuas e estridentes. Esta noite os homens da clandestina Organização Militar Nacional, ou dos Combatentes pela Liberdade de Israel, atacaram de novo bases britânicas, e talvez já tenham começado os primeiros combates da nova guerra. Eu me levanto.

Luz pálida na janela. No quintal dos vizinhos um galo canta iradamente. E o menino estranho já saiu para vagar entre os entulhos e arrastar caixotes abandonados de um lugar para outro. São seis horas da manhã. Um novo dia, e preciso ferver água na chaleira para me barbear e para meu café da manhã. Por mais meia hora ainda posso manter com vida o menino da noite, nosso filho, o bebê que você deu à luz de mim e que escondeu de mim. Às seis e meia chegou o jornal, e às sete e quinze ouvi no noticiário do rádio que o *Times* de Londres advertira os sionistas para que não se precipitassem numa aposta arriscada que poderia ser fatal, e lhes sugerira uma revisão realista de suas aspirações, e que finalmente compreendessem que a ideia de um Estado judeu levaria a um banho de sangue. Seria necessário considerar outra solução que fosse aceitável para os árabes também, ao menos para os moderados entre eles. Do mesmo modo, o jornal não concordava em deixar o empreendimento colonizador sionista nas mãos de fanáticos muçulmanos, o empreendimento em si era magnífico, só as aspirações nacionais exacerbadas dos líderes da Agência Judaica beiravam a aventura irresponsável. Depois do noticiário, enquanto eu arrumava a cama e tirava com um pano o pó da cômoda e das prateleiras, David Zakai palestrava no rádio sobre a disposição das estrelas no céu no mês de setembro. Depois veio o programa de músicas da manhã, e na rua também se ouviu a sineta das carrocinhas de querosene e de gelo. Fiquei remoendo seguidamente as palavras: precipitação. Aposta. Aventura.

Às oito resolvi dar um pulo no hospital Hadassah, no monte

Scopus, entrar por quinze minutos no escritório do professor Dushkin para perguntar a ele mais uma vez como ia minha doença e o que ele achava dos meus exames da semana passada. A luz do deserto, uma luz penetrante, já se espalhara sobre Jerusalém. Um vento seco soprava entre as colinas. E no ônibus empoeirado os estudantes brincavam, imitando com um humor polonês o sotaque alemão de seus professores. No caminho, no bairro de Sheikh-Jerach, banquinhos de vime trançado tinham sido arrastados de um café para a calçada, e num deles vi um árabe jovem, um árabe instruído, de terno listrado e óculos com armação de chifre, sentado, meditando, sem se mexer, uma xicrinha de café como que petrificada em sua mão. Não lançou um só olhar em direção ao ônibus judaico. Não resisti a, intimamente, comparar seu silêncio à algazarra dos estudantes no ônibus e ao riso teatral das garotas. O que me causou muita apreensão.

O professor Dushkin rugiu meu nome com alegria, e como se espantasse galinhas expulsou da sala uma enfermeira enrugada que preenchia fichas. Bateu a porta atrás dela, e no meu ombro com o punho, declarando numa voz russa:

"Pode pôr sua angústia para fora. Vamos falar abertamente, como sempre."

Eu lhe fiz quatro ou cinco perguntas curtas sobre o resultado dos exames que havia feito na semana anterior, e tive as respostas previsíveis.

"Mas ouça, meu caro Emanuel", ele disse com forte emoção, "ouça, no verão de 1944 já tivemos um caso, você se lembra, o rabino Tzvik, o cabalista de Safed. Sim. E nós chegamos então exatamente às mesmas conclusões, e mesmo assim o tumor dele se dissolveu e a situação, como dizer, estacionou, e o homem está vivinho até hoje. É um fato."

Eu sorri: "Você então está me propondo sentar e estudar a teoria da Cabala?".

O professor Dushkin serviu chá. Insistiu para que eu aceitasse um wafer. A estupidez, disse, comemora sua vitória em toda parte. Até mesmo em nossa faculdade. Até mesmo na política. Ele considerava os dirigentes da Agência Judaica verdadeiros bebês na política, amadores tonitruantes, autodidatas de cidadezinhas, burros e ignorantes, e eles agora tinham de se medir com os afiados especialistas de Whitehall. É para deixar qualquer um louco. Você toma mais um copo de chá? O que há com você? Claro que vai tomar! Eu até já servi, o que você quer, que é isso, veio aqui para me irritar? Beba! Resumindo, Shertok com Berl Locker. Sem comentários: são uns Svidrigáilovs políticos. Em dezembro vamos repetir os exames. Se até lá não houver nenhuma mudança para pior, poderemos considerar isso um bom sinal, e até mais do que um sinal. Sinal o quê, uma reviravolta! *Nu.* Sim, e enquanto isso, como dizer, mantenha-se firme, meu amigo. Sua serenidade é de admirar!

Falou, e de repente percebi um véu de lágrimas em seus olhos. É um homem corpulento, musculoso, de aspecto atarracado. Sempre, invariavelmente, lacrimeja à menor emoção, enrubesce, transborda. Intimamente eu o chamo de "Samovar".

Levantei-me para me despedir dele.

E então, agora não se fariam novos exames. Nem tratamentos. Eu o sabia de antemão.

"Dushkin", eu disse, "devo lhe agradecer. Muito."

"Agradecer?", ele gritou como se eu o tivesse ferido. "Que é isso? O que há com você? Está maluco? O que tem para me agradecer de repente?"

"Você foi franco e leal comigo. E não disse quase nenhuma palavra além do necessário."

"Você exagera, Emanuel", ele disse triste e emocionado, "desta vez você exagera. Mas é claro, é claro", acrescentou com sua voz de antes, "quando a estupidez impera, todo encontro como este nosso de hoje é quase um acontecimento. Svidrigáilovs, digo eu, Svidrigáilovs políticos e Svidrigáilovs médicos também. Até mesmo aqui, em nosso departamento, florescem e prosperam todo tipo de Shertoks e Berl Lockers. *Nu*. Dentro de dez minutos sai o ônibus para a cidade. Linha 9, como sempre. Não! Não precisa correr! Não tem por que se apressar: eles vão atrasar. Dou-lhe minha palavra que vão atrasar. Afinal, estamos falando de um ônibus da companhia Hamekasher, e não de um navio da Royal Navy. Se você sentir qualquer mudança, venha me ver imediatamente. Até mesmo às duas da manhã. Vai ganhar um chá quente. Como eu gosto de você, Emanuel, como chora por você meu coração. *Na*. Basta. Já que lembramos antes o rabino Tzvik, aquele santo não muito asseado que contrariou tudo que está escrito na medicina e ressuscitou — literalmente ressuscitou —, vamos lembrar também uma historinha dele. Ele nos contava que às vezes o Senhor, abençoado seja, faz uma brincadeira com os que O cultuam e mostra a eles que, se tiver vontade, pode salvar uma vida de Israel até mesmo por meio dos médicos e da medicina. Vá em paz, meu amigo. Até a vista. Força e coragem, meu amigo!"

E seus olhos brilharam novamente. Abriu a porta para mim num movimento brusco, e subitamente gritou para fora, numa voz terrível:

"Svidrigáilov! *Shmendrick*! Venha cá imediatamente! Corra e libere os raios X para mim! Já e já! Nem que seja à força! Pode jogar uma bomba, não me importa! Mas no caminho acompanhe por favor o doutor Nussbaum até o elevador. Não! Até o ponto de ônibus. Vocês estão transformando nossa Jerusalém numa Chelem,* Chelem *par excellence*! Como vocês podem ver,

---

* Chelem, no folclore judaico, é uma cidade cujos habitantes, judeus, não primam pela inteligência, o que se prova nas várias anedotas que a têm como cenário. (N. T.)

meus senhores: às vezes sou uma pessoa terrível e intratável, um canibal. Um tártaro. É o que sou. *Na*. Até a vista, Emanuel. E não se preocupe comigo. Você já me conhece: vou amadurecer. E também... *Nu*. Deixa pra lá. Shalom, shalom, shalom."

Bem, assim mesmo acabei me atrasando para o ônibus. Mas não guardei ressentimento de Samovar. Esperei quase uma hora no banco do ponto de ônibus. A cidade e as montanhas me pareceram incrivelmente serenas. Minaretes e cúpulas na Cidade Velha, bairros a escorregar pelas encostas das colinas cinzentas na cidade nova, aqui e ali telhados de telhas, pátios desertos, oliveiras, como se não houvesse ninguém em Jerusalém. Apenas um vento seco vindo do bosque atrás de mim, e da direção do cemitério militar inglês dois ou três pássaros a conversar tranquilamente.

Mas adiante havia o deserto. Literalmente a meus pés.

Um terreno rochoso maltratado, fragmentos de jornal, espinheiros e ferro-velho, uma terra agreste, um solo calcário, ou de greda. Ou seja, no que tange à paisagem e à formação de terreno, o monte Scopus é o limiar do deserto. Tenho horror a essa proximidade entre mim e o deserto, seus vales abandonados, as rochas assando ao sol, arbustos batidos pelo vento, e lá estão os escorpiões nas fendas entre as pedras, alguns estranhos casebres de pedra, minaretes de mesquitas no cume de colinas escalvadas, as últimas aldeias. Mais além, nos declives e no vale do Jordão, ruínas de cidades bíblicas, Sueima, que meu peregrino inglês identifica como sendo Beit-Haieshimot, Abel-Hashitim, Beit-Cherem, uádi Namrin, que talvez seja a antiga Beit-Nimra. E entre essas ruínas se espraiam os acampamentos das tribos beduínas e suas tendas de pele de cabra, onde vagueiam pastores escuros com suas adagas. Justiça banhada em sangue. As leis simples do deserto, amor, honra e morte. E ainda tem a serpente venenosa da Bíblia, chamada áspide. Como é terrível para mim, Mina, essa proximidade do deserto.

Sim. Me perdoe. Você já ouviu uma vez de mim um resumo de tudo isso, em Haifa, no café Coração do Carmel, por cima de taças de sorvete de morango. Você se lembra. E você já chamou todas essas falações de "angústia vienense". Não vou negar: angústia. E talvez, realmente, angústia vienense.

Eu já lhe contei isso alguma vez?

Da janela de meu quarto de criança via-se um canal, e nele, barcaças. Às vezes, à noite, passava um ruidoso barco de veranistas, numa explosão de luzes multicores. Por sobre a água havia duas pontes, uma em forma de arco, outra moderna. Talvez você, quando estava na universidade, tenha passado por acaso por esses lugares. Talvez tenhamos passado um pelo outro na rua, e não sabíamos. Toda noite eu via o pintor de calçada tuberculoso fumando e sufocando, fumando como se tivesse prazer em ter acessos de tosse. Vomitava no bueiro, e tornava a fumar. Não esqueci. A fileira de lanternas ao longo do cais. As bolhas tremulando na água. O cheiro daquela água cinzenta. A prostituta na extremidade da ponte antiga. A pensão, e em seu andar térreo uma taberna, chamada O Coração Cansado, onde eu sempre via estudantes de pintura, diversas mulheres, e uma vez uma mulher que chorava em silêncio e batia com os pés. Em noites tépidas passavam por lá senhores como que a buscar inspiração, a fisionomia ora meditativa ora desesperançada. O comerciante de suvenires entrava e saía de loja em loja. "Pretende vender gelo a esquimós", brincava meu pai. No quarteirão, a cada hora soava o sino no campanário da igreja, em cuja cornija frontal estava gravada a inscrição HÁ UM CAMINHO DE VOLTA em latim, alemão, grego e hebraico (com um pequeno erro, "vouta", e com letras estranhas). Ao lado dessa igreja ficavam os dois sócios judeus da loja de antiguidades, os dois falsificadores Gips e Gutzi, sobre os quais já lhe contei na viagem que fizemos juntos a Degania, no trem do vale de Jezreel. Você se lembra, Mina? Você riu. Imputou a mim uma "invencionice literária". E perdoou.

Mas aí você se enganou. Houve, sim, um Gips, e também houve um Gutzi. Registro isso agora por escrito porque finalmente me sinto obrigado a insistir em meu ponto, mesmo quando enfrento você: a verdade antes de tudo. Escrevi a palavra "verdade" e parei de escrever. Sim. Uma ligeira hesitação. Pois qual é a verdade, Mina? Talvez isto: não desisti de Viena em favor de Jerusalém, de certa forma fui expulso de lá, e embora tenha considerado essa expulsão quase que a destruição do resto de minha vida, graças a ela ganhei oito ou nove anos de vida, e graças a ela vi Jerusalém e também conheci você. Ao longo do caminho de lá até a rua Malachi. Até o monte Scopus. Quase até o limiar do deserto. Se eu não temesse sua reação impaciente, usaria aqui a palavra "absurdo": você e Jerusalém. Jerusalém e eu. Nós no papel de herdeiros dos profetas, dos reis e dos heróis-guerreiros. Abrimos uma página nova e já a infectamos com neuroses antigas. Neurose em hebraico é sinônimo de pavor. Esse meu menino, o filho de meus vizinhos, Uri, às vezes me traz os poemas que escreve. Ele confia em mim, porque não me rio dele e porque me considera uma espécie de cientista-inventor clandestino, que por estar envolvido numa conspiração veio morar num lugar afastado e, a serviço do Estado hebreu, aperfeiçoa armas secretas e maravilhosas. Ele escreve poemas sobre as dez tribos perdidas, sobre cavaleiros hebreus, sobre grandes conquistas e vinganças. Provavelmente por trás disso tem algum professorzinho, algum louco messiânico que conquistou a imaginação do garoto com ajuda da conhecida mistura jerosolimita de tempestuosas visões bíblicas com romances de cavalaria poloneses, ou cossacos russos. Eu às vezes experimento escrever minhas histórias educativas sobre Albert Schweitzer na África, sobre a vida de Louis Pasteur, Edison, o maravilhoso Janusz Korczac. Tudo em vão.

No telhado, no depósito de roupa suja, Uri tem um foguete feito com restos de uma velha geladeira e peças de uma bicicleta abandonada. Esse foguete está apontado para o Parlamento, em Londres. O atraso em seu disparo é todo por culpa minha, porque cabia a mim, doutor Einstein, doutor Fausto, doutor Gog e Magog, cabia a mim desenvolver no laboratório a fórmula do combustível secreto e a bomba atômica hebreia.

Durante horas ele fica mergulhado em meu gigantesco atlas alemão. Quieto, educado, sempre tem o cuidado de deixar a casa limpa e arrumada, dá valor ao que eu digo, mas me repreende por minha lentidão. No atlas ele crava e movimenta alfinetes com bandeirinhas: com minha permissão, é claro. Reformula a estratégia para a aterrissagem dos paraquedistas hebreus no canal de Suez e ao longo do litoral do mar Vermelho. Captura a esquadra britânica nas águas de Creta e de Malta. Sou às vezes convidado a participar desse jogo não muito jogo, no papel da pérfida Albion, urdindo tramas sinistras, conduzindo operações de retirada perdidas no mar e em terra, nos estreitos de Dardanelos e Gibraltar, nas proximidades do mar Vermelho. No fim, tenho de me render com nobreza, entregar todo o Oriente às forças do Império hebreu, negociar, assinalar com um lápis de ponta fina os limites das zonas de influência e reconhecer com espírito esportivo que fui vencido na cerebral disputa diplomática assim como fui vencido antes no campo de batalha. Só então o terreno está preparado para uma aliança militar, e os dois, o Reino de Israel e o Império Britânico, podemos agir juntos contra os selvagens do deserto. Como duas garras de uma pinça em um movimento coordenado avançamos para o Oriente até encontrar a ponta de lança dos exércitos das dez tribos perdidas, bem na extremidade do mapa. Uri teve minha permissão para rabiscar em meu atlas, com um lápis azul, um reino israelita extenso mas esquecido de Deus, na Ásia Meridional, em algum lugar da cordilheira do Himalaia.

Esse tipo de jogo não faz meu gênero, mas assim mesmo eu participo dele e às vezes até com uma oculta e alegre excitação: um menino. Um estranho menino. Estranho menino meu.

"Doutor Nussbaum", diz Uri, "por favor, se você não se sentir bem de novo, eu sei como lhe preparar o jantar. E eu posso ir por você ao quitandeiro e ao Ziegel e comprar o que for necessário. Só me diga o quê."

"Obrigado, Uri. Não precisa. Pelo contrário: no armário da cozinha tem chocolate, pode pegar, e talvez você ache umas amêndoas também. Depois vá para casa, antes que fiquem preocupados com você."

"Não vão ficar preocupados. Eu até posso ficar de noite com você, para tomar conta do trabalho no laboratório, e você vai poder dormir um pouco enquanto isso. Meu pai e minha mãe viajaram para uma clínica de repouso, lá em casa só está minha tia Natália, e ela não vai criar nenhum problema, porque só se interessa pelas coisas dela. Eu posso até ficar lá fora, de guarda, a noite inteira. Ou ficar tranquilamente aqui com você."

"E o dever de casa?"

"Tranquilo. Doutor Emanuel —"

"Sim, Uri."

"Nada. Só que você..."

"O que você queria perguntar, Uri. Não tenha vergonha. Pergunte."

"Nada. Você está sempre... sozinho?"

"Nos últimos tempos, sim."

"Você não tem irmãos nem irmãs? E você não... vai se casar?"

"Não. Por que a pergunta?"

"Por nada. É que eu também não."

"Não o quê?"

"Nada. Não tenho irmãos nem irmãs. E também... não preciso de ninguém."

"Não é a mesma coisa, Uri."

"É sim. Você também não me chama de menino maluco. Eu sou um menino maluco?"

"Não, Uri."

"Pelo contrário. Eu sou o seu ajudante. E isso é um segredo entre nós dois."

"É claro", eu digo sem sorrir, "e agora vá em paz. Amanhã, se você quiser, vamos juntos para o laboratório e eu vou lhe ensinar a reduzir certas substâncias a seus elementos. Será uma aula de química, e, por favor, é isso que você vai dizer em casa se lhe perguntarem alguma coisa sobre suas visitas aqui."

"Claro. Pode confiar em mim, eu não vou revelar nada. Vou contar que são aulas de química, como você disse. Não se preocupe, doutor Emanuel, e shalom."

"Só um minuto", eu hesitei, "Uri, só um minuto."

"Sim?"

"Seu suéter. Shalom e até logo."

Ele sai de minha casa, escapole pelos degraus traseiros, da varanda eu vejo seu percurso secreto entre os arbustos cerrados, e de repente me invade o remorso. O que foi que eu fiz. Será que enlouqueci. Isso é proibido para mim. Por outro lado: ele é filho dos vizinhos, e não meu. E a doença, é claro, não é contagiosa. Mas isso não vai acabar bem. Sinto muito, Mina, você com certeza vai desaprovar totalmente essa estranha ligação. E como sempre estará com toda a razão. Sinto muito mesmo.

5 de setembro.
De novo ao entardecer.

Querida Mina,

Eu deveria ter respondido na hora ao professor Dushkin, no monte Scopus, pois não poderia ter aceitado de maneira alguma as palavras duras com que ele se referiu a Moshe Shertok e Berl Locker: esses pobres delegados de uma comunidade pequena e isolada, de mãos quase vazias e impotentes. E deveria ter dito ao engenheiro-ativista da Agência Judaica que fariam melhor se parassem de sonhar em vão com armas misteriosas, e começassem a se preparar de olhos bem abertos para a saída do Exército britânico e para a guerra que se aproxima. E ainda deveria, perdoe-me por usar uma expressão tão enfática, deveria ter tentado lutar pela alma de meu menino, o filho de meus vizinhos, impedir energicamente que jogasse aqueles seus jogos de conquista, afastá-lo do laboratório, usar de argumentos sensatos ante as visões fantásticas do professor de Bíblia cossaco, que pelo visto se apoderou da sua alma.

Mas, não vou negar, essas visões fantásticas às vezes assaltam a mim também, à noite, entre uma dor e outra. Esta noite ajudei o doutor Weizmann, disfarçado de padre católico, a se esgueirar no escuro em uma das pontes do Danúbio e a lançar na água ampolas cheias de nódulos com o bacilo da peste. Nós já estamos contaminados, disse o doutor Weizmann, para nós já não há esperança, ele disse, só nos resta viver o bastante para ver nossa vingança. Tentei discutir, lembrei que nós dois sempre tínhamos discordado desse tipo de discurso, mas ele virou para mim seu rosto sofredor com as órbitas vazias, e me chamou de Svidrigáilov.

De manhã bem cedo saí de novo para a varanda. Vi luz na janela dos vizinhos, na casa ao lado. Zevulun Gril, o motorista da companhia Hamekasher e membro de nossa comissão de defesa civil, estava na cozinha, fatiando um salame. Provavelmente estava preparando sanduíches. Eu também fui ferver água para fazer a barba e para meu café da manhã, e uma expressão hebraica estranha, fora de contexto, ficou martelando e martelando em meu pensamento, como uma dessas melodias vulgares e bobas que insistem em ficar se repetindo sem ir embora: ser um espinho na carne. Fui um espinho na carne para ela. Fomos espinhos na carne para eles.

Querida Mina, mais um mau sinal se juntou aos anteriores, e vou descrevê-lo para você: esta noite, pela primeira vez, adormeci vestido no sofá. Só acordei às duas da manhã, amarrotado e amarfanhado, e me arrastei até a cama. Tenho de me apressar, pois.

"Fui sozinho até o bosque de Tel Arza depois da escola", disse Uri, "eu lhe trouxe uma latinha cheia de um tipo assim de mel que escorre dos pinheiros quando a gente quebra um galho, shalom doutor Nussbaum, esqueci de dizer quando entrei, e ninguém me seguiu até aqui porque eu tomei cuidado e dei algumas voltas antes de retornar. Essa coisa tem um cheiro um pouco parecido com o do álcool, só que diferente. Minha sugestão, que pensei no caminho, é que podemos tentar misturar com um pouco de gasolina e um pouco de acetona, pôr fogo e ver que explosão ele dá."

"Hoje, Uri, eu proponho que a gente faça algo totalmente diferente. Para variar. Vamos fechar as janelas, sentar nas poltronas e ouvir música clássica no gramofone. Se você depois quiser fazer perguntas, talvez eu possa lhe explicar alguns conceitos sobre música."

"Música", disse Uri, "isso nós já temos bastante o dia inteiro por causa do piano da minha mãe. Vejo que hoje você de novo não está se sentindo bem, doutor Emanuel, então pode ser melhor que eu venha amanhã depois do almoço ou no sábado de manhã fazer eu sozinho as experiências que estão escritas em seu caderninho em cima da mesa do laboratório, com o nitrato de sódio que você falou ou com a outra coisa, como é que se chama, o ácido nítrico e a nitrobenzina, é isso que está escrito lá? Desculpe se parece que eu estou apressando você, mas você mesmo diz o tempo todo que temos de nos apressar."

"Eu disse, Uri. Não nego que disse. Mas foi dentro do jogo."

"Você diz que é jogo só por causa do segredo. Você não vai me dizer agora que para você não era pra valer, porque eu vi que era pra valer. Mas não faz mal. Eu vou vir outra hora."

"Mas Uri."

"Se Deus me livre isso é outro ataque da doença, eu posso ir correndo na boa para chamar o doutor Kipnis, e se não for, eu topo lavar em dez minutos todos os tubos de ensaio das experiências e principalmente encher a lamparina de álcool. Ou, se isso for melhor para você, então vou agora e me apresento assim que eu enxergar da minha janela uma fresta em diagonal na cortina do seu banheiro, o sinal que a gente combinou. E enquanto isso shalom e fique bem, doutor Emanuel, porque o que será de mim se lhe acontece alguma coisa de repente."

E será que eu tenho forças, e será que eu tenho permissão para tentar influenciar esse menino?

A educação da juventude decididamente não é a minha especialidade.

Lá fora, no pátio, os filhos do vizinho Gril o cercam e zombam dele. Não consigo ouvir as palavras, e se ouvisse com certeza não seria capaz de entender. Ouço o riso malvado deles. E o silêncio de herói da resistência de Uri.

E que posso eu fazer.

Estou sentado à mesa da varanda, escrevendo para você um relatório no qual não chego, nem poderia, a uma conclusão ou deduções. Me perdoe.

E enquanto isso já está quase escuro lá fora. Puxei de novo do escritório para cá o abajur da escrivaninha para escrever sob este céu noturno. Logo vão surgir as primeiras estrelas. Como se eu ainda pudesse ter uma iluminação. Como se aqui em Jerusalém até mesmo um homem como eu pudesse, por um momento, ser escolhido para ser um arauto.

Mariposas esvoaçam em torno do abajur. Interrompi a escrita por alguns minutos e preparei para mim um café pelo mais primário dos métodos: água fervendo em cima do pó preto. Sem leite e sem açúcar. Também comi um biscoito. Depois fui tomado de fraqueza e enjoo, uma certa acidez subiu-me à garganta. Engoli um comprimido. Apliquei em mim mesmo uma injeção. Desculpe, Mina, essas queixas da parte física me cansam e não vêm ao caso.

E o que, então, vem sim ao caso, e qual é o caso?

Eis a questão.

Talvez seja isso: que as crianças do bairro aí fora levaram Uri ao desespero, e ele trepou na amoreira como um gato perseguido. Tenho de intervir. Defendê-lo, ou prevenir os pais dele. Seus pais viajaram. Procurar então a sua tia, a tal Natália, que veio de algum kibutz. Mas não agora: tarde da noite, depois que ele adormecer, preciso ir conversar com ela. Explicar, alertar e me justificar.

Que absurdo: com que palavras? E como é que eu, um total estranho, irei lá tarde da noite?

E além disso não entendo nada de educação de jovens.

Vou continuar observando. As crianças que afugentaram Uri começaram agora uma espécie de ataque de comandos através das cercas caídas, uma caçada de quintal em quintal, nos porões, nos vestíbulos com a pintura a descascar, entre os arbustos empoeirados e a morrer de sede. Elas têm nomes hebraicos que evocam o deserto, Boaz, Ioav, Guid'on, Ehud, Iftach. E como a escuridão ainda não é total, ainda tocada por resquícios de luz, eu de minha varanda consigo decifrar as regras do jogo: é um ataque aéreo. Eles abrem amplamente os braços, juntam-se numa esquadrilha em forma de ponta de lança, inclinam para a frente metade do corpo e se projetam com se fossem aviões de guerra. Crianças em formação de cruz. Com a voz imitam o estrondo de explosões, o ruído de motores e o matraquear de metralhadoras. Um deles por acaso eleva o olhar para a minha varanda, me vê a escrever tranquilamente à luz do abajur de mesa, aponta para mim um canhão invisível e me aniquila com um só tiro. Eu aceito.

Ou seja, ergo os dois braços em sinal de rendição e até esboço um sorriso, o sorriso-do-titio-bondoso, para agraciá-lo com a alegria do vencedor. Mas esse bravo guerreiro se recusa a aceitar minha rendição. Simplesmente assim. Ele ignora meu sorriso, desconsidera meus braços erguidos. Não há nem poderia haver qualquer desvio da mais primeva das lógicas de guerra: eu fui eliminado e não existo mais. E ele continua seu caminho para varrer do mundo o que resta dos inimigos de Israel.

Véspera de *shabat*, e judeus em seus ternos baratos, levando livros de oração debaixo do braço, passam por mim a caminho de suas preces sabáticas na sinagoga Sheerit Haplita. Com certeza, secretamente ficam deliciados de ver essas crianças-avião. Com certeza balbuciam consigo mesmos, com satisfação, "moleques pagãos".

Durante todo o verão as crianças expuseram a pele aos ardentes raios de sol. Desnecessário dizer a você, Mina, que cumpri minha obrigação; mais de uma vez alertei os vizinhos, pais dessas crianças, de que a exposição exagerada a essa irradiação é ruim para a pele e até prejudica o desenvolvimento geral da criança. Em vão. Para a população daqui, varejistas religiosos, funcionários da prefeitura e da Agência Judaica, refugiados, pensadores e colecionadores de selos, alguns antigos pioneiros, professores e escriturários, para todos eles a questão do bronzeamento chega quase ao nível de um culto religioso. Talvez eles sintam que crianças judias da cor do bronze deixam de ser judias e passam a ser hebreias. Uma nova raça, determinada, não mais perseguida e assustada, não mais a brilhar com seus dentes de ouro e seus dinheiros, não mais mãos suarentas e olhos atônitos atrás de grossas lentes. Redenção total do medo que tinham de seus perseguidores graças a essa cor de camuflagem. Bronze, em hebraico *arad*. E aqui, devo expressar minhas reservas: li muito pouco de zoologia e antropologia, por isso a comparação entre o que está acontecendo conosco aqui e o mecanismo de camuflagem com mudança de cor de certos lagartos cujo nome não sei se pode não ter fundamento.

Mesmo assim, registro minhas observações pessoais.

Jerusalém, bairro de Kerem Avraham, meados da década de 1940: Bunem gerou Zisha, Zisha gerou Mietek e Mietek gerou Giora. Uma nova página.

Na verdade, na verdade eu lhe digo, a meu ver todo esse esforço não leva a nada. Ao fim de um dia de verão o bairro de Kerem Avraham exala um aroma de imigrantes asquenazes. É um aroma meio azedo. E se eu tentar isolar seus componentes: seu suor. Seus peixes. O óleo de fritura barato que eles usam. Uma digestão nervosa. Pequenas intrigas entre vizinhos motivadas por refreada cobiça. Temores e esperanças. Aqui e ali algum cano de esgoto parcialmente entupido. As roupas de baixo dos moradores nos varais por toda parte, principalmente as das mulheres, em seu estilo de pudente beatice. Eu diria: puritano. E em cada peitoril de janela pepinos vão virando picles, conservados em jarros que já foram de geleia, pepinos a flutuar em água com alho, cardamomo, salsinha e folhas de louro. Será este também um lugar que alguém, com o passar dos anos, possa lembrar com saudades? Será possível que um dia alguém em seus sonhos volte a amar essas bacias de roupa suja enferrujadas, as cercas caídas, o concreto áspero e rachado, o reboco a descascar, os rolos de arame farpado, os espinheiros, o cheiro dos imigrantes? E será que vamos resistir à guerra que se aproxima? O que vai ser, Mina, talvez você tenha alguma inspiração, algum consolo? Não? Esta manhã, nas transmissões clandestinas da resistência, em ondas curtas, nos irradiaram uma canção emocionante: "Na montanha, nossa luz brilha fugaz/ na montanha subiremos com afã/ o passado nós deixamos para trás/ mas é longo o caminho do amanhã". Eis aqui as montanhas, Mina, e entre elas estamos nós. Judeus imigrantes. O que resta de nossas forças. Não é para mim esse amanhã da canção, eu sei. Mas meu amor e meu temor estão voltados com toda a minha alma — me perdoe — para esse filho tão ansiado que você me deu e escondeu de mim num kibutz do vale de Jezreel. O que o espera. Com certeza é magro e bronzeado, com certeza anda descalço, e as torneiras, os parafusos e as engrenagens preenchem até mesmo seus sonhos.

Ou Uri.

Veja, assim como aconteceu com Dushkin, uma lagrimazinha me umedece os olhos. De repente também sou Samovar. Não é a tristeza por minha própria morte, você sabe, mas pelas pessoas e seus filhos, é a tristeza pelas montanhas que nos cercam. O que vai ser. O que fizemos, e o que faremos agora. Sim. Angústia. Não sorria desse jeito.

Véspera de *shabat*. Em todas as cozinhas estão preparando agora *helzale*, pescoço de galinha recheado com farelo, tripas recheadas, pimentões recheados. Para os mais pobres, salsichas baratas com mostarda. Aqui em casa, é claro, só verduras e frutas frescas. Até as rixas, as ofensas que às vezes se atiram de varanda para varanda, são em ídiche: *Bist du a vilde chaie*, senhor Menachem, *du herst mir, bist du a meshuguener?**

Assim é em Jerusalém.

Dizem que na Galileia, nos vales, no Sharon e nos recônditos do Neguev está havendo uma espécie de mutação: lá está

---

* Em ídiche: O senhor é uma besta selvagem, senhor Menachem, está me ouvindo, o senhor é maluco? (N. T.)

surgindo uma nova estirpe de agricultores. Poucas palavras. Humor fino. Decisões firmes. Entrega total à causa.

Não sei.

É você quem sabe.

Você, que já há dois anos e meio perambula entre kibutzim, lançando-se de um ponto a outro nos furgões empoeirados deles, anotando, entrevistando, comparando, de calças cáqui e numa camisa masculina com grandes bolsos sobre seu peito, montando tabelas, pernoitando em cabanas de pioneiros, comendo de seu magro pão, talvez você saiba lhes falar na língua deles, talvez até mesmo os ame.

Uma mulher forte, uma mulher espartana, sem concessões, a circular sem constrangimento algum entre os acampamentos, reunindo material para uma pesquisa original no campo da teoria psicossocial. Apaga seu cigarro como se pregasse uma tachinha na mesa. E logo acende outro, e apaga o fósforo não com um sopro, mas abanando-o com força, quase com raiva. E anota em pequenas fichas os sonhos noturnos da primeira geração de nativos. "Padrões de comportamento e conceitos normativos dos frutos da educação coletiva." Mina, estou propenso a admirar de todo o coração essas crianças. E os pais pioneiros, seu entusiasmo, seu heroísmo silencioso, sua vontade férrea e suas maneiras gentis.

E você.

Mina, eu me curvo diante de você.

Quer dizer, esqueça isso. Foi um gesto vienense. Pronto, já voltei atrás.

Eu, e o que sou eu?

Um judeu fraco. Perseguido por muitas e diversas hesitações. Dedicado mas cheio de apreensões. E agora, além de tudo, também muito doente. Minha modesta contribuição: aqui, em Jerusalém, no bairro dos imigrantes poloneses e russos de classe média baixa, enquanto tive forças fiz tudo que pude por essa gente, trabalhei horas e horas, e às vezes também à noite, enfrentando os riscos da difteria e da disenteria.

Além disso, meu interesse pela química. Explosivos caseiros. Talvez Uri já esteja vendo o que eu me recuso a ver. Talvez realmente eu esteja chegando a alguma fórmula para a produção em grande escala de bombas de fabricação caseira. Ou pelo menos consiga sugerir à Haganá um ponto de partida. Quanto a esta questão específica, quero dizer. De madrugada eu estava pensando nos materiais oxidantes de que dispomos em relativa abundância, como o cloreto de potássio e o nitrato de bário. É possível dissolver no oxigênio líquido qualquer substância porosa, como o giz ou o carvão vegetal. Vou parar agora de registrar detalhes desse tipo. Tenho remorsos por não querer criar fórmulas para explosivos nem dar minha contribuição para guerras, mas a razão está com Uri, e eu tenho a obrigação de fazê-lo. Mas a tristeza, Mina, como é grande a tristeza. E a humilhação.

Na verdade, tentei resistir a essa obrigação. E até dei alguns passos nesse sentido. Refiro-me às conversas pungentes que tive no início do verão com meu amigo árabe, um colega, médico no bairro de Katamon, o dr. Mahdi. Será que tenho de entrar em detalhes? O abismo existente entre dois médicos de ideias moderadas, que odeiam, ambos, derramamentos de sangue. Meus insistentes argumentos. Os argumentos dele. As razões históricas. De um lado e do outro. As razões morais. De um lado e do outro. As razões práticas. De um lado e do outro. Sua segurança. Minha hesitação. Devo tentar outra vez, devo procurá-lo neste último momento e pedir-lhe que faça algo, para que eu possa me encontrar com os membros do comitê árabe de Jerusalém e tentar convencê-los. Ainda me restaram um ou dois argumentos.

Só o coração diz: é tudo em vão. Você tem de se apressar.

Quem tem razão é Uri, e as transmissões da resistência em ondas curtas: "Morrer — ou conquistar a montanha".

Não vou negar, Mina, eu, como sempre, tenho muito medo. E também me envergonho muito de ter medo. Que não me detenham os cadáveres dos fracassados, escreveu Bialik, eles morreram na escravidão, que lhes sejam doces seus sonhos de cebolas e muito alho, de imensas panelas de carne. Estou recitando de memória. Na estante, a uma distância de cinco ou seis passos há um livro de poemas de Bialik, mas não tenho forças para me levantar. E de qualquer maneira eu contesto energicamente o verso sobre o sonho de cebolas e de alhos. No que tange a mim, você sabe muito bem quais são os meus sonhos: mulheres selvagens e até grosseiras — sim. Assassinos e pastoras de rebanhos beduínos — também. E o rosto de meu pai, com seu advogado, e às vezes saudades de rio e de floresta. Mas não cebolas, nem alhos. Aqui se enganou o poeta nacional, ou talvez só tenha exagerado com a intenção de levantar o espírito do povo. Veja, me desculpe, invadi outra vez um terreno no qual não sou um especialista.

Você também está em meus sonhos. Você em Nova York, num jovial vestido de verão, em alguma praça pavimentada que me lembra Kikar Hamoshavot, a Praça das Colônias, em Tel Aviv. Lá tem um píer, e você, ao volante de um jipe empoeirado, fumando, fiscaliza os carregadores árabes que carregam caixotes com armas para a comunidade hebreia cercada. Você está em operação. Em missão secreta. Toda você freme de tanta eficiência, ou de tanto desgosto moral. "É vergonhoso", você me repreende, "como é que você foi capaz disso, ainda mais em tempos como estes. É repugnante." Eu reconheço, fico calado, me encolho todo, me afasto até a beira do píer, meu reflexo na água é como um cadáver, ouço tiros distantes e de repente, comigo mesmo, também concordo com você. É mesmo. Como é que fui capaz. Devo viajar imediatamente, viajar do jeito que estou, sem mala, sem casaco, neste mesmo minuto. A vergonha e a humilhação estão acima das forças para suportá-las, até que eu acordo com dores e engulo três pílulas e volto a deitar, fico acordado e cheio de assombro, e ouço lá fora, bem do outro lado da persiana, sobre um galho de árvore, talvez a uma distância de uns sessenta centímetros de mim, uma ave noturna. Ela solta um grito amargo, pungente, como num estertor de justiça profanada, e repete e repete seu protesto: Ahu. Ahu. Ahuhu. Ahu. Ahuuu.

Jerusalém
Sábado à noite
6 de setembro de 1947

Querida Mina,
Não será fácil para mim livrar-me desse menino.

Ficou comigo durante toda a manhã, copiou diligentemente alguns dados do léxico geográfico e rabiscou o esboço de um plano militar para a conquista das cadeias montanhosas que dominam Jerusalém do lado norte. Depois assinalou em seu mapa os cruzamentos de estradas e os pontos estratégicos. Numa folha em separado alocou forças de assalto a cada um dos prédios-chave de Jerusalém, como o do correio central e o edifício David e a estação de rádio A Voz de Jerusalém e o Pátio dos Russos e a base Schneller e a torre da YMCA e a estação de trem. Mesmo assim, nem uma só vez veio perturbar meu repouso no sofá. Um menino muito magro e louro, de movimentos bruscos, em seus olhos verdes brilham a um tempo a timidez e a ambição, mas suas maneiras são exemplares. Por duas vezes interrompeu sua brincadeira para me preparar e servir café. Ajeitou o cobertor de lã. Trocou por outro o travesseiro banhado em suor que estava sob minha cabeça. Só quando já era quase meio-dia se desculpou e pediu minha opinião sobre o que havia preparado: apesar de todos os meus princípios, elogiei seu planejamento.

Uri disse:

"Eu preciso ir agora mesmo para casa, para almoçar. Por favor, descanse, para ter forças para fazer as experiências de noite. Dentro da lata de cigarros Matosian que estou deixando aqui, doutor Emanuel, escondi quatro balas vivas, que a gente pode desmontar e tirar delas a pólvora. E dentro da meia tenho um pino de granada, um pouco enferrujado mas inteiro. Eu achei e trouxe para você. Lá do meu telhado contei nove tanques britânicos no barracão da base Schneller. Cromwells. É verdade, doutor Emanuel, que basta pôr um pouco de açúcar no motor e o tanque está acabado?"

De novo se acendeu e se apagou em seus olhos aquela centelha de excitação. Ele ainda acredita em mim, mas sua paciência começa a ceder: "Quanto tempo você ainda vai precisar para suas experiências? Duas semanas? Mais? Porque mais ou menos em Chanuká a Irgun e a Lechi vão começar a destruir os bairros do inimigo na cidade, pois os ingleses já começam a deslocar suas forças para Haifa".

Eu sorrio:

"Uri. Talvez ainda haja um acordo. Está escrito no jornal que talvez a América, apesar de tudo, concorde em assumir o poder no país até que tudo se acalme e os árabes se acostumem um pouco à ideia do Estado hebreu. Ainda existe essa possibilidade. Por que você precisa ficar tão entusiasmado com guerras, eu lhe expliquei mais de uma vez que a guerra é uma coisa terrível, mesmo quando se ganha. Talvez ainda consigamos evitá-la."

"Você não está falando sério quando me diz isso. Só porque eu ainda sou um menino e você pensa que ainda tem de ser educativo comigo, como pensa o meu pai também. Mas de palavras bonitas não vai sair nada. Me desculpe muito. Tudo é guerra."

"E de onde você tirou, me permita perguntar, de onde você tirou essa sua brilhante conclusão?"

Agora ele me olha com descrença total. Fica de pé. As mãos enfiadas bem fundo nos bolsos da calça. Aproxima-se do sofá, curva-se para mim, sua voz está trêmula:

"Não sou um delator. Comigo pode-se falar sério. Tudo é guerra. Assim é na história, na Torá, na natureza, e também na vida. E no amor é guerra. E até na amizade."

"Você já entende do amor, Uri?"

Ficou calado.

E depois:

"Doutor Emanuel, diga, é verdade que na América mora um judeu professor que inventou uma imensa bomba atômica feita de gotas de água?"

"Você deve estar se referindo à bomba de hidrogênio. Disso eu não entendo nada."

"Está bem. Não me diga nada. Tem segredos militares que eu não preciso conhecer. O importante é que você conhece esse assunto muito bem, e que de mim nunca ninguém vai conseguir tirar uma só palavra."

"Uri, preste atenção. Nesse ponto você está completamente enganado. Deixe eu lhe explicar uma coisa. Preste atenção."

Ficou calado.

Não sei o que lhe explicar, nem com que palavras.

Não é verdade:

A verdade é que tenho medo de perdê-lo. Em suas calças curtas. Com seu cinto militar e sua reluzente fivela. Com sua mão gentil uma ou duas vezes em minha testa para ver se ainda estou suando, ou se tenho um pouco de febre.

Por isso cedo ainda esta vez. E começo a lhe explicar o que é uma reação em cadeia e, de maneira esquemática, qual é a relação entre matéria e energia. Durante muito tempo ele presta atenção, num silêncio concentrado, os olhos fixos em meus lábios, as narinas dilatadas como que a capturar o distante cheiro da tempestade de fogo em Hiroshima sobre a qual lhe estou contando. E veja, agora ele me admira e me ama de todo o coração.

E graças ao entusiasmo dele eu também me sinto melhor: de repente tenho forças para me levantar, convidar Uri a vir comigo ao cubículo que serve de laboratório, um súbito fervor pedagógico me anima, acendo pois a lamparina de álcool e demonstro para ele um processo simples: água, vapor, energia, força motora.

"E este é todo o princípio", eu rio alegremente.

"Quero que saiba que vou ficar mudo como uma pedra, doutor Emanuel. Mesmo se os ingleses me pegarem e me interrogarem, de mim não vão arrancar nenhuma palavra, porque tenho um método de me controlar que aprendi uma vez com Efraim Nechamkin. Eles não vão tirar de mim nenhuma palavra do que você me explicou, pode confiar cem por cento em mim."

E de novo aquele lindo fulgor de ira brilha e passa em seus olhos verdes. Meu menino.

Por fim ele se despede, promete voltar amanhã depois do almoço. E no meio da noite também, se da janela de seu quarto avistar uma fresta diagonal iluminada na cortina de meu banheiro. Neste caso, ele vai dar um jeito de escapulir e vir imediatamente. Para se apresentar a mim e receber minhas ordens, diz ele. Shalom.

E quando ele se foi comecei de repente, comigo mesmo, a discutir com você: Para me desculpar por tudo. Para me justificar pelo nosso primeiro encontro. Para repassar em pensamento como foi que viajei há dois anos, no verão de 1945, para descansar numa clínica de repouso em Arza. Como concluí, por engano, que meus enjoos matinais tinham como causa um cansaço generalizado. Como fui em busca de um relaxamento total e como irromperam, você e a doença, na minha vida de solteiro. A responsabilidade, se é que se pode expressar assim, atribuí em pensamento a você.

Mina querida, se não lhe agrada o que acabei de escrever aqui, eu lhe peço, pule as linhas seguintes.

Por favor. Tente ver as coisas assim: um homem solteiro, médico, situação financeira razoável, que às vezes recebe pelo correio um cheque de seu pai, fabricante de doces e balas em Ramat Gan. Suas despesas são poucas: um aluguel modesto, comida e vestimenta simples, de acordo com a época e o ambiente, algumas despesas não fixas com seu hobby científico. Dispõe de algumas economias.

Além disso, há algum tempo ele tem sofrido de certo cansaço e ligeiros enjoos de manhã cedo, entre o despertar e o café. Um colega médico identifica os primeiros sintomas de uma úlcera, e recomenda repouso e relaxamento. Fora isso, ainda pratica teimosamente os mesmos hábitos europeus de sua juventude: chegou o verão — chegaram as férias. Tempo de tranquilo veraneio.

Então, Arza, nas montanhas de Jerusalém. O sereno dr. Nussbaum, em seu terno esporte claro, sem gravata, camisa azul-clara, numa espreguiçadeira entre os sussurrantes pinheiros, lendo sem muita atenção um romance de Wasserman. As beiradas do jardim são calçadas com um cascalho fino e muito branco. Cada passo sobre ele emite sons agudos de trituração, sons que lhe são muito agradáveis e o fazem lembrar outros tempos. De longe, de dentro do prédio, o gramofone toca canções que enaltecem o trabalho e o pioneirismo. Numa rede próxima dormita um dos dirigentes da comunidade judaica e do movimento trabalhista, o jornal *Davar* aberto sobre seu ventre e a farfalhar sob a brisa tranquila. O dr. Nussbaum não reconhecerá, nem intimamente, que está aguardando o despertar desse dirigente para com ele encetar uma conversa e causar boa impressão.

Jasmin, uma enfermeira da *kupat cholim*, circula por ali distribuindo copos de suco natural de laranja e biscoitos. Uma espécie de lanche das dez para cada um. Jasmin é uma moça cheia de corpo, forte, uma fina penugem negra lhe cobre os braços e as pernas, e desperta no dr. Nussbaum um súbito desejo. É a insólita atração física que sente por mulheres orientais simples. O suco ele recusa, agradecendo, mas tenta entabular com essa Jasmin uma conversa leve e brejeira, apesar de não lhe ocorrerem facilmente as palavras e sua voz, como sempre lhe acontece em situações semelhantes, soar muito artificial. Jasmin se detém, se curva para lhe ajeitar o colarinho e a camisa acima da lapela do paletó, e com isso ele entrevê o prenúncio dos seios dela, o que desperta nele uma certa coragem: como em seus dias de universitário, em Viena, quando tomava de um só trago um calicezinho de conhaque e ousava pronunciar um palavrão não muito grosseiro. Ele arranja alguma explicação para sua recusa do suco, uma insinuação ambígua sobre prazeres proibidos e prazeres permitidos. Ela não entende. Contudo, parece que não tem pressa de ir embora: não é de todo sem atrativos esse senhor citadino em seu terno claro e sua cabeleira que começa a ficar grisalha. Com certeza ele lhe parece culto e respeitável, apesar de modesto. E talvez o desejo dele não lhe tenha passado despercebido. Ela ri. Pergunta o que poderia oferecer em lugar do suco. O que ele pedir, diz Jasmin, poderá receber. Não, ele diz, e seus olhos sorriem gentilmente, o que ele pedir talvez ela não possa lhe dar aqui fora e na presença de todos. Jasmin mostra os dentes. Fica corada, e a pele escura do rosto como que escurece ainda mais. Até os ombros participam de seu riso. "Você é desse tipo", ela diz, "se você é desse tipo então vai tomar de qualquer maneira meu copo de suco." E ele, agora envolvido na doce vertigem daquele jogo, sugere que ela proponha outra tentação. De novo ela não entende. Surpreende-se um pouco. "Por exemplo, café", ele se apressa a dizer, temendo ter ido longe demais. Jasmin pondera consigo mesma: talvez não tenha ainda certeza absoluta, se ele agora está mesmo pedindo café ou se o jogo ainda está em andamento. No transparente ar estival ouve-se o zumbido de moscas, o grito de um corvo, e um avião inglês ronca ao longe, ao sul e além das colinas de Belém. "Vou arranjar um café para você", diz Jasmin, "e saiba que é um serviço *special*. Só para você."

Nesse ponto você entra em cena. Na verdade, já estava antes: uma mulher compenetrada, numa cadeira de balanço próxima, num vestido de verão simples e gracioso. Como os juízes de Israel, sentada e julgando:

"Se permitem que eu me intrometa nessa negociação", você diz.

E eu, num instante, volto dos palácios de Bagdá para meus modos vienenses:

"Mas por favor, nem precisa perguntar, minha senhora. Isso é só uma brincadeira. Por favor."

Então, você me aconselha, apesar de tudo, a preferir suco natural de laranja a café. Por sua própria e amarga experiência descobrira esta manhã que o café deles aqui não é café, e sim *ersatz*, uma espécie de lama preta e gordurosa. Aliás, eu não lhe era estranho: você uma vez assistira a uma palestra minha num dia de estudos sobre medicina no hospital Hadassah, no monte Scopus, na qual eu discorrera sobre a higienização da água potável no país, e eu a tinha impressionado com meu senso de humor; doutor Nussbaum, não estaria enganada? Mas não, você tinha certeza de não estar enganada.

Apresso-me a agradecer, e você acrescenta:

"Muito prazer. Hermina Oswald. Mina. Aluna dos alunos do doutor Adler. Pelo visto temos em comum a bagagem vienense. Por isso me permiti essa intromissão para salvar você do café da *kupat cholim*. Tenho esse mau costume, de me intrometer sem pedir licença. Sim. Enfermeira, deixe por favor aqui na mesa dois sucos de toronja. Obrigada. E agora você pode ir. Sim. Sobre o que estávamos falando? Sua palestra sobre água potável foi muito excitante, mas definitivamente não cabia num programa de dia de estudos."

Você supõe que eu concorde com você quanto a esse ponto. E o dr. Nussbaum, é claro, se apressa em concordar, solícito.

Enquanto isso Jasmin é alvo de ruidosa admoestação: o dirigente do Sindicato Geral a repreende, há mais de meia hora lhe havia pedido — ou a uma de suas colegas, qual a diferença — que agendasse uma ligação telefônica urgente para o gabinete do companheiro Sprinzak. Ela se esqueceu? Como é possível isso?

Você aponta para ele com o queixo, sorri e me explica em voz baixa:

"Princípio de egomania mesclada a despotismo, típico de pessoas com baixa estatura. Aos setenta anos ele vai ser um verdadeiro monstro."

E depois trocamos amenidades. A censurada Jasmin já desapareceu de minha vista. Você a chama de *"enfant sauvage"*. Pergunto a mim mesmo se você ouviu ou não a tosca paquera, esperando ardentemente que não.

"Minha reação é exatamente igual à sua", você diz, "de uma exatidão total, mas em sentido inverso. Um motorista de táxi das comunidades orientais, ou até mesmo um menino jornaleiro iemenita podem me tirar do sério. Do ponto de vista físico, é ao que estou me referindo. Esses *"enfants sauvages"*, pelo menos assim nos parece, ainda se lembram de uma linguagem sensorial--animal, que nós já esquecemos."

O dr. Nussbaum, talvez você se lembre disso, não fica ruborizado ao ouvir essas palavras: não. Ele fica pálido. Limpa a garganta. Agilmente tira do bolso um lenço lavado e passado com o qual enxuga os lábios. E começa a balbuciar algo sobre as moscas, das quais, como acaba de descobrir, o ar está cheio. E com isso muda, sem transição, o assunto da conversa. Tem na ponta da língua uma anedota sobre o professor Dushkin, que, como se sabe, presidiu aquele dia de estudos de medicina no hospital Hadassah: Dushkin chamava os médicos, o alto-comissário, os dirigentes da Agência Judaica, Stalin, todos, de "Svidrigáilovs".

"Que falta de originalidade da parte dele", você observa friamente, "mas doutor Nussbaum, você tem, é claro, toda a liberdade de fazer uso de quem quiser, Dushkin, Stalin ou Svidrigáilov, para dar outro rumo a nossa conversa. Não é você, mas eu, quem deve se desculpar pelo constrangimento que causei."

"De forma alguma, doutora Oswald, de forma alguma", balbucia bobamente o dr. Nussbaum.

"Mina", você sublinha.

"Sim. Com muito prazer. Emanuel", responde o dr. Nussbaum.

"Você não se sente à vontade em minha companhia", você sorri.

"Deus me livre."

"Então, vamos passear um pouco?"

Você se levanta da cadeira de balanço. Você nunca espera por uma resposta. Eu me levanto em seguida. Você me leva a um despreocupado passeio-de-veranistas no caminho de cascalho e além, na descida do bosque, entre os ciprestes escuros, para o cheiro de seiva e de humo, até o toco que resta da árvore plantada por Herzl e decepada pelos árabes. E lá achamos, no capim seco, queimado pelo verão, um brinco enferrujado gravado com letras cirílicas.

"É meu!", você gritou de repente, invejosa, como uma menina teimosa e rebelde, "o brinco vai ser meu! Eu o vi primeiro!"

E em torno de seus lábios se desenhou e desapareceu um ricto de choro, como se eu estivesse pronto a tirar o brinco à força de seus dedos.

"É seu", eu rio, "mesmo achando que eu vi o brinco antes de você. Mas é seu assim mesmo. De presente."

E de repente também acrescentei:

"Mina."

Você olhou para mim. Não falou nada. Talvez por um minuto inteiro tenha olhado para mim sem falar. Então, com força, atirou o brinco de volta para os espinheiros e segurou meu braço:

"Estamos passeando", você disse.

"Passeando", concordei alegremente.

O que houve conosco. O que viu você em mim.

Não, não espero uma resposta. Você está em Nova York. Com certeza ocupada até a raiz dos cabelos. Como sempre. Ninguém se compara a você na férrea decisão de abrir de quando em quando uma nova página.

Se tento olhar para mim através de seus olhos naquele dia em Arza, não consigo entender muito bem. Você viu diante de si um homem retraído, com um semblante pensativo e gestos cautelosos. Com certeza um tanto solitário, a julgar pela aparência. Não desprovido de sensualidade, como pôde constatar ao ouvir sua conversa fiada com aquela garota, Jasmin. Também não era feio, isso já foi registrado antes. Um homem muito alto, magro, com tendência a empalidecer a qualquer emoção ou embaraço, de rosto anguloso e fisionomia decididamente espiritual. Seus cabelos começam a desbotar, é verdade, mas ainda cobrem sua testa com abundância, e até atraem o olhar. Talvez você tenha visto nele um artista que se perdeu no caminho, com a aparência de um músico não convencional que despencou da academia de um país de língua alemã e chegou à Ásia Ocidental, e agora carrega sua humilhação com um crispar de lábios silencioso e resignado: não há caminho de volta. Um homem melancólico, mas apesar de tudo ainda capaz, em circunstâncias excepcionais, de chegar a um entusiasmo arrebatador.

Para encurtar, o órfão e a tia dominadora. Como você definiu. Na verdade, só definiu depois de algum tempo.

Nesse dia já almoçamos à mesma mesa. Conversamos sobre o poeta Gottfried Benn. E como a partilhar um segredo, os dois nos esforçamos para decifrar a ordem em que as mesas são servidas. Jasmin é nossa garçonete e nos serve água mineral, respingando um pouco em mim, pois não está concentrada. Não reclamo, pelo contrário, porque ela se curva sobre mim e de novo seus seios firmes quase tocam em meu ombro. Na curvatura inicial dos seios, no decote de seu avental branco, vejo uma rede de veiazinhas finas, como a rede de luz azulada que às vezes se revela num mármore da Galileia.

Minha luxúria não passa despercebida a você. Isso também a diverte, e você começa a me provocar. Faz diversas perguntas sobre minha vida de solteiro. Tudo isso sem mover uma pálpebra, como se estivesse me interrogando para saber onde compro minhas camisas. Parece que sua prática de ex-médica da alma (antes de se dedicar a suas pesquisas) é que a induz a me fazer perguntas não muito comuns entre pessoas que acabam de se conhecer.

E eu, é claro, empalideço. Mas decido comigo mesmo que não vou mais me esquivar de suas perguntas. Só que a escolha das palavras é muito difícil para mim.

"Desta vez você não desviou a conversa para Svidrigáilov", você salienta impiedosamente.

Vamos passear novamente, agora além da cerca, na direção das casas da pequena colônia de Motsa. Minha solidão, e talvez exatamente minha exagerada cautela na escolha das palavras, desperta sua simpatia. Eu lhe agrado, e você afirma isso abertamente, num tom incisivo. Sobre as montanhas já paira a luz da tarde. A brandura dos ciprestes. As labaredas de gerânios entre as casas da colônia, as telhas vermelhas dos telhados, um flamejante flamboyant como uma saudação de Tel Aviv. Um vento brando e seco. Nossa conversa agora é impessoal, supostamente vienense, uma espécie de troca de ideias sobre a questão dos prazeres sexuais e a relação entre eles e a vida sentimental. Você é admiravelmente descontraída ao falar dos detalhes anatômicos e fisiológicos, minhas hesitações talvez lhe agradem, mas assim mesmo a surpreendem: pois somos os dois médicos, Emanuel, nós dois conhecemos bem esses mecanismos, então por que você fica tão embaraçado e rezando em segredo para que eu finalmente mude de assunto?

Eu me justifico: o embaraço vem do fato de que no hebraico a anatomia íntima — sim, está bem, os órgãos sexuais — ganharam novos nomes, novas designações, assépticas, sem qualquer sinal de vida, e é por isso, por mais paradoxal que pareça, que é difícil para mim pronunciá-las. Este meu argumento é chamado por você de exegese talmúdica. Você não acredita em mim: afinal, quem é que me impede de retornar ao alemão, ou de usar nessa conversa termos latinos? Não, você não acredita em mim. E sem hesitar identifica meus bloqueios psicológicos. Puritanismo disfarçado.

"Mina", eu me defendo, "eu lhe peço, me desculpe, ainda não sou seu paciente."

"Não. Mas estamos nos conhecendo. Estamos passeando juntos. E por que você não tenta fazer perguntas sobre mim?"

"Não tenho perguntas. Talvez uma só: humilharam você, Mina, pessoas, um homem, talvez um homem cruel, há muitos anos, tenha humilhado você impiedosamente."

"Isso é uma pergunta?"

"Eu... esta é a minha impressão."

De repente, com força, você toma minha cabeça em suas duas mãos.

"Incline-se."

Obedeço. Seus lábios. E uma pequena descoberta: dois minúsculos furos nos lóbulos de suas orelhas. Seria possível imaginar que alguma vez você tenha usado brincos? Não. Não perguntei.

E depois, você disse que eu parecia um relógio de pulso que ficara sem o vidro do mostrador: vulnerável assim. Desamparado. E com isso, e por isso, de tocar o coração.

Você toca em meus cabelos. Eu em seu ombro. Caminhamos em silêncio. Escurece. Lá em cima, uma ave de rapina na última luz do crepúsculo. Uma águia? Um falcão? Não sei. E algo também preocupa: fora da cerca da clínica de repouso costumam vagar pastores árabes. Não longe daqui fica uma aldeia conhecida por seus malfeitores, chamada Kolonie. É preciso voltar. Ao redor, a tristeza das pedras a enegrecer. A noite cai sobre uma terra rochosa e seca. Na extremidade norte do horizonte, nas cercanias de Shuafat ou Beit Ichsa, um foguete de iluminação rasga o céu, empalidece, se desfaz em estilhaços de luz, se dissolve na escuridão.

Depois do jantar, no refeitório da clínica de repouso, se apresenta um imitador barato do grupo teatral Hamataté. Ele faz graça, alegre e divertido, ridiculariza, num carregado sotaque russo, a hipocrisia do governo inglês e a selvageria dos bandos árabes. No fim também faz caretas diante do público. O dirigente do Sindicato, o rosto vermelho, se levanta e faz uma crítica àquela leviandade, fora de lugar em tempos loucos como estes. O artista recua para um canto e se senta, sentindo-se repreendido, quase em lágrimas. No salão o silêncio é total. O orador emprega o termo "contenção", e nesse ponto você explode de repente num riso alto e sonoro, um riso jovial que logo desperta uma reação geral de surpresa e raiva, e num instante tem gente rindo com você, e talvez de você. Saímos os dois. Escuridão nos corredores e nas escadas. Quase instantaneamente estamos abraçados. Trocando sussurros, desta vez em alemão. Você gostou de mim, você diz, tem no quarto um pequeno tomo com os poemas de Rilke, você diz, e somos os dois adultos e livres.

No quarto, quase sem nos falarmos, logo se estabelecem regras. O órfão e sua tia dominadora. Devo representar o papel de um aluno ignorante, canhestro, envergonhado, mas obediente. Mas cheio de gratidão. Mas muito aplicado em seus estudos. Você ordena baixinho e eu faço em silêncio. Todos os detalhes você imaginara antes, como se concretizasse comigo um extravagante plano a partir de um manual erótico: aqui. Agora aqui. Devagar. Forte. Mais. Espere. Espere. Agora. Assim.

Mina querida, concordáramos os dois que aquela noite era para ser a primeira e a última. Pessoas adultas, você disse, e livres, você disse, e afinal quem é adulto e quem é livre? Somos ambos prisioneiros de uma força que nos carrega como um rio carrega toras de madeira. Talvez por eu ter me sujeitado. Talvez naquela noite você tenha tido desde o início a intenção de me levar a essa sujeição, e me tornei um escravo submisso. Até hoje. Mas você também, Mina, exatamente por essa minha submissão, se tornou uma mulher submissa. E ao meio-dia do dia seguinte. E na noite do dia seguinte. E outra vez. E depois dos dias na clínica de repouso você começou a enviar para mim, para Jerusalém, cartões-postais com ordens lacônicas: Venha a Haifa depois de amanhã. Espere-me na véspera do *shabat*. Venha à pensão Kate Graubert em Talpiot. Irei ter com você no feriado. Diga a Fritz que seu jejum está quase no fim. Abrace Gips e Gutzi por mim.

Até que você me ensinou a chamá-la de Jasmin, a libertar o sátiro ofegante, a erguer para nós palácios de Bagdá em acachapados quartos de pensão. A sofrer e a fazer sofrer. A gritar. E de novo, e outra vez a me prostrar a seus pés no fim de tudo, quando você me acende um cigarro e apaga o fósforo sacudindo a mão, e avalia nosso amor usando termos específicos, como um general que volta a seu campo de batalha para examinar o combate recém-travado e dele tirar lições para o futuro.

Não, não há amargura, Mina, não há arrependimento. Ao contrário. Saudades, além das forças que tenho para suportá-las. Saudades de seus raros elogios. Saudades de suas reprimendas também. E também de sua zombaria. De seus dedos. Minha Jasmin, agora sou um homem doente e não me resta muito tempo. Pode-se dizer: eu caí em seus braços. E pode-se dizer, amei você de tanta humilhação.

Abre parágrafo.

Volto a meus registros do tempo e do lugar. Já disse antes: agora estou em meu posto de observação.

Jerusalém, noite, fim de verão, indícios de outono, um homem de trinta e nove anos e já aposentado devido a sua grave doença, sentado em sua varanda a escrever cartas para sua amiga ou ex-amiga. Ele lhe relata o que veem seus olhos, e também o que pensa. Qual o propósito dessas notas, qual o seu "assunto", já disse que não sei.

O anoitecer já se prolonga por uma hora e meia e ainda não está completamente escuro. Estou em repouso. Aparentemente, é uma hora de tranquilidade. Em cada fim de sábado acontece em Jerusalém um milagre sonoro: até mesmo o barulho que fazem as crianças do bairro, os automóveis e os cães e uma distante cantora no rádio, talvez Bracha Tsafira, tudo é absorvido pelo silêncio. Até mesmo os gritos na descida da rua. Até mesmo o disparar isolado de uma metralhadora na direção de Sanhedria. O silêncio recobre tudo. Em outras palavras, nos fins de sábado ao anoitecer reina em Jerusalém um silêncio absoluto.

E eis que começam a se ouvir de perto e de longe os sinos dos mosteiros e das igrejas, e eles também ficam dentro do silêncio. Amanhã é domingo. O céu tem uma cor cinza-escuro, com uma faixa de um laranja flamejante entre as nuvens. E um bando de pássaros passa voando. Talvez cotovias. Judeus de todos os tipos passam embaixo de minha varanda na rua Malachi. Uma vizinha, com um cesto. Um estudante com um monte de livros. E ali um rapaz e uma moça caminham apressadamente, a uma distância de um metro inteiro um do outro, sem trocar uma só palavra, e mesmo assim dá para notar sem qualquer dúvida que estão juntos e seu coração está em paz.

Do outro lado, na esquina da rua Zecharia, uma árabe idosa está sentada na calçada. Uma camponesa. De pernas cruzadas e sem se mover. Tem diante de si uma grande bandeja de cobre, e sobre ela figos para venda. Num canto da bandeja, uma pequena pilha de moedas, sua féria do dia. Chegou até aqui vindo de Sheikh-Badr, talvez até mesmo de Lifta, ou de Malcha. Como é serena esta mulher camponesa, e como é longo o caminho que deve percorrer ainda esta noite. Enquanto isso ela espera. Mastiga algo. Folhas de hortelã? Não sei. Logo vai se levantar, quase escrevi "se erguer", pôr a bandeja sobre a cabeça e seguir seu caminho no escuro, entre espinheiros e matacões de pedra. Como uma fina rede de nervuras os caminhos campestres se estendem entre os bairros e as aldeias que circundam Jerusalém. Uma velha vagarosa, forte, em paz com seu corpo e com as áridas montanhas, meu coração anseia por uma paz como essa. Ela vai embora, e em todos os lampiões de rua do bairro se acenderão as luzes amarelas. Depois cessará a música dos sinos e só a tristeza da noite não cessará. Persianas de ferro serão cerradas. Todas as portas serão trancadas. Jerusalém vai ficar no escuro, e eu com ela, sozinho. Será que vou piorar esta noite. Será que o menino vai mesmo ficar atento à fresta em diagonal iluminada na cortina de meu banheiro, será que realmente vai se esgueirar de sua casa e virá se apresentar a meu comando?

Fico alarmado com o fato de que tal ideia possa ter se manifestado. Não. Também esta noite estarei sozinho. Boa noite.

Domingo
7 de setembro de 1947

Querida Mina,

Não sei com que palavras descrever para você uma manhã de outono tão azul quanto esta que tivemos hoje, antes que irrompesse o vento ocidental que nos trouxe o frio e as nuvens. Toda a manhã esteve inundada de um azul-celeste intenso. Muito mais do que uma tonalidade ou uma cor: um azul-celeste tão concentrado e denso, como se fosse uma poção. As construções e as plantas reagiram com um despertar geral, como que reforçando teimosamente as próprias cores, como a fazer valer, conscientemente, o lema nacional difundido atualmente nos jornais e nas transmissões da resistência: Para cada provocação responderemos em dobro, pois estamos decididos a defender o que é nosso até o fim.

Ou seja, por exemplo: o fogo dos gerânios nos jardins, nos quintais, em latas de azeitonas nas varandas, em caixas de madeira nos peitoris das janelas. Ou a pedra jerosolimita: esta manhã ela literalmente "grita de cada muro", num cinza denso e agressivo, um cinza absoluto, puro, como a cor de seus olhos. Ou a trepadeira passiflora a se enroscar na oliveira junto à mercearia, toda pintalgada de brilhos azuis. Parecendo tudo um quadro pintado por um artista iniciante e emocionado, que não conhece e não quer conhecer o segredo da sobriedade. Sou quase tentado a usar as palavras do hebraico bíblico *leshem, shvo, achlama*, possivelmente, opala, ágata e ametista, embora seu significado exato, na verdade, eu desconheça.

Tais maravilhas poderiam ser atribuídas à pureza e transparência do ar do deserto? Às pulsações do outono? À minha doença, talvez? Ou a alguma transformação iminente? Não tenho respostas a todas essas perguntas. Só devo tentar expressar em palavras meus sentimentos, por isso escrevo outra vez: sinto hoje dolorosas saudades das visões presentes, como se elas fossem visões de lembranças. E como se já tivessem passado, talvez para não mais voltar. Saudades intensas, a ponto de suscitar uma íntima e urgente necessidade de fazer alguma coisa, e imediatamente sair do sério, talvez vestir um paletó leve e sair agora mesmo para um passeio. Para o bosque de Tel Arza. Para o meio das mães que tricotam e seus bebês nas esteiras estendidas. Lembrar-me das florestas de domingo de meus dias de infância, e de repente também sentir os odores de outros outonos, não aqui, o aroma de lagos, cogumelos, gotas de orvalho nos galhos dos abetos, o cheiro das calças de couro tirolesas, a fumaça das fogueiras de excursionistas, os aromas de café moído, quão estranho devo ter parecido esta manhã aos olhos das vizinhas no bosque de Tel Arza: vejam o dr. Nussbaum a passear, alto e elegante, as mãos atrás das costas, pisando nas agulhas de pinheiros e sorrindo consigo mesmo, como se neste mesmo momento lhe tivessem sussurrado no ouvido uma solução brilhante.

"Bom dia, doutor Nussbaum, como vai o senhor hoje, e o que andam dizendo na Agência Judaica?"

"Bom dia, que linda manhã, senhora Litvak, sinto-me relativamente bem, e esse seu lindo menino, como cresce a cada dia. Menina, perdão. Assim mesmo, linda."

"O senhor sabe, felizes somos nós, que tivemos o privilégio de ver a luz de Jerusalém com os olhos da carne, e não com os olhos do espírito, e o que nossos olhos veem hoje não é nada comparado à luz que nos trará o amanhã. Feliz de quem espera e alcança."

"É verdade, é verdade, senhor Nechamkin. Hoje é um dia maravilhoso, e estou muito contente de vê-lo inteiro e saudável."

"Então o senhor também saiu para passear. Posso acompanhá-lo? Caminharemos juntos e juntos enxergarão nossos olhos, está escrito que é com duas testemunhas que se faz a verdade."

Só que essas duas testemunhas não eram muito saudáveis. Logo nos cansamos. Meu vizinho o poeta Nechamkin pediu desculpas e foi para casa, não antes de me prometer que logo ocorreria em Jerusalém uma grande transformação.

E eu fui como sempre até a leiteria dos irmãos Kapitansky para um almoço vegetariano: sopa de tomates, uma omelete dupla, berinjelas com cebola, creme de leite fresco e um copo de chá.

Depois voltei para casa, e sem nenhuma injeção ou pílulas caí numa sesta profunda: como se tivesse bebido vinho.

Às quatro e meia o comitê do bairro se reuniu de novo aqui em casa. Já lhe escrevi sobre isso, Kerem Avraham também está organizando uma espécie de unidade de defesa civil.

Vieram quatro ou cinco representantes da vizinhança, entre eles a senhora Litvak, que já era enfermeira diplomada antes de se casar. A senhora Litvak trouxe biscoitos caseiros, e de forma alguma permitiu que eu a ajudasse a servir o café: pediu apenas que lhe mostrasse onde ficava o açúcar, e onde a bandeja — não, não preciso lhe dizer, já achou. Achou o limão também. E que exemplo de arrumação na cozinha! Ela um dia trará seu marido,

Litvak, para que veja com os próprios olhos e aprenda algo. Diretor de uma escola para filhos de trabalhadores e não sabe lavar um copo como se deve. Mas esta é sua sina, e não pode reclamar.

E assim começou a reunião, enquanto todos nos servíamos de café e biscoitos crocantes, eu como uma visita bem-vinda em minha própria casa.

"Bem", disse a senhora Litvak, "passemos à ordem do dia. Doutor Nussbaum, comece o senhor, por favor."

"Quem sabe começamos de onde interrompemos na semana passada", propus. "Não precisamos cada vez começar de novo."

"Falávamos então de uma casa que pudesse servir de quartel-general", disse o *chaver* Lustig, "um lugar no qual o comitê possa se organizar e ficar em situações de emergência, dia e noite. Ou pelo menos um quarto, ou um porão."

Ele falou de pé, e quando acabou de falar, sentou-se. Um homem pequeno, bolsas intumescidas penduradas sob os olhos castanhos, sempre com a fisionomia perplexa e calada de quem tivesse sido xingado na rua agora mesmo com o pior palavrão sem ter culpa de nada. Zevulun Gril, um ruivo flamejante a quem a falta de dois dentes incisivos dava o aspecto de um arruaceiro perigoso, acrescentou: "Falamos também de um transmissor de rádio. Falamos, e nada fizemos. Como de costume".

Efraim Nechamkin, o técnico de rádio de cabelos encaracolados, acenou duas vezes com a cabeça, de cima para baixo, como se as palavras de Gril correspondessem exatamente ao que se poderia esperar dele, e quem se tivesse deixado iludir melhor que aprendesse enquanto ainda era tempo.

"Efraim", eu disse, "seja como for, será melhor conduzir nosso debate com palavras e não com pantomima. Talvez você possa nos dizer, por favor, o que o irritou agora."

"Já temos um", sibilou Efraim, "e isso é o acontece conosco o tempo todo: falamos do passado em vez de falar do futuro."

"Já temos o quê?"

"Rádio. Um transmissor de rádio. Eu já lhes disse há uma semana que estou montando para vocês um transmissor a bateria. E de qualquer maneira", de repente ele ficou furioso, "o que é um transmissor de rádio? Para que serve isso? Para ficar implorando aos ingleses que façam a gentileza de continuar aqui e nos salvar dos árabes? Para despertar a consciência do mundo irradiando uns versículos da Bíblia? Para explicar aos árabes com palavras bonitas que não devem nos degolar, porque do contrário não terão quem os trate e os cure da tinha e do tracoma lá deles? Para que serve, em geral, todo esse comitê, com dois doutores e um motorista de ônibus? O que pensam fazer?"

"Você, não se exalte tanto", riu Nachtse, "se acalme, tudo vai dar certo."

Nachtse é um rapaz magro e forte, uma espécie de instrutor eventual num movimento juvenil sionista-socialista, as calças curtas deixam à mostra suas pernas peludas e musculosas, e sua cabeleira é desgrenhada. Você com certeza ouviu falar do pai dele: o professor Gutmacher, estudioso do misticismo oriental, muito culto, de renome mundial, e hemiplégico. Às vezes, ao anoitecer, Nachtse e seus pupilos acendem uma fogueira no bosque, fazem exercícios noturnos com grossos bastões, ou inundam o bairro com canções cheias de anseio e de ira, com melodias russas.

"Você, em vez de ficar fazendo piada, melhor seria se dissesse o que propõe", Gril cobrou de Efraim Nechamkin.

"Um ataque", rugiu Efraim numa voz baixa e fervorosa como se seu coração estivesse rouco de tanta emoção, "que organizemos um ataque. É o que eu proponho. Pôr a cabeça de fora. Tomar a iniciativa, ir para as aldeias. Para Shuafat. Para Sheikh-

-Jerach. Para Issavia. Pôr fogo, de noite, na casa do mufti. Ou explodir o quartel-general deles em Najara. Desfraldar a bandeira azul e branca no alto da torre de Nebi Samuel, e até mesmo no monte do Templo. Por que não. Que finalmente tremam de medo de nós. Que comecem eles a nos enviar delegações. Que implorem eles. Que é que tem."

Nesse ponto interveio o dr. Kipnis, o veterinário de Tel Arza. Estava de costas para a janela, vestia uma parca cinza e calças compridas cáqui bem passadas. Enquanto falava, ia amassando entre os dedos seu boné marrom, e não olhava para Efraim, e sim para a senhora Litvak, como se ela — ou sua trança negra e enrolada — pudesse lhe sinalizar algum princípio vital:

"Parece-me, senhores", começou cautelosamente, "que estamos seguindo por um caminho errado. Pelo menos um pouco, posso afirmar, conheço pelo menos um pouco as aldeias vizinhas."

"Claro", sussurrou Efraim como a destilar veneno, "claro. Só que eles também conhecem você e outros judeus como você, e é isso que lhes provoca o apetite."

"Perdão", disse o dr. Kipnis, "eu não tive a intenção de discutir princípios com você. Ao menos não agora. Minha intenção foi tentar avaliar a situação atual, como é que ela pode se desenvolver, e também fazer algumas sugestões."

"Vamos nos organizar!", exclamou de repente o *chaver* Lustig, e até deu um soco na mesa. "Chega de falar tanto assim. Vamos nos organizar!"

E eu, que presidia a reunião, foi com dificuldade que reprimi a tentação de sorrir para Nachtse em resposta ao rápido sorriso dele, aparentemente dirigido só a mim.

"Doutor Kipnis", eu disse, "continue, por favor. E é melhor pararmos de atrapalhar um ao outro o tempo todo."

"Sim. Temos três possibilidades diante de nós", disse o dr. Kipnis e esticou três dedos lastimavelmente magros, que ele foi encurvando um a um, a cada possibilidade que apresentava, "primeiro, a comissão da ONU entrega o país inteiro aos árabes e seremos obrigados a escolher entre uma nova Massada e uma nova Iavne.* Segundo, a comissão recomenda a partilha do país e os árabes ou aceitam essa decisão, ou ela lhes é imposta com a ajuda de forças estrangeiras. Não os britânicos, evidentemente. Neste caso, nossa missão será nos prepararmos para possíveis distúrbios, e ao mesmo tempo nos esforçarmos para melhorar nossas relações com os bairros árabes a nossa volta. Arrefecer os ânimos, como se diz."

"Tem que botar eles para fora daqui", disse Efraim num tom de cansaço, "botar para fora, chutar, que é que tem, que vão para o deserto, que é o lugar deles. Aqui é Jerusalém, senhor Kipnis, aqui é Erets Israel, talvez o senhor já tenha esquecido isso, de tanto que tenta apaziguar."

"Terceiro", continuou o veterinário, como que decidido a não se deixar levar por provocações, "terceiro, guerra total. E neste caso o nosso comitê de bairro não poderá, evidentemente, agir com independência, e teremos de esperar pelas instruções dos órgãos da nação."

"Foi isso que eu disse", comemorou Lustig, "organizar-se, organizar-se e mais uma vez organizar-se!"

"Doutor Kipnis", insisti, "o que exatamente o senhor propõe?"

"Sim. Então. Primeiro, uma delegação nossa, dos bairros do

---

* Na luta final contra a ocupação romana, no século I, os judeus tiveram duas atitudes distintas diante do iminente fim da soberania judaica: em Massada, fortaleza no deserto junto ao mar Morto, mais de seiscentos judeus resistiram ao cerco romano até que, sem outra saída, suicidaram-se todos, pois para eles o fim da soberania nacional judaica era também o fim da existência judaica. A outra atitude foi a de submeter-se a Roma, com a condição de poder fundar uma "academia de judaísmo" em Iavne. Isso permitiu a existência de um judaísmo sem soberania nacional, que sobreviveu a 2 mil anos de dispersão. (N. T.)

noroeste de Jerusalém, se entende com a direção da Agência Judaica. Explica lá as dificuldades decorrentes da nossa situação geográfica específica, e pede instruções. Eu proponho que vão o doutor Nussbaum, a senhora Litvak e, naturalmente, também o *chaver* Nachtse. Segundo, uma reunião com os vizinhos, ou seja, com os xeques e os *mukhtars*. Para essa missão eu mesmo estou disposto a me apresentar como voluntário. Comunicamos a eles que nós, os moradores dos bairros judeus no norte de Jerusalém, não tomaremos qualquer iniciativa de caráter hostil, e, o que quer que aconteça, continuaremos a manter boas relações de vizinhança. De modo que, se eles assim mesmo optarem pelo caminho sangrento, toda a responsabilidade cairá sobre eles e eles terão de arcar com as consequências e não poderão alegar que não foram alertados. E agora proponho que o *chaver* Nachtse fale sobre a defesa dos bairros. Que nos dê, por favor, pelo menos uma visão geral do plano, com base na premissa de que talvez tenhamos mesmo de enfrentar sozinhos por algum tempo um conflito entre bairros, de âmbito local. Com isso terminei."

"Então proponho que comecemos a construir aqui barricadas", disse Lustig, e subitamente irrompeu numa gargalhada, "imaginem só. Nossa Kerem Avraham no papel da Stalingrado sionista."

"Por favor, sejamos práticos", insisti. "Temos ainda hoje de tratar aqui da divisão de tarefas etc."

"Não há perigo", observou Efraim com tristeza, "aqui ninguém vai ser prático. Esqueça isso. Não aqui. Não neste *Judenrat*."

"Eu lhe peço, por favor", intervim, com exagerada aspereza.

E enquanto isso Nachtse voltara da cozinha. Via-se que lá tinha se sentido em casa: com seus dentes fortes abocanhava o grosso sanduíche que havia preparado. A julgar pelo vermelho sanguíneo que lhe escorria pelo queixo percebi que, além de queijo e cebola, ele também tinha enfiado entre os pães umas fatias de tomate.

"Perdão", disse sorrindo, "eu estava com uma fome de cão e assaltei a sua geladeira. Não quis pedir licença, para não interromper o simpósio de vocês." Ao falar, sem constrangimento algum, Nachtse cuspia migalhas de pão e de queijo na poltrona e no tapete. Outras grudavam em seu bigode.

"Bom proveito", eu disse.

"*Salamantak*", disse Nachtse. "Bom, acabamos com a etapa da ideologia? Ótimo. Então, o caso é este."

Fez-se silêncio. Até o *chaver* Lustig se calou desta vez.

"Os ingleses vão se retirar em breve. Isso está confirmado. Vamos ter problemas. Mas não quero falar agora sobre os problemas. Estou aqui para as soluções. Então o caso é este. Existem armas no bairro. Por enquanto só armas leves. E graças a Deus tem também uma turma que sabe o que fazer com elas. Não vamos entrar em detalhes agora. Sonia, quer dizer, senhora Litvak, você reúne em sua casa todas as *vaibers*, e vocês todas começam amanhã — correção, hoje — a costurar sacos. Não importa do quê. Em vez de costurar balaclavas de lã para os soldados da Haganá. Balaclavas vocês vão fazer para nós em outra oportunidade. Preciso de uns mil, mil e duzentos sacos. As crianças vão encher esses sacos bonitinho com areia e cascalho. Isso vai servir para algumas trincheiras em particular, e para as janelas em geral. Proteção contra tiros e bombardeios. Adiante. Amanhã de manhã vamos instalar na varanda de Kolodny um posto de observação permanente sobre a base Schneller. Esse também é um *job* para as crianças. E mais um posto de observação no telhado dos Kapitansky, voltado para Sheikh-Jerach e para a academia de polícia. Para isso, quero que Litvak me libere vinte ou trinta alunos da escola, para que saibamos exatamente o que faz o cristão e o que faz o muçulmano. Adiante. No momento em que o inglês sair da base, ou se percebermos que ele vai passar as chaves para os beduínos do rei Abdallah, meu pessoal intervém na hora e toma a base Schneller. Isso, é verdade, não diz respeito ao comitê de bairro de vocês, mas quis que soubessem, para que possam dormir tranquilos esta noite. Adiante. Comunicações. Efraim, esta noite viremos verificar o que você construiu por lá, e se for realmente o que você diz que é, vamos pôr você na frequência do quartel-general da Haganá. Você e Lustig ficarão na escuta, se revezando, dia e noite, sentados e quietinhos, com seus fones de ouvido, sem nenhuma discussão entre vocês, e só vão se levantar se precisarem urinar ou se tiverem algo para me informar. Agora você, Gril. Ouça bem. Tem duas coisas. Uma, você começa a juntar num depósito instrumentos de jardinagem de todo o bairro. Queiram ou não queiram dar, você confisca e reúne. Tudo que encontrar, menos regadores. Enxadas, pás, picaretas, tudo. Por instrução minha — correção, por instrução superior — você e mais alguns vizinhos pegam todos esses instrumentos e começam rapidamente a cavar na extremidade da rua Tsefania, na esquina de Amos e Gueula, na estrada de Tel Arza. Cavar em zigue-zague. Sim. Fossos. Para que não possam vir sobre nós com carros blindados. E mais uma coisa, Gril. O posto de comando vai ser em sua casa, em seu quarto de dormir. Porque a casa de vocês tem três saídas. Você tem dois dias para tirar sua mulher de lá antes que entremos. Agora Kipnis. Você não vai agora falar com os xeques e os *mukhtars*, para que não tenhamos depois de pôr em risco a vida dos rapazes que iriam resgatar seu cadáver despedaçado. Essa é a situação, doutor. Depois da guerra — claro, por que não, com todo o respeito, você poderá ir fazer as pazes e talvez eu também vá com você para comer com eles um carneiro na brasa. Mas por enquanto, já que você está tão aceso com essa sua ideia, escreva a cada xeque uma carta expressa registrada e proponha a eles uma boa vizinhança. Por que não. Se funcionar, eu pessoalmente quebro minha espada e faço dela uma adaga árabe, mas até lá você será o responsável pelo quitandeiro e pelo merceeiro e pelo homem da carroça de querosene. Faça com que eles tragam para o bairro toda mercadoria que puderem. Mas sem mercado negro nem pânico. Sim, para armazenar. Foi isso mesmo que você ouviu, Sonia. Eu disse armazenar. Quero que cada mulher leve para dentro de casa produtos enlatados, conservas, bolachas, torradas, querosene, açúcar, o máximo que couber. Agora vamos falar um pouco sobre água. Quero que todos os membros deste comitê — mas todos mesmo — vão de casa em casa e ajudem a baixar as caixas-d'água dos telhados para os porões. E que estejam cheias. E que Alamalia comece a fazer tanques em sua serralheria. Tanques para água, contêineres, Efraim, é a isso que me refiro, não precisa pular da cadeira. Por enquanto. E agora o dono da casa, Nussbaum. Amanhã de manhã você irá à farmácia da velha Vishniak e vai verificar exatamente o que ela tem e o que ela não tem lá. O que não tem, encomende por conta do caixa deste comitê. E que seja em abundância. Aqui em sua casa ficará o posto de primeiros socorros, com morfina e com ataduras e com tudo que é necessário. Fora isso, Gril, você vai começar aos poucos a trazer para nós gasolina. De sua companhia Hamekasher ou das rochas lá fora, a mim não interessa de onde. Uns duzentos litros de gasolina. As crianças vão juntar para mim algumas centenas de garrafas, e nós, isto é, eu e Efraim, vamos começar a preparar com elas uns coquetéis. Nussbaum, você disse que tem algo a propor quanto a isso? Está bem, ótimo. Mas não agora, isso não interessa a todos aqui. Alguma outra coisa?"

"Sim", disse Lustig, "precisamos de cianureto ou algo parecido. Se os árabes assim mesmo entrarem, vão degolar as crianças e violentar as mulheres. Temos de nos organizar também para enfrentar o pior."

"Isso foi em Varsóvia", disse Nachtse, "mas não vai se repetir aqui. E se falar coisas como essa lá fora, senhor Lustig, prepare-se o senhor para o pior. Ponto final."

"Está claro", balbuciou o *chaver* Lustig. "Está muito bem. Entendi."

"Mais perguntas?"

"Desculpe", eu disse, "o que acontecerá caso os ingleses não se retirarem? Ou se eles entregarem toda a Jerusalém *en bloc* ao rei Abdallah?"

"Se não se retirarem, não se retiram. Essas perguntas são para Ben-Gurion. Quem sou eu, Ben-Gurion? É isso. Sonia. Agora sirva a esses bons homens mais um copo de café. Todos ficaram pálidos de repente. Doutor Nussbaum, muito obrigado pela hospitalidade, mas agora tenho de ir embora. A partir de depois de amanhã ao meio-dia quem precisar de mim vai me encontrar, ou Akiva, ou Igal, no quarto de casal da família Gril. Aliás, se por acaso os ingleses vierem aqui fazer perguntas, ou uma busca, lembrem-se de que este bairro tem um comitê. Ninguém me conhece. Não estou, não existo. Que falem com eles os doutores, Nussbaum ou Kipnis. É isso. Só não se emocionar, meus senhores, ainda não perdemos a esperança, como diz nosso hino. Um momento: Efraim. Quero lhe pedir desculpas. Se por acaso o ofendi um pouco, não foi minha intenção. E agora shalom para todos."

Ele limpou as migalhas do bigode, limpou o sangue de tomate do seu queixo, riu para nós com seus bonitos dentes, e saiu.

Hans Kipnis falou com brandura:

"O que é que se pode dizer."

Efraim disse:

"Não comece outra vez. Você ouviu o que lhe disseram: pode escrever cartas a todos os xeques da região."

Sonia Litvak disse:

"Que Deus o conserve. Que juventude, esta nossa."

O *chaver* Lustig:

"São como os cossacos. Falam e falam em vez de se organizarem. Vão acabar nos matando, Deus nos livre."

E o doutor Nussbaum, querida Mina, o seu doutor Nussbaum disse num tom complacente e irônico:

"Acho que a reunião está encerrada. Com sua licença."

Acompanhei em pensamento esse rapaz magro e amargo que saía de minha casa para as sombras da noite, Nachtse, Menachem ou Nachum Gutmacher, em suas calças curtas, com sua cabeleira desgrenhada, seus olhos cor de areia no fim do verão, em sua solidão. Com certeza ia ao encontro de seus rapazes, no bosque ou no uádi. Talvez a cair de cansaço. Talvez sem ter comido, por muitos dias, uma só refeição decente. E me perguntei se já fizera amor com uma mulher, e caso sim, se tinha sido como se devorasse um sanduíche ou se, talvez, tremia de pavor.

E o que podia eu fazer, Mina: O que faria você em meu lugar? Acreditaria e confiaria nele em silêncio? Ou o repreenderia por sua petulância e ridicularizaria suas bravatas? Começaria a investigar e analisar os sonhos dele? Ou, quem sabe, se apaixonaria por ele e o conquistaria para você mesma?

Estou perplexo. Talvez eu devesse tê-lo interrompido, ter refreado sua arrogância, o chamado à ordem? E eu seria capaz? Porque intimamente, e com certeza você já adivinhou isso, intimamente eu o adotei para que seja o filho do silêncio que você teve de mim e escondeu de mim entre os kibutzim da Galileia, ou nos vales, cercado durante toda a infância por cavalos e máquinas agrícolas, e que agora subiu até Jerusalém para nos salvar. Preciso calar-me agora, e terminar logo esta carta.

Só mais isto: quando as visitas saíram, enquanto eu retirava e lavava a louça do café e recolhia as migalhas do tapete, de repente o céu mudou de aspecto. Uma fúria úmida, enregelante, começou a soprar do noroeste. Foi-se o azul selvagem. Jerusalém ficou cinzenta. Mais baixa. E, eis os primeiros pingos, e eis uma noite hibernal lá fora. Eu também começarei a juntar as garrafas vazias. Pelo menos uma coisa Nachtse terá de aprender comigo: o que se deve enfiar nos coquetéis Molotov para incendiar os blindados. Vou interromper agora. Vou tomar uma pílula. Não vou me deitar para dormir, e sim passar esta noite chuvosa em meu laboratório de química. O tempo é curto. Henry Gurney, o secretário do governo mandatário, convoca agora, pelo rádio, todas as comunidades da Palestina a manterem a calma e a ordem e a cumprirem a lei até que a situação se esclareça. E o locutor da Voz de Jerusalém traduz para um hebraico institucional: é estritamente proibido ajuntar-se nas ruas, é proibido perturbar o curso normal da vida da população.

8 de setembro de 1947

Querida Mina,
A chuva foi fraca. Ainda não foi o *ioré*, a primeira chuva de outono, e sim um lento chuvisco noturno. Esta manhã a cidade clareou novamente, e um cheiro molhado e refrescante emana dos quintais. As folhas que caem hoje estão caindo lavadas de toda a poeira. Não consegui dormir até de madrugada. Nem quis. Uma associação de ideias ficou a me perseguir, consequência da reunião de ontem: uma possibilidade química simples e eletrizante, e ela não me deu descanso. De quando em quando a dor recrudescia, a ponto de eu começar a ter uma visão turva da mesa, do teto e das paredes. E eu propositalmente abri mão da injeção porque achei que exatamente essa turbidez encerrava a possibilidade de clarear as ideias. Você está sorrindo. Imaginar que lucidez ou inspiração possa vir das névoas do sofrimento é,

em sua opinião, sentimentalismo imaturo e romântico. Que seja. E eu até anotei durante a noite algumas letras e cifras num pedaço de papel. E, muito depois da meia-noite, o sino da base Schneller já tinha batido as três, ou as duas, o palato e a língua secos de tanta sede e dor, num arroubo cheio de anseios, senti de repente que eu tinha conseguido discernir o caminho para realizar uma reação em cadeia por meios espantosamente simples e sem necessidade de temperaturas fantasticamente elevadas. Um caminho para liberar energia a partir de materiais dos mais encontradiços e baratos. Talvez seja dessa maneira que irrompem todas as forças da vida no momento assombroso da revelação no coração de, por exemplo, um compositor cujos ouvidos captam durante a noite os sons de sua última sinfonia, mas ela ainda não é sua porque não existe nem poderá existir maneira de aprisioná-la em notas, e ele sabe isso também. Extasiado e desesperado. Decifrando: é o rumor da morte, e não vem de longe. O que anotei num pedaço de papel durante a noite está agora diante de mim, e não faz sentido. Uma fantasia científica, no estilo de Júlio Verne, ou H. G. Wells. Nada. Inútil. E pensar que na hora eu estava tão agitado que pude ver pela janela que dá para leste o mar Morto incendiando, iluminando a noite com uma espécie de fogo mineral alaranjado, o fogo do inferno, e não tive a menor dúvida de que minhas descobertas noturnas já estavam em ação no mundo exterior. Delírios. Você e Uri misturam fórmulas no laboratório. Você com Jasmin e com Nachtse transando sobre o tapete e me convidando a juntar-me a vocês. E lá fora um cogumelo de fogo elevando-se até o céu noturno e eu, com um simples espelho de vidro, o transporto, daqui de meu quarto, sobre montanhas e vales. De novo adormeci vestido, de madrugada, no chão do cubículo que serve de laboratório, e lá dentro de minha sonolência eu sabia ter chegado a hora de convocar Dushkin, e com ele veio também o rabino Tzvik, o cabalista doente de Safed, e os dois tentaram convencer você de que só uma cirurgia de amputação da cabeça poderia talvez conter o avanço do tumor em minhas glândulas, e você argumentou energicamente que uma aplicação concentrada de raios X numa superfície de sódio e fosfato desencadearia uma reação em cadeia que salvaria minha vida e também modificaria radicalmente o quadro da situação militar.

De manhã, depois de tomar café e de me barbear, constatei que estava com uma febre baixa e a visão um tanto turva. Isto é, eu pude ler o jornal e ainda conseguia escrever. Mas, quando estendi a mão para pegar na mesa da cozinha uma torrada com manteiga, errei o alvo e derrubei o vidro de iogurte. Sem que isso tenha qualquer coisa a ver com esse fato, quero ainda lhe escrever que desde as primeiras horas da manhã um avião de patrulha inglês circula pelos céus de Jerusalém a altitude reduzida, talvez por ter sido publicado no jornal, em caráter quase oficial, que a comissão de inquérito vai mesmo recomendar a partilha do país, e que Jerusalém e Belém ficarão sob controle internacional e não serão entregues nem ao governo judaico nem ao árabe. Foi Uri quem me disse, ao voltar da escola, que sem Jerusalém não haverá Estado judaico, ou começará uma guerra terrível entre a Haganá e o Palmach, de um lado, e a Irgun e a Lechi, do outro, e é isso exatamente o que os ingleses estão tramando.

Aliás, ele já assumiu o controle do meu laboratório. Faz tudo que lhe dá na telha. Ele me acomodou no sofá, me cobriu com um cobertor de lã, me trouxe chá com limão e até escolheu um disco e o pôs para tocar no gramofone, para me agradar. Pôs também uma bolsa de água quente sobre meus pés. E enquanto fico assim deitado, fraco demais para me opor, o garoto começa a descarregar uma caixa de garrafas vazias. Entra depois no laboratório para fazer algumas experiências, decepar cabeças de fósforos, misturar soluções. Estou sendo aos poucos afastado de minha própria casa: Nachtse e Sonia Litvak na cozinha, Uri no laboratório, você nos meus sonhos. Breve não estarei mais aqui.

"Cuidado aí, Uri!"

"Só como você me ensinou, doutor Emanuel, não se preocupe, estou seguindo exatamente suas anotações aqui em cima da mesa, e quando você estiver melhor de saúde vamos trabalhar juntos de novo."

Descanso. No gramofone, Mozart. E do laboratório ouvem-se os sons dos finos tubos de ensaio, o rumor da lamparina a álcool, o borbulhar de uma fervura.

Lá fora, na janela, mais uma tarde precoce de inverno.

Essas coisas simples, marcantes, banais, que notícia urgente estão tentando me transmitir? A luz que se desvanece, Mina, o grito dos corvos, o latido do cão, o toque do sino, são coisas que sempre existiram e continuarão a existir, até o apito de um trem eu escuto à distância, na direção de Emek Refaim. E o choro de um bebê. E uma canção polonesa nos lábios da vizinha. As coisas simples, próximas, banais, por que parecem se despedir de mim esta noite? E o que devo fazer senão me virar para a parede e morrer neste mesmo instante. Neste mesmo instante também passa por mim, como um choque elétrico, esta evidência cristalina: há um significado. Há um sentido. Talvez haja um caminho. E ainda resta um tempo para eu tentar decifrar qual é o significado e qual a intenção. E só uma tristeza continua a corroer: vivi cerca de quarenta anos. Fui de certa maneira expulso de um país para outro. Aqui cheguei a realizar algo, com o melhor de minha modesta capacidade. Aqui também amei você. E agora você segue seu caminho, e eu ainda estou em meu lugar. Não por muito tempo. Estão me expulsando daqui também, rudemente. E a conclusão, Mina, a moral da história, o sentido de tudo? Afinal, como se diz aqui, do que se trata?

Talvez disto: lá fora é outono. Eu contra a parede, sem saída, depois da desesperança. Algo tem de ser feito, com dedicação e fervor, talvez com sagrada ira, e tem de ser feito já. O quê, tomara eu soubesse. Este momento, irreversível. Mas passou, já era.

    Eu me lembro: em Viena, num dia de verão. Início da tarde. Faz frio. Tufos de nuvem pendem de um céu azul-pálido, quase cinzento. Na rua, uma tênue mistura de cheiros de carne frita, fedor de lixo e o aroma de jardins em flor. E talvez o perfume das mulheres que vão e que vêm. Os cafés estão fervilhando de gente. Pelas janelas envidraçadas veem-se homens em ternos de verão, fumando, discutindo ou tratando de negócios. Outros senhores folheiam jornais e resolvem palavras cruzadas. Alguns jogam xadrez. Faço meu caminho de sempre da biblioteca da faculdade para casa. O coração vazio. Sinto a leve tentação, não um desejo de verdade, de passar a noite com Charlotte ou Margot, no segundo andar de O Coração Cansado. Antes da ponte hesito por um instante, e vejo ali, bem ao lado da ponte, dois mendigos negros pedindo esmolas. Um deles batia num tambor e o outro gemia uma canção qualquer. Na calçada, diante deles, num chapéu amarrotado, algumas moedas de cobre. Nenhum dos dois era jovem, velho tampouco. Como se estivessem fora da ordem etária europeia, sujeitos a um relógio biológico distinto.

    Eu me detenho e paro para olhá-los mais de perto: não fazia muito tempo frequentara um curso de antropologia, e acho que aqueles dois foram os primeiros negros que vi em toda a minha vida. Com exceção desses que se veem no circo, é claro. E realmente, tinham o cabelo muito encaracolado. E não eram negros cor de chocolate, mas negros cor de café. Um leve tremor me sacode. Afasto de mim um imaginário e passageiro esboço de seus órgãos sexuais. O mais alto deles, que geme ou canta, tem o nariz perfurado, mas sem argola nenhuma. O nariz de seu companheiro é tão incrivelmente achatado que me faz retornar à rejeitada evocação dos órgãos sexuais. Não consigo me afastar, nem desviar os olhos. Como que paralisado, imobilizado de medo, fascínio e repugnância. Eles estão de costas para a ponte e para a água. Um tem sandálias presas aos pés com corda grosseira, o outro calça sapatos enormes e rotos, sem meias. Subitamente me assalta a vergonha, como quando, na infância, fui pego com os olhos arregalados pregados no decote de minha tia Greta. Apresso-me a jogar uma moeda dentro do chapéu.

Algo me impele a seguir, apesar de tudo, para O Coração Cansado e passar a noite com Charlotte ou Margot, e quem sabe, esta vez, com as duas ao mesmo tempo. Mas minhas pernas estão grudadas no chão. Consulto então o relógio, fingindo estar esperando alguém. E espero. De qualquer maneira, sem marcar com antecedência não tem Margot nem Charlotte.

E aí um grupo de jovens em uniforme do movimento juvenil nacional resolve parar ao lado dos mendigos negros. Fico pregado onde estou. São jovens de aparência tranquila, bonitos, sedentos de saber, todos de cabelo espartanamente curto, pela cor da pele dá para ver que suas prolongadas excursões e privações nas montanhas e nas florestas já estamparam neles um componente básico de rijeza militar, sem prejuízo, embora, de suas maneiras. Depois, dando dois ou três passos à frente, deles se destaca seu instrutor, um homem de meia-idade, atlético, baixo, com jeito de boxeador, o cabelo grisalho tosado sem piedade, lábios finos e bonitos. Há algo em seu jeito de andar, ou na postura dos ombros, a indicar que está acostumado, na mesma medida, a estar num rio ou sozinho nas montanhas, ou em palacetes com salões amplos e de teto muito alto. O tipo de pessoa com quem meu querido pai tanto queria que seu filho único se assemelhasse, pelo menos na aparência. O instrutor veste também o mesmo uniforme, limpo e muito bem passado, e só se diferencia de seus pupilos pelo cordão e pelas cores dos emblemas e dragonas. Ele começa a explicar alguma coisa aos jovens. Tem uma voz penetrante. As finalizações de suas frases curtas parecem quase latidos. Enquanto fala seus dedos fazem desenhos no ar, e sem a menor hesitação seu dedo passa a quatro ou cinco centímetros da cabeça do negro que lhe está mais próximo. Percorre o contorno do crânio. Enfatiza e exemplifica. Aos poucos vou chegando mais perto, para ouvir. Ele discorre num alemão com sotaque bávaro sobre a questão das diferenças raciais. A curta preleção, até onde posso captar, é uma mistura de antropologia, história e ideologia. A linha melódica, em *staccato*.

Alguns de seus pupilos sacam caderninhos e lápis idênticos dos bolsos de suas camisas marrons e cuidam de anotar um resumo da palestra. Enquanto os dois negros, por sua vez, se deleitam com a cena e exibem um sorriso de orelha a orelha. E, para agradar, também fazem rolar os olhos até o branco deles brilhar. Exuberam boa vontade, talvez parvoíce, alegria inocente, respeito e gratidão. Devo reconhecer: neste momento, para mim, eles se parecem com cãezinhos desgarrados a ponto de serem recolhidos da rua e entregues a seus novos donos. E enquanto isso o instrutor emprega os termos Evolução. Seleção. Degeneração. De vez em quando estala os dedos, ao que os dois negros respondem juntos com risinhos agudos, altos, exibindo dentes alvos como a neve.

O instrutor estende seu polegar e seu indicador, mede a largura de suas testas sem tocar nelas, mede pelo mesmo processo a largura da própria testa, e diz: "*Also*". Então.

A curta palestra termina com a palavra "*zivilisation*".

Os pupilos recolhem aos bolsos caderninhos e lápis. O encantamento passou. Eles seguem em silêncio seu caminho, e me parecem muito preocupados. Afastam-se em passos enérgicos, descendo o rio, em direção ao centro da cidade e aos museus. Por um momento parecem um destacamento militar de patrulha, uma patrulha de vanguarda que deparou de repente com a ponta de lança das forças inimigas, desfez o contato e agora corre para dar o alerta e mobilizar reforços.

O encantamento passou. Eu também vou indo para casa. No caminho, pensando, quase me inclino a concordar: a Europa realmente corre perigo. As raças da selva estão em seus umbrais. Nossa música, nossas leis, nossa *expertise* comercial, a sutil ironia, o refinado talento de perceber uma dupla realidade e de ter sentimentos ambíguos, tudo está ameaçado de extinção. As raças da selva estão nos umbrais. E a história nos ensina que os cavaleiros mongóis já varreram a Europa vindos das trevas da Ásia e chegaram às margens do Danúbio e às portas de Viena.

Em casa, Liesel serve em silêncio o jantar. Meu pai está calado também. Seu rosto está anuviado. Os negócios vão de mal a pior. O ambiente na cidade está carregado. O que era, não será mais. No rádio, o ministro jura esmagar o comunismo, o cosmopolitismo e também outros agentes da destruição: muita paciência, diz o ministro, teve o governo para com esses parasitas, e só recebeu em troca ingratidão. Meu pai desliga o rádio. Ainda está calado. Talvez intimamente culpe os judeus do Oriente, que migraram em massa para cá e nos trouxeram uma grande aflição. Eu como em silêncio também e vou para o meu quarto. Margot, seus ombros, seu pescoço, ainda se insinuam em meus pensamentos. E o que eu poderia contar a meu pai? Ele sempre está convencido de que seu filho único está mergulhado até a raiz dos cabelos em flertes estudantis e não percebe o que se passa na cidade e no mundo.

À meia-noite desço até a cozinha para beber água, e lá está ele, sentado, sozinho, enfiado num robe, fumando de olhos fechados, e calado.

"Sentindo dores outra vez, pai?"

Ele abre um dos olhos em minha homenagem:

"Mas do que você está falando, Emanuel?"

E depois de um breve silêncio:

"Hoje me enviaram pelo correio um prospecto sionista. Brochuras da Palestina. Com fotografias."

Dou de ombros, peço desculpas, desejo-lhe boa-noite e volto para meu quarto.

E exatamente uma semana depois chegou a carta.

Era uma carta anônima. No envelope estava escrito à máquina o nome do pai, com seus títulos corretos, e o endereço de sua fábrica. Ele abriu o envelope na presença de sua secretária Inge e seu mundo virou trevas. No envelope havia uma folha não muito grande de um grosso papel de carta, de alta qualidade, com orlas douradas e linha-d'água, mas sem data, sem cabeçalho e sem assinatura. Só uma palavra fora nele escrita, exatamente no centro, numa caligrafia redonda e caprichada, uma palavra apenas: j u d e u. E um ponto de exclamação.

O que você me diz disso, Inga, perguntou o pai depois de recobrar a voz. É um fato, respondeu Inga educadamente, e acrescentou: Aqui não tem com o que se ofender, *herr doktor*. É simplesmente um fato.

E o pai, com os lábios lívidos de um defunto, balbuciou: E porventura alguma vez eu neguei isso, Inga, nunca tentei negá-lo.

Em menos de um mês já tinha aparecido um ávido comprador para a casa e o jardim. Uma sociedade de Linz adquiriu a fábrica. Inga foi despedida com gélida frieza, enquanto Liesel ganhou de presente uma velha mala cheia de roupas de mamãe e foi despachada de volta para sua aldeia natal nas montanhas.

Eu e meu pai não tivemos nenhuma dificuldade em receber, das mãos do próprio cônsul britânico, certificados e uma licença para nos naturalizar na Palestina: um privilégio dos abastados.

Meu pai já conseguira reunir informações e esboçara um plano detalhado para erguer uma pequena fábrica numa nova cidadezinha não longe de Tel Aviv. Já estudara as condições locais e até fizera alguns cálculos. Mas de vez em quando mencionava seu desejo de juntar-se logo a minha mãe num mundo livre do mal. Velhos amigos da família ainda tentaram convencê-lo, discutir com ele, implorando que reconsiderasse. Achavam que o trauma e a humilhação haviam despertado nele impulsos suicidas. Os judeus de Viena acreditavam firmemente naquela época que a "ciência da alma" explicava tudo, e que a situação iria melhorar, porque povos inteiros não perdem a razão de repente.

O pai era como uma rocha: cinzento e teimoso.

Contudo, recusou-se peremptoriamente a reconhecer que o doutor Herzl tinha previsto tudo isso. Ao contrário, assim argumentava ele, foram o doutor Herzl e seus amigos que nos haviam mergulhado todos nesse atoleiro.

Mas ao cabo de um ano, em Ramat Gan, mudou radicalmente de opinião. E até se inscreveu como membro do Partido dos Sionistas Gerais.

Eu recebi meu diploma de médico quatro dias antes de viajarmos, na mesma manhã em que obtivemos os vistos. Fui convocado para o gabinete do reitor, explicaram-me com muita gentileza que na opinião deles eu não me sentiria confortável na cerimônia oficial de formatura, que tinham de levar em conta o estado de ânimo dos estudantes, e por isso tinham decidido me entregar o diploma numa ocasião informal e num envelope marrom comum. Um campo vasto, disseram, estaria aberto a um jovem médico em terras da Ásia Ocidental. A ignorância, a sujeira e a doença estão lá disseminadas numa medida tal que a razão se recusa a aceitar. Chegaram a mencionar Albert Schweitzer, tratando doentes em plena selva africana. E ainda ressaltaram, erroneamente, que Albert Schweitzer era da raça judaica. Depois aludiram a uma certa amargura que provavelmente eu estaria cultivando no meu íntimo, e me pediram que, mesmo distante, me lembrasse, apesar de tudo, das coisas boas que Viena me havia proporcionado, e não só do que me humilhava. Desejaram uma boa viagem e depois de ligeira hesitação me apertaram a mão.

Então, eu me lembro. E o que tenho no coração não é amargura e humilhação e sim — como vou expressar isso, e já vejo neste momento a ironia se desenhando em seus lábios e a fumaça sendo expelida desdenhosamente por suas duas narinas — e sim a tristeza judaica mesclada à ira. Não, não no coração: na medula dos ossos. Não vou produzir um explosivo caseiro para a Haganá, mas um explosivo total, final. Vou surpreender Uri, Nachtse, o próprio Ben-Gurion. Contanto que me restem as últimas forças. Serei eu as raças das selvas nos umbrais. Serei os cavaleiros mongóis.

De novo, e como sempre, faço piada em horas inadequadas, como sempre faço piada sem fazer graça, e em meu método *ad absurdum*. Em hebraico, eu traduziria para "extremo exagero".

Chegamos ao país via Tirol, Trieste e Pireus. Num vapor francês. O pai efetivamente estabeleceu em Ramat Gan uma fábrica de balas e chocolate que se tornou muito conhecida. E se casou de novo com uma rouca e emperiquitada refugiada que tinha chegado do sul da Polônia. Talvez por influência da mulher meu pai se tornou ativo membro do Partido dos Sionistas Gerais e de vários comitês.

Ele às vezes me envia dinheiro: sem necessidade. Tenho bastante.

Duas vezes por ano, em Pessach e na época das grandes festas de Rosh Hashaná e Yom Kippur, eu costumava visitá-los e passar dois ou três dias com eles, entre os lustres, vasos e serviços de porcelana. Toda noite, na casa deles, entravam e saíam sem parar executivos de meia-idade, ativistas de partido, intermediários e comerciantes, amantes de *tcholent*, de rapé e de anedotas picantes que eram contadas em três idiomas, acompanhadas de sonoras gargalhadas viris. "Felix", eles se dirigiam a meu pai com um piscar de olho, "*reb* Pinchas'l, quando é que finalmente você vai casar esse rapaz? Quando é que vão introduzi-lo nos segredos do negócio? E isso que falam dele, você tem um socialista em casa?" E a mulher de meu pai, com um relógio de ouro espremido na garganta e a cauda de uma serpente de ouro em seu antebraço muito sardento, pula armada em minha defesa: "Que história é essa de negócios. Nada de negócios. Nosso Emanuel logo será professor no Hadassah, e em breve teremos todos de esperar três meses na fila para sermos examinados por ele, e mesmo assim só com pistolão".

Realmente trabalhei algum tempo no hospital Hadassah e aguentei calado o esfuziante despotismo de Alexander Dushkin. Uma vez ele me chamou à sua casa, em Kiriat Shmuel, e depois do chá, das anedotas e das fofocas, fui informado de que "na semana que vem você será transferido são e salvo para o governo da Palestina. Departamento de bacteriologia. Deram-me um ultimato, exigindo que eu entregasse a eles um Svidrigáilov de primeira classe, para controlar todas as fontes de água de Jerusalém e imediações. Eu imediatamente vendi você. Sem pedir nem três shekels de prata. De graça. De presente. O salário não é mau, e você vai passear muito por conta do rei, de Hebron a Jericó, e de Ramallah a Rosh Haain. Vai ter um império só para você. Você vai gostar desse O'Leary, um gentio instruído e culto. Não como eu, um canibal tártaro. Eu e você, Nussbaum, vamos ser francos, eu e você, *nu*, bem, você é um fleumático e eu sou um maníaco, pelo visto somos dois cavalos que não nasceram para puxarem juntos a mesma carroça. E só para que saiba, Emanuel", de repente Dushkin elevou a voz, porque seus olhos se enchiam de lágrimas, "saiba que minha porta e meu coração sempre estarão abertos para você, dia e noite. Porque eu gosto tanto de você. Só não me dê vexame, Deus me livre, com aquele gentio. *Nu.* O que é isso com o seu chá? Beba! Beba!".

Foi assim que me despedi do Samovar e cheguei ao convívio de Edward O'Leary e de meu caro amigo o dr. Antoine al-Mahdi. E assim começaram as jornadas às fontes de água.

Duas ou três vezes por semana saíamos para visitar as aldeias, passando por belos pomares, bosques de oliveiras, vinhedos e pequenos canteiros de verduras. Contemplando a tristeza dos minaretes que se erguiam, eretos, no topo das colinas. Passando sobre sebes espinhosas e andando a pé, os três, durante longas horas, para chegarmos a uma nascente remota ou a um poço esquecido por Deus. O cheiro de esterco e de poeira, para mim, era o cheiro da paz e da tranquilidade. Enquanto Antoine, como a se desculpar, dizia às vezes: "O gado é o gado, e os *falahim* também são gado. Não tem como distinguir". Se O'Leary, brincando, lhe perguntava, por exemplo, "Por acaso lhe agrada a ideia de que um dia todo aldeão vai vestir um terno de tweed e gravata, como você?", Antoine dizia: "Isso seria contra a natureza". Edward ria: "E como é com os judeus? Nos kibutzim há advogados que ordenham as vacas e retiram o esterco". "Os judeus", Antoine sorria para mim com simpatia, "os judeus são pessoas excepcionais. Estão sempre contra a natureza."

Íamos até as piscinas do rei Salomão. Ao riacho Arugot, no deserto. Até o vale de Elah. Colhíamos amostras em garrafas de vidro e voltávamos para o laboratório na rua Julian para examiná-las ao microscópio. O'Leary gostava de emprestar a nós dois alguns livros de viajantes ingleses do século passado, com uma descrição muito detalhada do aspecto do país em toda a sua desolação.

"O que tem ela", O'Leary nos perguntava, como a se divertir, "o que tem essa velha estéril e carcomida para todos se apaixonarem por ela como loucos? Estive uma vez no sul da Pérsia:

exatamente as mesmas pobres colinas, sujas de rochas cinzentas, com um pouco de oliveiras e um pouco de cerâmica antiga, e ninguém jamais se abalou do outro lado do mundo para conquistá-las."

"A mulher é da terra", dizia o dr. Mahdi num sussurro aveludado e num inglês burilado, "a mulher é da terra, o homem é da chuva, e o desejo é dos demônios. Vejam o rio Jordão. Há milhares de anos ele flui para dentro do mar Morto, onde não há peixes nem árvores, flui e flui e não sai mais de lá. Na Pérsia não existe algo assim, Edward, e a moral da história é: 'Aonde é difícil chegar, de lá é difícil sair'."

Às vezes eu contribuía com alguma observação, como esta:

"A terra de Israel está cheia de símbolos simples. Não só o Jordão e o mar Morto, até mesmo a malária e a esquistossomose ganham aqui uma dimensão simbólica."

Ou:

"Vocês dois usam palavras parecidas, mas expressam, pelo visto, sentidos totalmente diferentes. Na verdade, isso acontece com nós três."

"Será verdade, será que é assim mesmo?", O'Leary murmurava educadamente, abrindo mão de comentários e até mudando gentilmente de assunto.

Durante a tarde e o início da noite Antoine atendia numa clínica particular, no bairro de Katamon, eu tinha meu ambulatório em Kerem Avraham. Eu aprendera a cultivar com os moradores relações de boa vizinhança, e até mesmo a ouvi-los atentamente em seus momentos difíceis. Sem fazer conta das horas, combati a difteria e a disenteria. Se me chamavam no meio da noite ou no sábado, quando me dedicava a meu laboratório amador ou ouvia música, nunca reclamava. Se acontecia de as crianças irem atrás de mim gritando *"ieke*, gringo alemão", ou até mesmo "*ieke pots*, gringo idiota", eu não ligava. Cumpria mais ou menos, modestamente, minhas obrigações.

Até nos encontrarmos os dois em Arza. E até aparecer a doença.

Essa é a história de minha vida, num resumo esquemático, parte dela você já sabia, e o que não sabia certamente poderia deduzir sozinha, como sempre fez, analisando comportamentos.

Volto a meu posto de observação.

Provavelmente cumprindo ordens de um dos misteriosos assessores de Nachtse, Uri foi se postar no telhado da casa dos irmãos Kapitansky para ficar vigiando Sheikh-Jerach e o tráfego pela rodovia de Ramleh. Eu também fico na varanda olhando para fora. Os detalhes que observo não terão nenhum interesse operacional-militar: um vendedor ambulante numa rua em Jerusalém, o que ele vende, como ele vende, quem compra. Vizinhos asquenazitas da baixa classe média, e por que brigam tanto entre si. E quais são, exatamente, as aspirações comuns que partilham. Seus filhos, quais as novidades e o que continua igual. E a juventude, rapazes como Nachtse, Igal e Akiva, como e com que medida de sucesso eles tentam se vestir, falar e pilheriar seguindo o modelo de algum arquétipo abstrato da Galileia, do Palmach, algum arquicamarada idolatrado.

E eu mesmo: a iminência da morte à parte, à parte o código das dores e dos sintomas, por que às vezes me repugnam esses rapazes valentes, e secretamente os chamo de "asiáticos", e às vezes, ao contrário, fico cheio de amor por eles como se entre eles eu tivesse um filho não identificado, um garoto descalço, moreno, fisicamente muito forte, um grande especialista em máquinas e armamentos, que zomba das palavras, que zomba de mim e de meus problemas. Não sei.

E mais algumas questões de observador, puramente retóricas: o que pode aqui ser considerado divertido. O que pode ser considerado embaraçoso. Sobre o que se fala e sobre o que se guarda silêncio. Quem veio para Jerusalém, de onde veio, o que cada um esperava encontrar aqui e o que encontrou realmente. Helena Gril em comparação com Sonia Litvak. O poeta Nechamkin da oficina de conserto de eletricidade e rádio, comparado ao *chaver* Lustig. O que esperavam encontrar aqui e o que encontraram. E não excluo a mim mesmo dessa questão.

Outras questões: o que é transitório em Jerusalém, e o que é permanente. Por que aqui são tão diferentes as cores do outono e as cores do entardecer. E também, por outro ângulo: qual é a intenção dos ingleses. Se breve vai se formar aqui um vácuo político. Qual o limite de nossa força e até onde ela não passa de ilusão e arrogância. Se o dr. Mahdi é o inimigo real, o inimigo figadal. Se é por fraqueza de vontade minha que não consigo desejar sua morte e continuo a formular argumentos para comprovar que é supostamente possível exercer alguma influência sobre ele. E tudo isso a me levar ao ponto crucial, à única verdadeira questão: o que vai ser, o que vai acontecer conosco.

Porque fora isso, o que me resta como tema de meditação? Os pores do sol, talvez. O que resta de meu amor por você. Dúvidas e hesitações. Tristes preparativos. Preocupação.

Mina, agora, esta noite, onde está você. Volte. Venha.

Essas palavras talvez lhe soem como um grito de socorro. Não foi minha intenção. Por favor, me perdoe. Sinto muito.

Terça-feira, 9 de setembro

Querida Mina,
Esta manhã fui até a sede da Agência Judaica para entregar um relatório de todo o material químico disponível que possa ser usado para fins militares. Numa folha em separado apresentei algumas propostas, embora eu creia que não contenham nada de

novo, e que qualquer químico da Universidade no monte Scopus apontaria exatamente as mesmas possibilidades. Minha entrevista fora marcada para as nove horas, e cheguei alguns minutos adiantado. No caminho, uma chuva fina e pontiaguda fustigava meu rosto. Depois, nas janelas do gabinete, a chuva já era torrencial. Eles receberam de minhas mãos a pasta de papelão, agradeceram, e para minha surpresa me levaram ao escritório de Ben-Gurion: pelo visto alguém havia exagerado na história, contando-lhe que aqui em Jerusalém morava um médico enfermo que também era um químico original e com ideias ousadas no campo dos explosivos. Em resumo, ele queria me ver imediatamente. Alguém criara em torno de mim uma lenda sem fundamento.

Ben-Gurion começa com um interrogatório: quer saber de minha origem, de minha família, se eu tinha algum parentesco com Nussbaum, o famoso pedagogo, e se eu não era partidário das ideias conciliatórias do movimento Berit Shalom, Aliança pela Paz. Um homem vulcânico, elétrico, parecido com Dushkin em seu gestual, saltando entre a janela e a estante, recusando-se a perder tempo com divergências. Ele interrompe minhas palavras quase antes que eu as profira, e me espicaça: O perigo é iminente. O momento crítico chegou, e nossas mãos estão quase vazias. O que falta em equipamento nós compensaremos com o espírito e com inventividade. O gênio judaico, ele diz, não nos decepcionará. E acrescenta: Já estamos com a água pelo nariz. Senhor Ben-Gurion, tento dizer, se me permite só um momento... mas ele não me concede nem um momento. Ao contrário, ao contrário, ele diz, você vai receber de nós tudo de que necessita e vai começar a trabalhar ainda esta noite. Motke, anote isto. Sim. E agora abra a boca, doutor, e diga-nos do que necessita.

E eu, desorientado, os braços pendentes e paralisados junto ao corpo, explico desajeitadamente que pelo visto houve algum mal-entendido: não sou um novo Albert Einstein. Não passo de um médico que tem algumas noções de química, e que se ofereceu para apresentar um memorando e algumas propostas de menor importância. O gênio judeu, com toda a certeza, decididamente não sou eu. Foi um mal-entendido.

E foi assim que voltei para casa: envergonhado e confuso. Se pelo menos eu pudesse corresponder a essas grandes expectativas. O *chaver* Rubashov escreve no jornal *Davar* que vamos nos sair bem das provas que nos aguardam. Meu coração se confrange ante tais palavras: Provas. Uma guerra de verdade se aproxima, nossas mãos estão vazias. E os entusiastas observadores externos teimam em repetir e repetir este termo: "prova". Nesta altura você certamente sorrirá, e não das palavras do *chaver* Rubashov, mas ao ver as palavras que eu mesmo estou empregando: "uma guerra de verdade", foi o que escrevi. Adivinho de longe a fumaça de cigarro saindo num sopro de suas narinas, a contração de seus lábios.

Na noite passada ouvi um ronco de motores na direção da rua Chancellor. Mais um comboio inglês se dirigindo para o norte, ao porto de Haifa, talvez com faróis escurecidos. Será que já começou a retirada? Será que seremos deixados por nossa própria conta? E se não for verdadeira a nossa imagem do destemido combatente das montanhas da Galileia? E se exércitos regulares cruzarem o Jordão e os desertos e nós fracassarmos nessa prova?

Esta manhã observei de minha varanda a professora do jardim de infância que fica em frente, Sara Zeldin, uma russa idosa, pequena, com seu avental azul e seu rosto enrugado. Foi logo depois que voltei da Agência Judaica. Ela ensinava criancinhas a cantar: "Na encosta do monte floresce/ minha aldeia, pequena assim/ mas à distância ela oferece/ pomar, campo e jardim", e no mesmo instante pude enxergar como algo concreto essa aldeia, a encosta do monte, a distância que ela cobre. O medo me assaltou. E as criancinhas, Shimshon e Arnon e Eitan e Meirav da senhora Litvak, zombavam da professora gritando em suas vozes estridentes: "Na encosta do monte aborrece".

O que vai ser, Mina.

"A Irgun e a Lechi vão explodir todas as pontes e conquistar as passagens nas montanhas assim que os ingleses começarem a dar o fora", disse Uri, "porque a Haganá não é capaz de decidir se realmente quer que a gente tenha um Estado hebreu ou se quer continuar implorando. Olhe, tenho uma parca cáqui, doutor Emanuel, ganhei de presente da tia Natália, porque o papai e a mamãe estão voltando hoje."

"E você já fez o dever?"

"Na hora. No recreio. Um soldado australiano bêbado foi para a casa do Kapitansky, procurando garotas, e deixou o jipe dele na calçada. A pistola ele levou com ele, mas os carregadores esse soldado agora só vai ver em sonho. Olhe aqui, eu trouxe para você. Três estão totalmente carregados, e um pela metade. São de submetralhadora. Fora isso, achei uma pequena brecha no muro da base Schneller, que com jeito dá para eu passar por ela e entrar lá de noite, se me derem essa ordem, e prospectos e dinamite. Mas não comente isso com Nachtse, porque ele só faz exatamente o que lhe dizem na Haganá, e onde foi que Efraim se meteu ninguém sabe. Então resolva você."

"Está bem", eu disse, "nada de se infiltrar na base Schneller. É uma ordem. E nada de furtar coisas de soldados australianos. Senão vou ficar muito zangado."

Uri me olhou espantado, balançou a cabeça duas vezes, chegou a alguma conclusão, e no fim do silêncio me pediu licença para fazer uma pergunta de cunho pessoal.

"Por favor", eu disse. E acrescentei comigo mesmo: Bobinho. Meu querido. Bobo. Se eu fosse seu pai. Se eu fosse seu pai não sei o que lhe diria ou o que faria para que você finalmente entendesse. Entendesse o quê? Não sei.

"Sim", eu disse, "pergunte."

"Não tem importância. Você disse que não, então é não e pronto."

"Eu quis dizer: não sem uma ordem. Não antes do tempo."

"Doutor Emanuel, isso é... da doença?"

"O que é da doença, Uri?"

"Isso que as suas mãos tremem tanto, e também... um dos olhos está um pouco fechado e piscando."

"Esta última coisa eu não tinha percebido."

"Esta... sua doença, é uma coisa muito perigosa?"

"Por que você está perguntando isso, Uri?"

"Por nada. Porque então é preciso me ensinar tudo que tem no laboratório, por segurança, se um dia, Deus nos livre, de repente..."

"Se de repente o quê?"

"Nada. Não se preocupe, doutor Emanuel. Me dê um cesto e um bilhete, e eu vou até a quitanda e até o Ziegel para trazer o que é necessário."

"Mas por que você precisa se preocupar assim comigo, menino? Só por causa da bomba que eu ainda tenho de construir?"

"Por nada. Não sei. Isso também, talvez."

"Também o quê?"

"Você é como se fosse meu tio. Quer dizer, não um tio, mas uma pessoa séria."

"E os seus pais? E a tia Natália?"

"Eles riem. Dizem sempre que eu tenho macaquinhos no sótão. Você não ri."

"Não. Por que haveria de rir?"

"Você não acha que eu tenho macaquinhos no sótão?"

"Macaquinhos, não, Uri. Ou então temos os dois mais ou menos os mesmos macaquinhos."

Silêncio.

E depois:
"Doutor Emanuel, no fim você vai sarar?"
"Eu acho que não, Uri."
"Mas eu não quero que você morra."
"Por que exatamente eu?"
"Porque para você eu não sou um menino maluco, e porque nunca, seja lá sobre o que for, você me conta mentiras."
"Você precisa ir agora, menino."
"Mas eu não quero."
"Você precisa."
"Certo, está bem. Como você diz. Mas eu vou vir pra você toda vez de novo."
E da entrada, do lado de fora, já fechando a porta atrás de si:
"Não morra."

Ele saiu deixando atrás dele um silêncio absoluto em minha casa. Dentro do silêncio, o pulsar do sangue em minhas têmporas. O que me resta ainda para fazer agora, Mina. Talvez sentar-me à mesa e copiar para você duas ou três notícias do jornal matutino, porque em Nova York com certeza não chegam pequenos detalhes do que se passa aqui no país. Vou pular as manchetes: a julgar por elas, tem-se a impressão de que o governo britânico já não suporta mais nossas bombas, nossas proclamações, nossas delegações, os memorandos de rejeição que sem trégua lhe enviamos. Uma noite ainda vão decretar toque de recolher, impor um silêncio mortal em Jerusalém, e de manhã ao acordar vamos constatar que eles se foram, e não estão mais lá.
E então, Mina?
Um policiamento de trânsito hebreu começou a funcionar em Tel Aviv, com permissão do governador inglês, e conta com oito guardas que vão trabalhar em dois turnos. Uma menina árabe de treze anos está sendo julgada num tribunal militar sob a acusa-

ção de estar de posse de um fuzil, na aldeia de Hawara, distrito de Nablus. Imigrantes judeus ilegais que chegaram no *Exodus* estão sendo levados contra sua vontade para Hamburgo, e dizem que vão resistir, até a última de suas forças, a serem lá desembarcados. Catorze membros da Gestapo foram condenados à morte em Lübeck. O sr. Shlomo Chmelnik, de Rechovot, foi sequestrado e brutalmente espancado por uma organização dissidente, mas foi devolvido a salvo. A orquestra da Voz de Jerusalém vai se apresentar sob a regência de Chana Shlesinger. O jejum do Mahatma Gandhi já está no segundo dia. A cantora De Philippe não poderá se apresentar esta semana em Jerusalém, e o Teatro de Câmara foi obrigado a adiar a apresentação de *Você não nos levará consigo*. Em compensação, anteontem foi inaugurado em Jerusalém o Edifício da Colunata, na rua Jaffo, que abriga, entre outras, lojas de Mikolinsky e Freiman & Bein, e uma do Doutor Scholl. Segundo o líder árabe Mussa Alami, os árabes jamais aceitarão a partilha do país, e o rei Salomão já determinara que a mãe que se opõe à divisão é a mãe verdadeira, e os judeus devem reconhecer a fábula e entender sua moral. Por outro lado, a senhora Golda Meirson, do executivo da Agência Judaica, declarou que os judeus vão lutar pela inclusão de Jerusalém no Estado hebreu, porque a terra de Israel e Jerusalém são sinônimos em nossos corações.

Tarde da noite um árabe atacou duas jovens judias nas imediações do café Bernardia, entre os bairros de Beit haKerem e Bait vaGan. Uma delas escapou, e a outra começou a gritar até que os vizinhos ouviram e conseguiram impedir a fuga do suspeito. Na investigação do oficial O'Connor esclareceu-se que o homem trabalhava na estação de rádio e era parente afastado da família Nashashibi, e mesmo assim foi recusada a liberdade sob fiança, devido à gravidade da contravenção. O detido argumentou em sua defesa que saíra embriagado do café e lhe parecera que as duas jovens estavam nuas e copulavam na escuridão.

Mais uma notícia: o tenente-coronel Adderley, presidente do Tribunal Militar, presidiu ao julgamento de Shlomo Mansur Shalom, processado por distribuir panfletos, e que foi considerado não culpado, por insanidade mental. O oficial da condicional, sr. Gardewicz, pediu que o réu não fosse enviado a um hospício, onde poderia piorar, em vez disso pleiteando dos juízes que por enquanto se isolasse o acusado numa instituição privada, impedindo assim que alguns fanáticos se aproveitassem de sua deficiência mental para seus objetivos criminosos. O tenente-coronel Adderley concluiu, com muita tristeza, que lhe era impossível atender à recomendação do sr. Gardewicz devido à limitação de suas prerrogativas e que tinha a obrigação de manter preso o infeliz réu até que o alto-comissário decidisse, em nome da Coroa, se havia lugar para atenuante ou clemência. Estou lhe copiando essas notícias para que você tenha uma noção clara do que está acontecendo. Não, não é verdade: estou copiando tal como publicado, para não ter de chafurdar em pensamentos e sentimentos dos mais diversos. No rádio, Tsila Leibovitch está dando um recital de piano, e estão prometendo para depois do noticiário um comentário de Gordus e de novo música, canções por Bracha Tsefira. Uns dois ou três vizinhos certamente virão ouvir o noticiário comigo. Gril, ou Lustig, talvez Litvak. Nos últimos dias Efraim não tem sido visto por aqui. Nachtse também desapareceu. Apenas o poeta Nechamkin faz longos e curtos passeios pela rua Malachi, tentando descobrir com a ponta de sua bengala se as pedras de Jerusalém são mesmo reais. Ou talvez esteja tateando, à procura de um lugar oco, uma antiga passagem nessa camada de rocha sobre a qual nos assentamos, como está escrito e assegurado em seus livros sagrados. Feliz de quem acredita. Minha distante Jasmin, enquanto me refiro a uma passagem na rocha eis que me chega uma dor nova, que eu não conhecia até agora, mas parecida com um prazer penetrante que você me revelou pouco tempo antes de se afastar de mim. No fim do outono, pelo visto, o dr. Nussbaum começará a perder o controle sobre seus órgãos digestórios. Será necessário levá-lo ao hospital Hadassah. De sua janela talvez aviste as miragens da luz do deserto ao amanhecer, bem como a bruxuleante linha do horizonte sobre as montanhas de Moab. O professor Dushkin não vai economizar na morfina e não tentará prolongar inutilmente os sofrimentos da agonia, isso foi combinado implícita e tacitamente entre nós. Depois virão as perturbações respiratórias e de visão. O coração ficará mais fraco. Em seguida, o declínio da consciência e da lucidez. Só às vezes o enfermo vai conseguir dizer coisa com coisa. Talvez fale em alemão. Talvez balbucie seu nome. Só espero muito que não grite. Seu pai e a mulher de seu pai virão se despedir, e ele e o pai reunirão forças e, rangendo os dentes, tentarão trocar uma ou duas anedotas em alemão. Depois tudo vai ficar escuro, ele ainda se debaterá por algumas horas, ou no máximo dois ou três dias. Será na estação das chuvas. É bem possível que as chuvas de janeiro já caiam sobre seu túmulo em Sanhedria, ou no monte das Oliveiras. O que vai acontecer aqui, em Jerusalém, isso ele não saberá. Ninguém sabe. Tudo indica que Mussa Alami e Golda Meirson não mudarão suas posições. Mas no final esse período difícil passará também, e você vai esquecê-lo, bem como seus infortúnios. E talvez você já tenha esquecido. Quem é capaz de se lembrar por muito tempo, lembrar com sentimentos mistos e talvez também com saudade, é Uri, filho do impressor Kolodny. Eu lhe peço, Mina, que, caso Jerusalém se salve e estas cartas cheguem a suas mãos, se você quiser se livrar delas, mesmo que daqui a muitos anos, por favor, faça um esforço para encontrar esse Uri, e entregue-as a ele. A esta altura você deve estar me odiando. Basta.

  Na varanda da casa deles estão neste momento o impressor Kolodny, sua mulher, sua irmã Natália e nosso vizinho, o poeta

Nechamkin, da oficina de consertos de eletricidade e rádio. A sua volta, latas com gerânios e caixas cheias de terra onde cresce todo tipo de cacto. Onde está o menino? Por favor, meus senhores, vocês precisam tomar conta do menino com olhos bem abertos, para que não lhe dê na cabeça invadir a base Schneller e investir sozinho contra o Exército britânico. Não estou vendo Uri. E eles não percebem, ficam lá sentados conversando, provavelmente trocando conjeturas políticas, e parecem estar tranquilos. Para mim essa tranquilidade é nada menos que escandalosa. Uma lâmpada amarelada no teto ilumina a varanda, e em volta dela insetos enxameiam desvairados. O impressor Kolodny é um homem pálido, equilibrado, e até mesmo ele resolveu, por alguma razão, vestir roupas com aparência de farda militar: calças cáqui curtas e largas, um cinto com fivela de latão, meias cáqui esticadas e presas com elástico logo abaixo dos joelhos. O poeta Nechamkin, por outro lado, veste como sempre seu terno polonês e uma gravata de seda: pronto para o que der e vier. A mim parece que fora ele, e fora eu, cada um nesta vizinhança é, em certa medida, uma espécie de camaradão, são todos pessoas admiráveis, positivos, pânico para eles não existe. E a morte é impensável. Eles gracejam entre si, riem, a senhora Kolodny faz passar uma travessa com laranjas mas ninguém se serve e ela sorri desapontada. O que é transitório em Jerusalém, e o que é permanente. Do que poderá Uri ter saudades em tempos futuros. Telheiros de zinco. Paredes divisórias de compensado. Vidros de iogurte vazios. Polidez europeia mesclada a uma alegria grosseira. Uma cidade de imigrantes na beira do deserto, onde todos os telhados desfraldam lençóis a secar. Os habitantes correm de um lado para outro sem parar, os óculos de sol levantados na testa. Em geral, parecem estar dizendo: "Agora estou muito ocupado mas sendo você vou me deter um pouco". Ou então têm a fisionomia de "Os negócios estão me chamando" ou o semblante de

"Desculpe, ainda vamos achar um tempo para uma longa conversa, mas agora tenho de correr e a obrigação vem primeiro".

Não estou reclamando, Mina. O momento é crítico e breve vai estourar a guerra. Cada um como pode, e até uma pessoa em meu estado, está dando sua modesta contribuição para o esforço global. Talvez seja mesmo a última geração de oprimidos. Mas, será mesmo a última, será que novos tempos virão e eu não os verei.

Tenho a impressão de que só as mulheres não estão se tornando mais fortes. Na fila da farinha, na fila do gelo, junto à carroça do querosene, as mulheres parecem estar a ponto de desmaiar. E tem vezes, num meio-dia de verão, quando Jerusalém queima ao fogo e a luz do deserto a tortura, em que eu ouço os sons do piano da senhora Kolodny através das persianas abaixadas, como se estivesse ouvindo um lamento.

Os ingleses vão abandonar mesmo o país. O hotel Rei David, na rua Julian, vai se esvaziar daqueles funcionários de cabelo oleoso partido com uma risca bem no meio. Vai se esvaziar das senhoras estrangeiras, cansadas, sentadas no terraço do hotel diante das muralhas da Cidade Velha como se estivessem pescando nas margens do passado bíblico. Fim das reuniões matinais sob o retrato do rei, no gabinete de Edward O'Leary, nas quais o dr. Mahdi, pelo comitê árabe, e o dr. Nussbaum, pelo Hadassah, tratavam da proteção das águas potáveis de Jerusalém contra a infiltração de bactérias, ou de um projeto para exterminar as fontes de mosquitos no vale do Kidron. Outros dias virão. "Pessoas excelentes como vocês", diz o dr. Mahdi, "uma comunidade inteligente e instruída, como é que vocês se deixaram todos levar por uma ideia tão horrível como o sionismo?" Eu faço uma tentativa: "Antoine, por favor, em nome de Deus, faça um esforço, pelo menos uma vez, de se pôr em nosso lugar". E Edward, sempre energicamente: "Meus senhores. É melhor voltar a nosso as-

sunto atual, por favor". Atual, no caso, quer dizer: o que está sendo tratado agora.
 E do que se trata, Mina querida?
 Talvez você saiba?
 Lá fora a escuridão é total. Grilos. Estrelas. Vento. Vou parar agora.

 Ainda noite, primeiras horas da madrugada de quarta-feira, 10 de setembro

 Querida Mina,
 Não vou usar a palavra "culpa". Você não é culpada pelo que faz a mim em meus sonhos noturnos. Mas talvez seja realmente a responsável, até certo ponto.
 Com seu tênue buço acinzentado, com o cheiro de cigarro que emana até de seus cabelos, vestindo calças de modelo militar e uma camisa masculina muito grande e cheia de bolsos, você está de pé ao lado de minha cama. Antoine tateia meu pomo de adão, prende meu queixo com as duas mãos, para que eu não me contorça na hora da cirurgia. Seu rosto educado está muito próximo do meu, a ponto de eu enxergar em seu nariz um cravo infeccionado, cercado por uma auréola cor-de-rosa. Há uma ligeira assimetria entre os dois lados de seu bigode. Ele é gorducho, polido, e exala um odor de água-de-colônia quando sorri para mim: "Pronto, pronto", ele diz em inglês, "vamos fazer isso juntos", ele diz. Dois rapazes fortes seguram minhas pernas acima do joelho, mas aparentemente não estão atentos à cirurgia, sussurram entre si e riem. Você estende um bisturi. Talvez não um bisturi, mas uma faca de cozinha, uma faca de cortar pão. O Samovar lhe agradece, como sempre, com uma breve reverência e a toma de suas mãos. "Devagar", você o instrui, "com ele não é preciso ter pressa." "Aqui." "Agora aqui." "Aqui também." Ele obedece com

precisão, as mãos enfiadas em luvas de borracha. E está todo corado. E corta com uma suavidade admirável. Eu tenho que dizer alguma coisa, e logo, antes que a cabeça seja separada do pescoço. Talvez lembre a Antoine como uma vez ele me procurou, no inverno passado, às onze da noite, e implorou para que eu o curasse da gonorreia que provavelmente adquirira em sua última viagem a Beirute. E como o abriguei aqui em casa durante quatro dias, aplicando-lhe injeções. Mas eu prometera a Antoine que levaria esse segredo para o túmulo. Vou continuar calado. Como é estranho este corte que cada vez se afunda mais em meu pescoço: sem sangue e sem dores. Pelo contrário. Desafogo. Alívio. "Isso é tudo, doutora Oswald", diz Ben-Gurion, como que espantado com o que está vendo. "Afinal de contas é uma cirurgia muito simples." E eu, num movimento de lábios, determino que a reunião está encerrada.

Uma chuva forte me desperta. A lâmpada se recusa a ser acesa: pelo visto há uma queda de energia em Jerusalém. Acendo um fósforo. Olho o relógio. Uma da manhã. Preciso me levantar. Nas janelas, chuva e vento. Desta vez é o *ioré*. É o fim dos insetos noturnos que faziam a festa toda noite em torno da lâmpada da varanda. Ficaram os pinheiros e a pedra, que estavam cobertos de poeira e agora são purificados pela água e pelo vento.

Preciso me vestir. Tenho de viajar imediatamente. Viajar para onde, Mina. Não serão os mortos que louvarão a Deus. Em Nova York, você disse, está se reunindo agora um pós-Círculo de Viena. Você tem de estar lá para prestar testemunho da recuperação coletiva que está ocorrendo nas montanhas da Galileia e no vale de Jezreel. Do início do declínio das neuroses étnicas que existem há muitas gerações. Há um caminho, senhores, você vai anunciar àqueles doutos refugiados, há um caminho, e ele está aberto.

Você vai lhes contar sobre mim também? Você será capaz

de ao menos me usar como um exemplo, uma curiosidade, um detalhe que, lateralmente, pode lançar uma luz, ou uma sombra, sobre a nova vivência do pioneirismo entre as velhas montanhas? Preciso viajar. Esta noite. Agora. Talvez para o bairro de Katamon, bater à porta de Antoine e apelar em nome do que é mais caro e sagrado. Implorar-lhe. Em nome das vidas de nossas crianças, as dele e as minhas. Ou não para Katamon, mas para Haifa e para os kibutzim do vale de Jezreel. Será tarde demais? Será que esta vez os ventos e a chuva são dirigidos a mim? O sino de Schneller toca, toca mais uma vez e silencia. Estou aqui sentado, enrolado num robe de flanela cinzento, e lhe escrevo à luz da lamparina a querosene. É meu dever vestir-me e viajar. Há um caminho, e ele está aberto. Feliz de quem espera, pois ele chegará, diz o senhor Nechamkin. Quem espera não chegará, meu senhor, só os que caminham chegarão. Aonde chegarão. Há um caminho e é preciso levantar-se e andar por ele. Qual é o caminho, Mina, isso eu não sei, mas nós tivemos um filho e ele poderá seguir por ele. Cansado e doente está este que lhe escreve. Ele precisa se aplicar uma injeção, engolir suas pílulas e voltar tranquilamente para a cama. Basta. A inscrição no pórtico da igreja no bairro da minha infância em Viena garantia em quatro línguas, a cada homem e cada mulher, que existe um caminho de volta. Mentira, eu lhe digo, mentira deslavada.

Tenho que ir. Não esta noite, mas amanhã de manhã. Ir ao monte Scopus, avisar ao Dushkin, como prometi que faria, que meu estado teve uma mudança para pior. Não serei eu quem realizará um milagre em Jerusalém, o de converter para o bem o coração do dr. Mahdi, ou propor uma descoberta que possa reverter totalmente a situação militar. "Do orvalho por baixo à lua supernal/ De Beit Alfa até Nahalal", já de madrugada se ouve essa canção nas transmissões da Haganá em ondas curtas. Mas aqui na rua Malachi as copas das árvores se acinzentam na quase luz de uma madrugada escura, e a chuva não parou. Estes são, como já disse antes, os últimos dias. Você me achou, me usou e me devolveu a meu lugar. Um dia você vai voltar a Jerusalém, uma mulher famosa, mulher-professora, fundadora de uma nova disciplina. Vai introduzir no novo Estado hebreu metodologias novas. Até mesmo minha morte talvez lhe acrescente fama, com o passar do tempo meu nome poderá, por engano, ser incluído na lista das baixas de guerra, e por trás de você dirão que a professora Oswald sacrificou na guerra seu amor de juventude, um homem culto, originário de Viena. Jerusalém vai extrapolar seus limites e se tornar uma grande cidade. Velhos e velhas habitarão jubilosamente suas ruas, e pelos seus portões não passarão inimigos ou agressores. Como nos prometeu meu vizinho o poeta. Aqui haverá grandes bulevares. Bondes elétricos ligarão todos os bairros. Palácios e torres despontarão. Talvez façam aqui um rio, e sobre ele se estenderão pontes. Uma bela cidade, uma cidade tranquila. Vou parar agora, seu, com amor, e voltar para a cama. Concluí o registro de tempo e lugar. Esta testemunha está liberada. Ela espera que, futuramente, o lugar, o tempo e a testemunha sejam agraciados com uma espécie de perdão. Com as saudades de Uri, talvez. Boa noite. Tudo ficará bem.

1975

Glossário

CHALUTZIM: Pioneiros que fundaram colônias coletivas, redimiram a terra para cultivo e povoaram os campos.

CHAVER : Amigo, companheiro, camarada; namorado.

CHEVRA KADISHA: Instituição religiosa judaica que cuida dos procedimentos e rituais de sepultamento e da administração de cemitérios.

FALACHIM: Termo que designa os camponeses árabes da região, que trabalhavam as terras dos latifundiários árabes.

IESHIVOT: Academias de estudos religiosos e formadoras de rabinos.

IRGUN: referência a Irgun Tsvaí Leumi (Organização Militar Nacional) e Lochamei Cherut Israel (Combatentes pela Liberdade de Israel), organizações militares clandestinas da facção direita do sionismo, não apoiadas pelo *establishment* sionista, que tinha suas próprias organizações (Haganá e Palmach), na luta em defesa da comunidade judaica e contra o domínio inglês na Palestina antes da criação de Israel.

JUDENRAT: Comitê judaico de administração durante a ocupação nazista.

KEFIA: Pano, geralmente estampado em padrão quadriculado, que os árabes usam ao pescoço ou com o qual cobrem a cabeça.

KRASSAVITSKA: Em russo, "moça bonita".

KUPAT CHOLIM: Serviço médico do Sindicato Geral de Trabalhadores.

LEBENIA: Sucedâneo de iogurte, diluído, mais barato, da época em que havia problemas de abastecimento.

MIT A ZETZ: Em ídiche, no original: "de um golpe só".

MODJE MOI: Meu querido.

MOLODIETS! SOLDATCHIK: Bem sucedido! Soldadinho!

SARAFAN: Vestido comprido, decotado e sem mangas, geralmente usado sobre uma blusa.

SHEKETS OU SHEIGETS: Em ídiche, no original: "moleque".

SLICHOT: Orações que pedem perdão pelos pecados cometidos, especialmente no Yom Kippur.

TCHORT ZNAIEF: O diabo sabe.

TISHÁ BEAV: Dia de jejum religioso e preces pela destruição dos dois templos de Jerusalém.

VAIBERS: Mulheres, em ídiche.

1ª EDIÇÃO [2011] 1 reimpressão

ESTA OBRA FOI COMPOSTA PELA SPRESS EM ELECTRA E IMPRESSA EM OFSETE
PELA RR DONNELLEY SOBRE PAPEL PÓLEN SOFT DA SUZANO PAPEL E CELULOSE
PARA A EDITORA SCHWARCZ EM FEVEREIRO DE 2019

A marca FSC® é a garantia de que a madeira utilizada na fabricação do papel deste livro provém de florestas que foram gerenciadas de maneira ambientalmente correta, socialmente justa e economicamente viável, além de outras fontes de origem controlada.